阅微草堂笔记

半日闲

武君 选译 崔岩 讲解

岳麓書社·长沙

图书在版编目(CIP)数据

阅微草堂笔记/(清)纪昀著;武君选译.—长沙:岳麓书社,2021.3

ISBN 978-7-5538-1357-8

Ⅰ.①阅… Ⅱ.①纪…②武… Ⅲ.①笔记小说—小说集—中国—清代 Ⅳ.①I242.1

中国版本图书馆 CIP 数据核字(2020)第162932号

YUEWEI CAOTANG BIJI

阅微草堂笔记

作　　者:〔清〕纪昀

选　　译:武　君

责任编辑:李郑龙

责任校对:舒　舍

封面设计:山和水工作室

岳麓书社出版发行

地址:湖南省长沙市爱民路47号

直销电话:0731-88804152　0731-88885616

邮编:410006

版次:2021年3月第1版

印次:2021年3月第1次印刷

开本:850mm×1168mm　1/32

印张:7.875

字数:177千字

书号:ISBN 978-7-5538-1357-8

定价:32.00元

承印:长沙鸿发印务实业有限公司

如有印装质量问题,请与本社印务部联系

电话:0731-88884129

以下为本书讲解音频二维码，在正式阅读本书前，可扫描二维码获取讲解音频，以对全书内容有大致了解，使阅读过程更为顺畅。

1. 大才子纪晓岚和他的《阅微草堂笔记》
2. 鬼狐
3. 因果
4. 杂流
5. 博物
6. 逸闻

前言

清代是中国文言小说的又一高峰，以成就和影响论，蒲松龄的《聊斋志异》地位极高。而纪昀的《阅微草堂笔记》则是可以与之平分秋色的另外一部重要作品。

纪昀（1724—1805），字晓岚，又字春帆，号孤石老人，别号观弈道人，直隶献县（今河北献县）人。乾隆十九年（1754）中进士，授翰林院庶吉士、编修，在雍正、乾隆、嘉庆三朝历任要职。乾隆三十八年（1773）起，纪昀主持修纂《四库全书》，纂定《四库全书总目提要》，十余年间倾注了大量精力。后累官礼部尚书、兵部尚书、协办大学士、太子少保，卒谥“文达”。

《阅微草堂笔记》作于乾隆五十四年（1789）至嘉庆三年（1798）间，是作者晚年以笔记形式所编写而成的文言短篇志怪小说集。包括《滦阳消夏录》六卷，《如是我闻》《槐西杂志》《姑妄听之》各四卷，《滦阳续录》六卷。收录故事约一千二百则，近四十万言。记录了作者所经历和见闻的各种奇闻逸事、官场见闻、世态人情、民俗风尚等。鲁迅在《中国小说史略》中说：“惟纪昀本长文笔，多见秘书，又襟怀夷旷，故凡测鬼神之情状，发人间之幽微，托狐鬼以抒己见者，隽思妙语，时足解颐。”作者在故事的讲述中融入了自己的伦理态度、为官之道、处世哲学、人情爱恶，以儒者之文化自觉，通过狐鬼神怪故事欲行“有益劝惩”的教化。这在当时社会引起广泛反响，书稿每有完篇，便“梨枣屡镌”“翻刻者众”，受到热烈追捧。

嘉庆五年（1800），纪昀门生盛时彦首次将是著五部分合刊，以纪昀书斋号“阅微草堂”命名，编为《阅微草堂笔记》。此后时有翻刻，版本纷出。然而，由于历史原因，这部书一度未能进入公众视野。改革开放以后，尤其是近年来，随着思想观念的转变，《阅微草堂笔记》的出版发行也如雨后春笋，各种版本层出不穷。然而此书的价值理念如何与现代价值衔接，彰显其现代价值与意义，给予现代人以有益启发，其故事体例如何满足现代人对文学作品的故事性与生动性的要求，仍然是值得探究的课题。这也是我们此次选注选译本所主要关注的内容。因此，本书在选择篇目时主要遵循以下几点原则：

一是着重于选择适应当下伦理文化需求的篇目。伦理道德文化是中国传统文化的核心内容，《阅微草堂笔记》虽是作者所闻所见，“聊以消闲”的笔记小说，却处处体现作者“有意而为”“意在劝惩”的创作目的，所谓“诚不敢妄拟前修，然大旨期不乖于风教”。《阅微草堂笔记》中的鬼狐世界是一个有情有义的世界。那些鬼狐也同人世间的善男信女一样，严格秉持着善恶界限，它们不忍诱人相替，张扬一念存善。纪昀笔下鬼狐的可爱也表现在它们有着风雅的追求，它们品诗论文，往往切中肯綮，甚至为争论一首诗一段文而大动干戈，完全不似人们印象中青面獠牙的丑鄙面目。对道学家的批评在《阅微草堂笔记》中比比皆是。纪昀通过鬼狐对道学家的解嘲挖苦，揭露道学家种种鄙陋之态。《阅微草堂笔记》在很大程度上就是借鬼狐之故事来传播名教，维护礼教的秩序与威严。以鬼狐之口来训诫世人，往往能隐去人情社会中的隐约、含蓄，对种种丑恶现象，那些传扬名教的鬼狐可以毫不留情面，率真大胆地去加以批判。在纪昀看来“胜妖当以德”，而就在人与妖的交往中，《阅微草堂笔记》将伦常道德一一昭示于人。

二是注重选择故事性、文学性较强的内容。纪昀创作《阅微草堂笔记》有意与蒲松龄《聊斋志异》相区别，他曾概言《聊斋志异》为“才子之笔”而非“著书者之笔”，以此认为小说属于记叙见闻的叙事文学，须如实记录。也因此《阅微草堂笔记》尚质黜华，篇幅短小，以叙述简古为特色。又由于纪氏长期从事典校秘籍的工作，辨析事理，精妙入微，引经据典，议论偏多，以至多有情节游离之憾。然而在这些故事的讲述中，笔法体例亦多有可取之处。所讲故事往往逸趣横生，有很多篇目匠心独运，能于生趣盎然的简短叙述中引人入胜，把故事讲得生动传神，亦庄亦谐；文笔如行云流水，怡然悠然，潇洒自如，妙趣纵横。而本书偏重选取这些故事性较强的内容。

三是选篇尽可能展现《阅微草堂笔记》内容的丰富性。《阅微草堂笔记》保存了丰富的官场掌故、里巷轶闻、民俗趣事，具有深厚的历史、文学及社会文化内涵。作者描述了各种稀奇的事物，像是一部别样的“百科全书”。从某个角度来讲，《阅微草堂笔记》又是一部当时社会生活的纪录片，三教九流，古今中外无所不包。不仅记载了不少地域（远至乌鲁木齐、伊宁、滇、黔）的山川景物、民俗风情，甚至如天主教、西方物理学、地理学等也融入故事的讲述中。本书选篇亦综合考量其文化价值，从而使得整个选篇不致有割裂感。

《阅微草堂笔记》的“祖本”为嘉庆五年盛时彦之庚申本，其板片毁于嘉庆十四年（1809）。嘉庆二十一年（1816）丙子盛时彦重刻，道光十三年（1833）有癸巳本，道光十五年（1835）

乙未纪树馥据癸巳本重刊。此后版本纷出，良莠不齐。1980 年上海古籍出版社出版汪贤度标点排印本，以道光十五年乙未本为底本，又结合诸种刊印本；至 2014 年中华书局出版韩希明“全本全注全译”本，以庚申本为底本，同时以道光十五年乙未郑开禧序本为参校本，并参考了其他点校本。可见庚申本与乙未本均可作为善本，本书亦以庚申本为底本，以乙未本参校，同时其他诸种点校本，如上述汪、韩两种本子，均作为参考。

本书根据单篇内容各拟就一简短篇名，各类故事分列于“鬼狐有真情”“鬼狐传名教”“鬼狐亦正直”“鬼狐亦风雅”“鬼狐谈学问”“道学之鄙”“鬼狐由人兴”“恩怨之间”“世有不可解事”“三教九流”“博物百科”“逸趣杂闻”十二类中，以期读者通过选本了解《阅微草堂笔记》的大体内容。囿于本人学识所限，注译不免有谬误之处，选篇也难免挂一漏万，敬请方家不吝教正。

武　君

2020 年 7 月 20 日

目　录

第一编　鬼狐有真情

第二编　鬼狐传名教

第七编　鬼狐由人兴

第十编　三教九流

第十二编　逸趣杂闻

第一编　鬼狐有真情

狐精惜缘

献县周氏仆周虎，为狐所媚，二十余年如伉俪。尝语仆曰：“吾炼形已四百余年，过去生中，于汝有业缘当补，一日不满，即一日不得生天。缘尽，吾当去耳。”一日，輾然自喜，又泫然自悲，语虎曰：“月之十九日，吾缘尽当别。已为君相一妇，可聘定之。”因出白金付虎，俾备礼。自是狎昵燕婉，逾于平日，恒形影不离。

至十五日，忽晨起告别。虎怪其先期，狐泣曰：“业缘一日不可减，亦一日不可增，惟迟早则随所遇耳。吾留此三日缘，为再一相会地也。”越数年，果再至，欢洽三日而后去。临行呜咽曰：“从此终天诀矣！”陈德音先生曰：“此狐善留其有余，惜福者当如是。”刘季箴则曰：“三日后终须一别，何必暂留？此狐炼形四百年，尚未到悬崖撒手地位，临事者不当如是。”余谓二公之言，各明一义，各有当也。（《滦阳消夏录一》）

译文：

献县周家仆人周虎，被狐精所迷，二十多年来如同恩爱夫妻。狐精曾对周虎说：“我修炼人形已经四百多年了，过去的一生中，我和你还有一段业缘应当补上，一天不满，就一天不能投生天界。缘分尽了，我就该走了。”一天，她先是很高兴地微笑，转而又黯然伤神地流泪，对周虎说："这个月的十九日，我们的缘分就尽了，是该离开你了。我已经为你相中了一位女人，你可以送去聘礼把婚事定下来。"于是拿出银子交给周虎，让他准备聘礼。从此与周虎更加缠绵亲热，甚于平时，二人常常形影不离。

到十五日，她忽然早上起床就和周虎告别。周虎责怪她提前离开，狐女哭泣着说："注定的缘分一天不能减少，也一天不能增加，只是早晚可以自己安排。我留下三天的缘分，作为以后相见的余地。"过了几年，狐女果然又来了，欢聚三天后就离去了。临走时呜咽着说："从此我们就永别了！"陈德音先生说："这狐精善于留有余地，珍惜幸福的人也应如此。"刘季箴则说："三天后终究还是要分别，何必再留三天？此狐炼形已经四百年了，还没有到悬崖撒手的地步，处理事情不该这样。"我认为二公所言，各自阐明一种意思，各有其道理。

鬼藏药方

内阁学士永公，讳宁，婴疾，颇委顿。延医诊视，未遽愈。改延一医，索前医所用药帖，弗得。公以为小婢误置他处，责使搜索，云不得，且笞汝。方倚枕憩息，恍惚有人跪灯下曰："公勿笞婢，此药帖小人所藏。小人即公为臬司时平反得生之囚也。"问："藏药帖何意？"曰："医家同类皆相忌，务改前医之方，以见所长。公所服药不误，特初试一剂，力尚未至耳。使后医见方，必相反以立异，则公殆矣。所以小人阴窃之。"

公方昏闷，亦未思及其为鬼。稍顷始悟，悚然汗下，乃称前方已失，不复记忆，请后医别疏方。视所用药，则仍前医方也。因连进数剂，病霍然如失。公镇乌鲁木齐日，亲为余言之，曰："此鬼可谓谙悉世情矣。"（《滦阳消夏录二》）

译文：

内阁学士永宁公疾病缠身，很是憔悴萎靡。请医生诊治，病情没有立即好转。又改请了一位医生，这位医生要看之前那位医生的药方，没有找到。永宁公以为是丫鬟放错了地方，叫她仔细找找，还威胁说如果找不到就要鞭打。永宁公正靠着枕头休息，恍恍惚惚觉察有人跪在灯下说：“您不要鞭打丫鬟，这个药方是小人藏起来的。小人就是您任按察使时平反得救的囚犯。”永宁公问：“为何要藏药方？”那人回答说：“医生都是同行相妒，他一定是要改此前的药方，以此来显示自己的高明。您之前所服的药是对的，只是刚尝试了一剂，药力还没有达到。若是让后来的医生看到了之前的方子，必定会再开相反的药方来标新立异，那您就危险了。所以小人偷偷地把方子藏起来了。”

永宁公昏昏沉沉，也没想到刚才说话的是鬼。等过了一会儿才醒悟过来，吓出一身冷汗，于是他说之前的方子已经丢失，记不起来了，请后一位医生别开他方。看了后一位医生所开之药，与前面一位医生一模一样。于是连服了几剂后，病很快就好了。永宁公镇守乌鲁木齐时，亲自给我讲了这个故事，说：“这个鬼可以说熟悉人情世故啊。”

狐助转磨

先太夫人乳媪廖氏言：沧州马落坡，有妇以卖面为业，得余面以养姑。贫不能畜驴，恒自转磨，夜夜彻四鼓。姑殁后，上墓归，遇二少女于路，迎而笑曰：“同住二十余年，颇相识否？”妇错愕不知所对。二女曰：“嫂勿讶，我姊妹皆狐也。感嫂孝心，每夜助嫂转磨。不意为上帝所嘉，缘是功行，得证正果。今嫂养姑事毕，我姊妹亦登仙去矣。敬来道别，并谢提携也。”言讫，

其去如风，转瞬已不见。妇归，再转其磨，则力几不胜，非宿昔之旋运自如矣。（《滦阳消夏录三》）

译文：

先太夫人的奶妈廖氏说：沧州马落坡有个妇人以卖面粉为生，用多余的面粉奉养婆婆。因为家贫养不起驴，常常自己推磨，每夜都推磨到四更天。婆婆死后，妇人上坟的归途中遇到两位少女，少女迎着她笑道："我们和你同住二十来年，我们很熟悉了吧？"妇人十分惊讶，不知怎么回答。两位少女说："嫂嫂不要惊讶，我姐妹二人都是狐。被嫂嫂的孝心所感动，每天夜里帮助嫂嫂推磨。没想到被上帝所嘉赞，因为是有功之行，所以修成了正果。如今嫂嫂已经对婆婆尽完孝道，我姊妹二人也要登入仙界了。我们恭敬地向您道别，并且感谢您的提携之恩。"话说罢，像一阵风，转眼间就不见了。妇人回去后，再去推磨，则几乎推不动了，再也不像以前那样推转自如了。

缢鬼忏悔

励庵先生又云：有友聂姓，往西山深处上墓返。天寒日短，翳然已暮。畏有虎患，竭蹶力行，望见破庙在山腹，急奔入。时已曛黑，闻墙隅人语曰："此非人境，檀越可速去。"心知是僧，问："师何在此暗坐？"曰："佛家无诳语，身实缢鬼，在此待替。"聂毛骨悚栗。既而曰："与死于虎，无宁死于鬼，吾与师共宿矣。"鬼曰："不去亦可，但幽明异路，君不胜阴气之侵，我不胜阳气之烁，均刺促不安耳。各占一隅，毋相近可也。"

聂遥问待替之故，鬼曰："上帝好生，不欲人自戕其命。如忠臣尽节，烈妇完贞，是虽横夭，与正命无异，不必待替。其情迫势穷，更无求生之路者，悯其事非得已，亦付转轮，仍核计生平，依善恶受报，亦不必待替。倘有一线可生，或小忿不忍，或借以累人，逞其戾气，率尔投缳，则大拂天地生物之心，故必使待替以示罚。所以幽囚沉滞，动至百年也。”

问：“不有诱人相替者乎？”鬼曰：“吾不忍也。凡人就缢，为节义死者，魂自顶上升，其死速。为忿嫉死者，魂自心下降，其死迟。未绝之顷，百脉倒涌，肌肤皆寸寸欲裂，痛如脔割，胸膈肠胃中如烈焰燔烧，不可忍受。如是十许刻，形神乃离。思是楚毒，见缢者方阻之速返，肯相诱乎？”聂曰：“师存是念，自必生天。”鬼曰：“是不敢望。惟一意念佛，冀忏悔耳。”俄天欲曙，问之不言，谛视亦无所见。后聂每上墓，必携饮食纸钱祭之，辄有旋风绕左右。一岁，旋风不至，意其一念之善，已解脱鬼趣矣。（《滦阳消夏录三》）

译文：

励庵先生又说：有位聂姓的朋友，去西山深处上坟回来。天寒日短，暮色将要降临。由于担心有老虎出没，他跌跌撞撞尽力赶路，远远看见山腰里有座破庙，急忙跑了进去。这时天已昏暗，听到墙角有人说话道：“这里不是人呆的地方，施主赶紧离开。”聂某心想是和尚，问道：“师父为什么在这昏暗的地方坐着？”那人回答说：“佛家不说谎话，我其实是吊死鬼，在这里等待替身。”聂某毛骨悚然，吓得浑身发抖。过了一会儿说：“与其死于虎口，还不如死于鬼手，我今天和您一起住宿了。”鬼说：“不离开也行，但是阴间和阳间路数不同，你受不了阴气的侵袭，我受不了阳气的烘烤，一起住宿都会不得安宁。我们各自占据一个角落，不要互相靠近。”

聂某远远地问他等待替身的缘故，鬼说：“上帝爱好生命，不想看到人自己残害自己的生命。像尽节的忠臣、完贞的烈妇，这虽然是意外的横死，与正常死亡的没有区别，不必等待替身。那些因为情势紧迫困顿，没有求生之路的，阴司同情他们是迫于不得已而为之，这样死后也交付转生轮回，仍要核查其生平，让其依照善恶来接受报应，这样也不必等待替身。倘有一线希望可以活命，只是因为小的怨恨就不能忍受，或用自己的死来连累别人，逞一时的暴戾之气，轻率地就去上吊，那么就大大地违背了天地生物的本心，所以一定要他等待替身，以示惩戒。所以幽魂滞留在阴间，动不动就百年之久。”

聂某问：“不是有引诱人相代替的吗？”鬼说：“我不忍心这么做。凡是人上吊，为节义而死的，魂从头顶上升，死得痛快。为愤恨嫉妒死的，魂魄从心往下降，死得慢。没有断气的时候，通身血脉倒涌上来，肌肤好像要一寸一寸裂开，像割肉一样痛，胸膈肠胃中如同烈火焚烧，不能忍受。就这样十来刻钟，形体与魂魄分离。想想这样的痛苦，所以看见上吊的就阻止，还怎么肯去引诱他呢？”聂某说：“您心存这样的想法，必然会升天。”鬼说：“这个不敢奢望。只是一心一意念佛，希望忏悔罢了。”不一会儿，天要亮了，聂某再问，对方不说话了，仔细看，什么也看不见了。后来聂某每次上坟，必定携带饮食纸钱来拜祭他，每次也总有旋风围绕左右。有一年，旋风不来，料想这个鬼因为一念之善，已解脱出鬼道了。

鬼念子孙

又，佃户何大金，夜守麦田，有一老翁来共坐。大金念村中无是人，意是行路者偶憩。老翁求饮，以罐中水与之。因问大金姓氏，并问其祖父，恻然曰：“汝勿怖，我即汝曾祖。不祸汝也。”细询家事，忽喜忽悲。临行，嘱大金曰：“鬼自伺放焰口求食外，别无他事，惟子孙念念不能忘，愈久愈切。但苦幽明阻隔，不得音问。或偶闻子孙炽盛，辄跃然以喜者数日，群鬼皆来贺；偶闻子孙零替，亦悄然以悲者数日，群鬼皆来唁。较生人之望子孙，殆切十倍。今闻汝等尚温饱，吾又歌舞数日矣。”回顾再四，丁宁勉励而去。先姚安公曰：“何大金蠢然一物，必不能伪造斯言。闻之，使人追远之心，油然而生。”（《滦阳消夏录四》）

译文：

又，佃户何大金，夜间看守麦田，有个老翁来和他坐在一起。何大金心想村里没有这么个人，可能是过路的人偶然来歇歇脚。老翁向他讨水喝，何大金拿罐中的水给他。老翁问何大金姓氏，并问及他的祖父，感伤地说：“你不要怕，我就是你的曾祖。我不会害你的。”他向何大金仔细询问了很多家事，忽而高兴忽而悲伤。临走时，嘱咐何大金说：“鬼除了在祭祀时等待供品求口饭吃外，没有别的事情，只是对子孙念念不忘，年代越久思念越切。但苦于阴阳两界的阻隔，不通音讯。有时偶尔听到子孙兴旺发达，就会手舞足蹈，高兴好几天，群鬼都来祝贺；偶然听到子孙零替衰败，也会愀然不乐，伤心好几天，群鬼都来慰问。相较于活着的人对子孙的期待，大概还要殷切十倍。如今听到你们生活尚且温饱，我又能高兴几天了。”老翁一边走，一边回头叮咛勉励。先父姚安公说：“何大金这么一个粗笨之人，肯定不能编出这一番话来。听到这些，让人油然生起敬祖追远之心。”

不忘旧情

沈观察夫妇并故，幼子寄食亲戚家，贫窭无人状。其妾嫁于史太常家，闻而心恻，时阴使婢媪，与以衣物。后太常知之，曰："此尚在人情天理中。"亦勿禁也。钱塘季沧洲因言，有孀妇病卧，不能自炊，哀呼邻媪代炊，亦不能时至。

忽一少女排闼入，曰："吾新来邻家女也。闻姊困苦乏食，意恒不忍。今告于父母，愿为姊具食，且侍疾。"自是日来其家，凡三四月，孀妇病愈，将诣门谢其父母。女泫然曰："不敢欺，我实狐也，与郎君在日最相昵，今感念旧情，又悯姊之苦节，是以托名而来耳。"置白金数铤于床，呜咽而去。二事颇相类。然则琵琶别抱，掉首无情，非惟不及此妾，乃并不及此狐。（《滦阳消夏录四》）

译文：

沈观察夫妇都去世后，幼子寄养在亲戚家，缺衣短食没个人样。沈观察的妾嫁到史太常家，听到后心生恻隐，时常偷偷地让婢女、老妈子送些衣物去。后来太常知道了，说："这还在人情天理当中。"也没有阻拦。钱塘人季沧洲说，有个寡妇卧病不起，不能自己做饭吃，哀求邻家老太太代为做饭，老太太也不能按时到来。

忽然有一位少女推门而入，说："我是新搬来的邻家的女儿。听说姐姐困苦吃不上饭，心中常常不忍。如今我将这件事告诉父母，愿意为姐姐做饭，并且伺候姐姐养病。"从此以后天天来她家，过了三四个月，寡妇病愈，想要登门向其父母致谢。女子流着泪说："我不敢欺骗你，我其实是狐，你丈夫在的时候，我和他很恩爱，如今感念旧情，又可怜姐姐辛苦守节，所以冒名而来。"然后在床上放了几块银子，呜咽着离去。两件事情很相似。改嫁之后便转脸无情的女人，不但不如这个妾，甚至连这个狐精也不如。

鬼魅托形

有孟氏媪清明上冢归，渴就人家求饮。见女子立树下，态殊婉娈，取水饮媪毕，仍邀共坐，意甚款洽。媪问其父母兄弟，对答具有条理。因戏问："已许嫁未？我为汝媒。"女面赧避入，呼之不出。时已日暮，乃不别而行。越半载，有为媪子议婚者，询之即前女，大喜过望，急促成之。

于归后，媪抚其肩曰："数月不见，汝更长成矣。"女错愕不知所对。细询始末，乃知女十岁失母，鞠于外氏五六年，纳币后始迎归。媪上冢时，原未尝至家也。女家故小姓，又颇窘乏，非媪亲见其明慧，姻未必成。不知是何鬼魅，托形以联其好；又不知鬼魅何所取义，必托形以联其好。事有不可理推者，此类是矣。(《如是我闻二》)

译文：

有个姓孟的老太太清明上坟回来，路上口渴，就到附近一户人家来要水喝。看到一位女子站在树下，性情温顺年少貌美。女子端来水让老太太喝完，还请她一起坐下，看上去热情融洽。老太太问她的父母兄弟，女子对答有条有理。顺着话题老太太开玩笑地问："有婆家了吗？我可以为你说媒。"女子羞红着脸躲进屋里，叫她也不出来。当时太阳已经下山，老太太于是不辞而别。过了半年，有人给老太太的儿子说亲，询问才知道是老太太此前见过的女子，老太太大喜过望，匆忙促成了这桩婚事。

女子嫁过去后，老太太抚摸着她的肩膀说："几个月不见，你长成大闺女了。"女子却一脸惊讶不知如何回答。老太太仔细询问事情的前因后果，才知道女子十岁就丧母，寄养在外祖父家五六年，直到收到聘礼后才迎回家。老太太上坟时，她还没有回家。女子本出身小户人家，家境贫寒，不是老太太亲眼识见她的聪明贤惠，这桩姻缘也未必能成。不知是什么鬼魅，变成人形，做好事联姻；又不知道那个鬼魅为了什么，幻化成女子的模样来给两家联姻。世界上总有些说不出道理来的事，就像这件事一样。

忠 犬

王征君载扬言：尝宿友人蔬圃中，闻窗外人语。曰："风雪寒甚，可暂避入空屋。"又闻一人语曰："后垣半圮，偷儿阑入，将奈何？食人之食，不可不事人之事。"意谓僮仆之守夜者。天晓启户，地无人迹，惟二犬偃卧墙缺下，雪没腹矣。嘉祥曾映华曰："此载扬寓言，以愧僮仆之负心者也。"余谓犬之为物，不烦驱策而警夜不失职，宁忍寒饿而恋主不他往，天下为僮仆者，实万万不能及。其足使人愧，正不在能语不能语耳。（《如是我闻三》）

译文：

征君王载扬说：曾有一天晚上他借住在朋友家的菜园子中，听到窗外有人说话。一个人说："风雪天太过寒冷，可以到屋子里避一避。"又听到一个人说："后墙塌了一半，小偷半夜进来怎么办？吃了人家的饭，不能不尽心给人家做事。"他以为是守夜的僮仆。天亮后打开门，雪地上没有人的足迹，只有两只狗卧在墙的缺口下面，大雪已经没过狗肚子。嘉祥人曾映华说："这是王载扬的寓言，说来让负心的仆人羞愧。"我觉得狗这种动物，不用主人指使，就能守夜，从不失职，宁可忍受饥饿寒冷也留恋主人不肯离去，天下为仆人的，实在万万比不上。这两只狗足以让人惭愧，并不在于能不能说话。

两世夫妇

两世夫妇，如韦皋、玉箫者，盖有之矣。景州李西崖言：乙丑会试，见贵州一孝廉，述其乡民家生一子，甫能言，即云我前生某氏之女，某氏之妻，夫名某字某，吾卒时夫年若干，今年当若干，所居之地，距民家四五日程耳。此语渐闻。

至十四五岁时，其故夫知有是说，径来寻问。相见涕泗，述前生事悉相符。是夕竟抱被同寝。其母不能禁。疑而窃听，灭烛以后，已妮妮儿女语矣。母怒，逐其故夫去。此子愤悒不食，其故夫亦栖迟旅舍不肯行。一日，防范偶疏，竟相偕遁去，莫知所终。异哉此事！古所未闻也。此谓发乎情而不止乎礼矣。（《如是我闻三》）

译文：

两世都成为夫妇，如韦皋、玉箫那样，大概是有的。景州李西崖说：乾隆乙丑年会试时，见到贵州的一个孝廉，叙述他的家乡有个乡民生了个孩子，刚会说话，就说她前生是谁的女儿，谁的妻子，夫君名甚叫甚，她死的时候丈夫多大年龄，现在应该是多大年龄，居住的地方，距离村民家大约有四五天路的距离。这些话渐渐地传开了。

到了十四五岁时，她的前世丈夫听说这件事后，径自前来询问。相见以后两人痛哭流泪，前生的事情说得完全一致。当天晚上竟然抱上被子一同就寝。女子的母亲不能禁止，就起了疑心偷听他们说话，熄灭蜡烛以后，两人便开始说一些亲热的私话。母亲大怒，把这位前世丈夫赶了出去。这个孩子气愤得不吃饭，她前世的丈夫也住在旅馆迟迟不肯动身离开。一天，防范偶然疏忽，二人竟然一同逃走了，不知去了哪里。这件事真是奇怪！自古就没有听说过。这可以说是发乎情而不能止乎礼了。

义　犬

舅氏张公梦征言：所居吴家庄西，一丐者死于路，所畜犬守之不去。夜有狼来啖其尸，犬奋啮不使前；俄诸狼大集，犬力尽踣，遂并为所啖。惟存其首，尚双目怒张，眦如欲裂。有佃户守瓜田者亲见之。又程易门在乌鲁木齐，一夕，有盗入室，已逾垣将出，所畜犬追啮其足。盗抽刃斫之，至死啮终不释，因就擒。时易门有仆，曰龚起龙，方负心反噬。皆曰："程太守家有二异：一人面兽心，一兽面人心。"(《如是我闻四》)

译文：

舅舅张梦征公说：他住的吴家庄西，有个乞丐死在路上，乞丐所养的狗看守着他的尸体不离开。夜里有狼来吃死尸，狗奋力拼咬使狼不能靠近；过了一会儿狼群集聚，狗筋疲力尽地倒下，和它的主人一起被狼吃掉。只留下了脑袋，两只眼睛仍然怒睁欲裂。有守瓜田的佃户亲眼看见了。又有，程易门在乌鲁木齐，一天晚上，有盗贼入室偷盗，快要跳墙逃出时，被程易门家所养的狗追上去咬住了脚。盗贼抽出刀砍狗，狗至死也没有松口，盗贼因此被捉拿。当时程易门家有个叫龚起龙的仆人，负心诬陷主人。人们都说："程太守家有两怪：一个人面兽心，一个兽面人心。"

乌鸦报警

余在乌鲁木齐日，骁骑校萨音绰克图言：曩守红山口卡伦，一日将曙，有乌哑哑对户啼。恶其不吉，引骹矢射之。嗷然有声，掠乳牛背上过，牛骇而奔，呼数卒急追。入一山坳，遇耕者二人，触一人仆。扶视无大伤，惟足跛难行。问其家不远，共舁送归。入室坐未定，闻小儿连呼“有贼”。同出助捕，则私逃遣犯韩云。

方逾垣盗食其瓜，因共执焉。使乌不对户啼，则萨音绰克图不射；萨音绰克图不射，则牛不惊逸；牛不惊逸，则不触人仆；不触人仆，则数卒不至其家；徒一小儿见人盗瓜，其势必不能絷缚。乃转辗相引，终使受絷伏诛。此乌之来，岂非有物凭之哉？盖云本剧寇，所劫杀者多矣，尔时虽无所睹，实与刘刚遇鬼因果相同也。（《如是我闻四》）

译文：

我在乌鲁木齐时，骁骑校萨音绰克图说：以前他驻守红山口哨卡。一天将要天亮时，有只乌鸦对着门哑哑啼叫。他讨厌乌鸦叫，以为不吉利，就用响箭射它。乌鸦怪叫一声，从奶牛背上掠过飞去，牛受惊奔跑，他急忙招呼几个士兵追赶。追进一个山坳，遇到两个耕地的农夫，牛把其中一人撞倒了。扶起来检视没有大伤，只是崴了脚难以行走。询问他的家离这儿不远，就一起搀扶他回家。进了农夫家门还没有坐定，听到小孩子连呼“有贼”。士兵们出门追捕，竟是逃遣犯韩云。

他正好跳进墙来偷瓜吃，于是大家共同上手把他捉拿。假如乌鸦不对着门啼叫，则萨音绰克图也不会射它；萨音绰克图不射乌鸦，则牛也不会受惊奔跑；牛不受惊奔跑，则不会撞倒农夫；不撞倒农夫，则士兵们也不会到他家；如果只是一个小孩看见有人偷瓜，也不可能把盗贼抓住。就这样辗转牵连，终于使盗贼被擒受罚。这只乌鸦的到来，莫非是有什么东西引导？韩云本来是个大盗，被他抢劫杀害的人有很多，他当时虽然没有看到什么，但实际上与刘刚遇鬼的因果报应是一样的。

鬼子无情

先兄晴湖言：有王震升者，暮年丧爱子，痛不欲生。一夜偶过其墓，徘徊凄恋，不能去。忽见其子独坐陇头，急趋就之。鬼亦不避。然欲握其手，辄引退。与之语，神意索漠，似不欲闻。怪问其故，鬼哂曰："父子宿缘也，缘尽，则尔为尔我为我矣，何必更相问讯哉！"掉头竟去。

震升自此痛念顿消。客或曰："使西河能知此义，当不丧明。"先兄曰："此孝子至情，作此变幻，以绝其父之悲思，如郗超密札之意耳。非正理也。使人存此见，父子兄弟夫妇，均视如萍水之相逢，不日趋于薄哉！"（《槐西杂志一》）

译文：

先兄晴湖说：有个叫王震升的人晚年失去爱子，痛不欲生。一天夜里偶然经过儿子的墓地，徘徊留恋不忍离去。忽然看见他的儿子独自一人坐在陇头上，就急忙跑过去走近儿子。鬼也不避他。然而他想抓住儿子的手，鬼却后退。和鬼说话，鬼神情冷漠，似不想听。他感到很奇怪就去问儿子，鬼冷笑道："父子的关系是宿缘，缘尽了，你是你我是我，何必又问来问去呢！"说完掉头就走了。

王震升从此以后不再思念儿子，悲痛的心情也一下子消散了。有个门客说："假如当初子夏能明白这个道理，也不至于在西河哭瞎眼睛。"先兄说："这是孝子的至情，以这样的变幻，来断绝他父亲的悲痛思念之情，就如同郗超密札的用意。我认为这不是正确的理解。假如每个人心中都有这样的想法，父子兄弟夫妇间的情义都视如萍水相逢，人情不是越来越淡薄了吗！"

缘须两合

乙卯典试山西时，陶序东以乐平令充同考官。卷未入时，共闲话仙鬼事。序东言：有友尝游南岳，至林壑深处，见女子倚石坐花下。稔闻智琼、兰香事，遽往就之。女子以纨扇障面曰："与君无缘，不宜相近。"曰："缘自因生，不可从此种因乎？"女子曰："因须夙造，缘须两合，非一人欲种即种也。"翳然灭迹，疑为仙也。余谓情欲之因缘，此女所说是也。至恩怨之因缘，则一人欲种即种，又当别论矣。（《槐西杂志四》）

译文：

乾隆乙卯年我在山西主考乡试时，陶序东以乐平令的身份充当同考官。考卷还没有到的时候，一同闲聊神仙鬼怪的故事。陶序东说：有个朋友曾经游历南岳，到了林壑深处，见到一女子靠着山石坐在花下。他熟闻干宝《搜神记》中智琼、兰香的故事，就急忙走到女子身旁。女子用纨扇挡着脸说："我和您没有缘分，请不要靠近我。"朋友说："缘分是由因而生，我们不能从现在开始种因吗？"女子说："因缘需要前世所定，缘分要靠双方情愿，不是一个人想种就能种的。"女子转眼间就不见踪影了，朋友怀疑这是位神仙。我认为男女情事的因缘，这个女子说的是对的。至于恩怨的因缘，就是一个人想种就种，这又另当别论了。

鬼托人情

从伯君章公言：中表某丈，月夕纳凉于村外，遇一人似是书生，长揖曰："仆不幸获谴于社公，自祷弗解也。一社之中，惟君祀社公最丰，而数十年一无所祈请。社公甚德君，亦甚重君。

君为一祷，必见从。”表丈曰：“尔何人？”曰：“某故诸生，与君先人亦相识，今下世三十余年矣。昨偶向民家索食，为所诉也。”

表丈曰：“己事不祈请，乃祈请人事乎？人事不祈请，乃祈请鬼事乎？仆无能为役，先生休矣。”其人掉臂去曰：“自了汉耳，不足谋也。”夫肴酒必丰，敬鬼神也；无所祈请，远之也。敬鬼神而远之，即民之义也。视流俗之谄渎，迂儒之傲侮，为得其中矣。说此事时，余甫八九岁，此表丈偶忘姓名。其时乡风淳厚，大抵必端谨笃实之家，始相与为婚姻。行谊似此者多，不能揣度为谁也。“高山仰止，景行行止。”俯仰七十年间，能勿然远想哉！（《姑妄听之四》）

译文：

堂伯君章公说：表亲某先生，在一个月光明亮的夜晚于村外纳凉，遇到一个人看起来好像是书生，对他长揖说：“我不幸受到土地神的惩罚，自己祈祷但于事无补。这一带只有您祭祀土地神的供品最为丰厚，而几十年间没求过土地神一件事。土地神很感激您，也最看重您。您要能为我祈祷，土地神一定会答应。”表丈说：“你是什么人？”回答说：“我是一个已死的秀才，和您的先人也曾认识，如今去世三十多年了。昨天偶然去百姓家要吃的，被告发了。”

表丈说：“自己的事我都不去祈祷，难道还会去为别人祈祷？人间的事我都不祈祷，反而会去祈祷鬼的事吗？我无法为你效劳，你还是打消这个念头吧。”书生一甩袖子就走了：“自己顾自己的家伙，无法和你商量。”祭祀的酒菜务必丰厚，是尊敬鬼神；不去祈请鬼神，是为了与鬼神保持距离。敬鬼神又远远回避鬼神，这就是人们应该遵循的原则。再看看那些流俗之人的谄渎和迂腐读书人的傲侮，表亲某先生真是不偏不倚。听说这件事的时候，我刚刚八九岁，偶然忘记了这位表亲姓名。那时候的乡风淳朴敦厚，一般来

［元］颜庚《钟馗嫁妹图》（局部）

［元］颜庚《钟馗嫁妹图》（局部）

说，必须是端正谨慎笃实的家庭，才会相互联姻。我家亲戚为人处事像这位老先生的有很多，现在不知道到底是哪一位了。“高山仰止，景行行止。”不知不觉已经七十年过去了，怎么能不深深缅怀呢！

第二编 鬼狐传名教

李公遇仙受教

献县令明晟，应山人。尝欲申雪一冤狱，而虑上官不允，疑惑未决。儒学门斗有五半仙者，与一狐友，言小休咎多有验，遣往问之。狐正色曰："明公为民父母，但当论其冤不冤，不当问其允不允。独不记制府李公之言乎？"门斗返报，明为慢然。因言制府李公卫未达时，尝同一道士渡江。适有与舟子争诟者，道士太息曰："命在须臾，尚较计数文钱耶！"俄其人为帆脚所扫，堕江死。

李公心异之。中流风作，舟欲覆。道士禹步诵咒，风止得济。李公再拜谢更生，道士曰："适堕江者，命也，吾不能救。公贵人也，遇厄得济，亦命也，吾不能不救。何谢焉？"李公又拜曰："领师此训，吾终身安命矣。"道士曰："是不尽然。一身之穷达，当安命，不安命则奔竞排轧，无所不至。不知李林甫、秦桧即不倾陷善类，亦作宰相，徒自增罪案耳。至国计民生之利害，则不可言命。天地之生才，朝廷之设官，所以补救气数也。身握事权，束手而委命，天地何必生此才，朝廷何必设此官乎？晨门曰：'是知其不可而为之。'诸葛武侯曰：'鞠躬尽瘁，死而后已。成败利钝，非所逆睹。'此圣贤立命之学，公其识之。"

李公谨受教，拜问姓名。道士曰："言之恐公骇。"下舟行数十步，翳然灭迹。昔在会城，李公曾话是事，不识此狐何以得知

也。(《滦阳消夏录一》)

译文:

献县县令明晟,是应山人。曾经想要申雪一桩冤案,却担心上司不答应,犹豫不定。县学有个公差叫王半仙,交了一个狐友,谈论些小的吉凶,多半应验,明晟派他前去询问。狐精正色说:"明公是百姓的父母官,只应去论案件冤不冤,不应该问上司答不答应。难道偏偏不记得总督李公的话吗?"公差回报,明晟为此大吃一惊。于是说起总督李卫公没有显达时,曾经和一个道士一同渡江。恰巧有人和船夫争吵,道士叹息说:"性命就在顷刻间,还计较几文钱呐!"不一会儿那人被船帆尾部扫了一下,落江而死。

李公心里觉得奇怪。船行到江中间,起了风,船眼看就要翻了。道士踩着禹步念诵咒语,风停了,终于渡过了江。李公再三拜谢道士的救命之恩,道士说:"刚才落江的人,是命,我救不了。您是贵人,遇到困厄得以渡江,这也是命,我不能不救。何必要道谢呢?"李公又拜谢说:"领受大师的训诫,我将终身安于命运了。"道士说:"也不全然如此。一生的困穷显达,应当安于命运,不安于命运就会奔走争斗、排挤倾轧,用上各种手段。人们不知道,李林甫、秦桧就是不倾轧陷害好人,也要做宰相,只是枉然给自己增加罪业罢了。至于国计民生的利和害,就不可以听从命运。天地降生的人才,朝廷设置的官员,是用来补救气数和运会的。如果自己掌握权力,却袖手听凭天命安排,那天地何必降生这个人才,朝廷何必设置这个官职呢?《论语》里记载看守城门的人说:'知道不可以却要去做。'诸葛武侯曰:'鞠躬尽瘁,死而后已。成败利钝,是不能预料的。'这是圣贤安身立命的学问,您要记住。"

李公恭谨地接受教诲,拜问他的姓名。道士说:"说了担心您惊怕。"下船走了几十步,一下子隐灭不见了。过去在省城,李公曾讲起这件事,不知这狐精是怎么知道的。

骑驴少妇

天津某孝廉，与数友郊外踏青。皆少年轻薄，见柳阴中少妇骑驴过，欺其无伴，邀众逐其后，嫚语调谑。少妇殊不答，鞭驴疾行。有两三人先追及，少妇忽下驴软语，意似相悦。俄某与三四人追及，审视，正其妻也。但妻不解骑，是日亦无由至郊外，且疑且怒，近前呵之。妻嬉笑如故。某愤气潮涌，奋掌欲掴其面。妻忽飞跨驴背，别换一形，以鞭指某数曰："见他人之妇，则狎亵百端；见是己妇，则恚恨如是，尔读圣贤书，一恕字尚不能解，何以挂名桂籍耶？"数讫，径行。某色如死灰，殆僵立道左不能去，竟不知是何魅也。(《滦阳消夏录一》)

译文：

天津某举人，与几个朋友到郊外踏青。都是少年轻薄之辈，见到柳阴里有少妇骑驴而过，一帮年轻人欺负她独身无伴，相约一起在后面追逐，用轻薄的言语调笑她。少妇并不搭理他们，鞭打驴子疾行。有两三个人先追了上来，少妇忽然下驴温和地与他们搭话，看样子好像很喜欢他们。不一会儿某举人与三四个人追上来，仔细一看正是他的妻子。但是他的妻子不会骑驴，今天也没有理由到郊外来，他又疑又怒，上前责骂。可是妻子嬉笑如故。某举人怒火中烧，举手欲打妻子耳光。妻子忽然飞身跨上驴背，换成了另一副相貌，拿起鞭子指着某举人数落道："看见别人的妻子，就百般调戏；见到自己的妻子，就这样愤恨，你是读圣贤书的，一个恕字还没有弄明白，你凭什么考取举人？"数落完后，径自离去。某举人面如死灰，僵立道旁几乎不能挪步，最终也不知道这个少妇是什么鬼魅。

悍妇愚念

奴子李福之妇，悍戾绝伦，日忤其姑舅，面詈背诅，无所不至。或微讽以不孝有冥谪，辄掉头哂曰："我持观音斋，诵观音咒，菩萨以甚深法力，消灭罪愆，阎罗王其奈我何？"后婴恶疾，楚毒万端，犹曰："此我诵咒未漱口，焚香用炊火，故得此报，非有他也。"愚哉！（《如是我闻三》）

译文：

家奴李福的老婆，非常蛮横暴戾，每天顶撞公婆，当面叫骂，背后诅咒，什么事都做得出来。有人以不孝会受到阴间的责罚来委婉地奉劝她，她就转过头来轻蔑地说："我按时吃观音斋，念观音咒，菩萨法力无边，能消除罪孽，阎罗王又能拿我怎么样？"后来这个妇人恶疾缠身，痛苦不堪，还说："这是我念诵咒语时没有漱口，焚香时用了炊火的原因，因此招来这样的报应，不是因为其他事。"真是愚昧啊！

狐讽人

从舅安公介然言：佃户刘子明，家粗裕。有狐居其仓屋中，数十年一无所扰，惟岁时祭以酒五盏，鸡子数枚而已。或遇火盗，辄叩门窗作声，使主人知之。相安已久。一日，忽闻吃吃笑不止，问之不答，笑弥甚。怒而呵之，忽应曰："吾自笑厚结盟之兄弟，而疾其亲兄弟者也；吾自笑厚其妻前夫之子，而疾其前妻之子者也。何预于君，而见怒如是？"

刘大惭，无以应。俄闻屋上朗诵《论语》曰："法语之言，能无从乎？改之为贵。巽语之言，能无悦乎？绎之为贵。"太息数声而寂。刘自是稍改其所为。后余以告邵闇谷，闇谷曰："此至亲密友所难言，而狐能言之；此正言庄论所难入，而狐以诙谐悟之。东方曼倩何加焉！子倘到刘氏仓屋，当向门三揖之。"（《如是我闻三》）

译文：

堂舅安介然公说：佃户刘子明，家境还算富裕。有个狐精住在他家仓库的房子中，几十年了从不打扰他们，只在过年祭祀时给它供五小杯酒，几颗鸡蛋而已。有时遇到火灾、偷盗等事，就敲门窗发出声响，让主人知道。相安无事很长时间。一天，忽然听到狐精吃吃地笑个不停，问它也不回答，笑声反而更大了。刘子明生气地呵斥它，忽然回答说："我自己笑那些厚待结盟兄弟，而厌恶亲兄弟的人；笑那些厚待妻子与前夫生的儿子，而痛恨自己和前妻生的儿子的人。怎么妨碍到您了，又何必如此动怒？"

刘子明大为惭愧，无以回答。不一会儿听到屋上朗诵《论语》说："合乎规则的话，听到后能不接受吗？改正了就是可贵的。顺从自己心意的话，听到后能不愉悦吗？分析一下才可贵。"叹息了几声就安静了。刘子明从此以后逐渐地改变了他以前的所作所为。后来我拿这个故事讲给邵闇谷，邵闇谷说："这是至亲密友也难以说出的话，而狐精能够说出；这些话严肃认真地说难以让人接受，而狐精用诙谐的话让他醒悟，东方朔也难以超越它！倘若我到刘氏的仓房，一定要向门作三个揖。"

胜妖当以德

宋子刚言：一老儒训蒙乡塾，塾侧有积柴，狐所居也。乡人莫敢犯，而学徒顽劣，乃时秽污之。一日，老儒往会葬，约明日返。诸儿因累几为台，涂朱墨演剧，老儒突返，各挞之流血，恨恨复去。众以为诸儿大者十一二，小者七八岁耳，皆怪师太严。

次日，老儒返，云昨实未归。乃知狐报怨也。有欲讼诸土神者，有议除积柴者，有欲往诟詈者。中一人曰："诸儿实无礼，挞不为过，但太毒耳。吾闻胜妖当以德，以力相角，终无胜理。冤冤相报，吾虑祸不止此也。"众乃已。此人可谓平心，亦可谓远虑矣。（《槐西杂志三》）

译文：

宋子刚说：一个老儒生在村里的学塾教书，学塾一旁有柴垛，有狐精住在那里。村子里的人都不敢碰那个柴垛，但是学徒们顽皮淘气，常常在上面大小便。一天，老儒去参加一个葬礼，约定第二天回来。孩子们趁机把桌子摞起来摆成戏台，把脸涂成红色黑色来演剧，老儒生突然回来，把孩子们暴打一顿，直至流血，恨恨连声地又走了。这些孩子大的也才十一二岁，小的才七八岁，大家都责备老师太过严厉。

第二天，老儒返回，说昨天并没有回来。于是才知道是狐精报仇。有人提议要去土地神那里控告，有人提议拆了那个柴垛，有人想去那里痛骂狐精。其中有一个人说："这些孩子确实无礼，打他们也不为过，但是下手太重。我听说胜妖应该用德，以力相搏，是永远制服不了的。况且冤冤相报，我担心灾祸不只是这些。"众人听了，才放弃了原来的打算。这个人的说法可谓是平心之论，也可以说是有远虑啊。

论自重

冯御史静山家，一仆忽发狂自挝，口作谵语云："我虽落拓以死，究是衣冠。何物小人，傲不避路？今惩尔使知。”静山自往视之曰：“君白昼现形耶？幽明异路，恐于理不宜。君隐形耶？则君能见此辈，此辈不能见君，又何从而相避？”其仆俄如昏睡，稍顷而醒，则已复常矣。

门人桐城耿守愚，狷介自好，而喜与人争礼数。余尝与论此事，曰：“儒者每盛气凌轹，以邀人敬，谓之自重。不知重与不重，视所自为。苟道德无愧于圣贤，虽王侯拥彗不能荣，虽胥靡版筑不能辱。可贵者在我，则在外者不足计耳。如必以在外为重轻，是待人敬我我乃荣，人不敬我我即辱，舆台仆妾皆可操我之荣辱，毋乃自视太轻欤？”守愚曰：“公生长富贵，故持论如斯。寒士不贫贱骄人，则崖岸不立，益为人所贱矣。”

余曰：“此田子方之言，朱子已驳之，其为客气不待辩。即就其说而论，亦谓道德本重，不以贫贱而自屈；非毫无道德，但贫贱即可骄人也。信如君言，则乞丐较君为更贫，奴隶较君为更贱，群起而骄君，君亦谓之能立品乎？先师陈白崖先生，尝手题一联于书室曰：‘事能知足心常惬，人到无求品自高。’斯真探本之论，七字可以千古矣。”（《姑妄听之一》）

译文：

御史冯静山家，一个仆人忽然发狂自己抓自己，嘴里胡说着：“我虽然落拓潦倒至死，但毕竟还是有头有脸的。你是什么东西，竟然如此狂傲不给我让路？现在就要惩罚你，让你知道。”冯静山亲自去看，并说：“您是在白天现形吗？阴阳有别，这样做恐怕不合适吧。您是隐形吗？那么您能看见这些仆人，仆人们却看不见您，又怎么来避开您呢？”他的仆人随即就像昏睡过去一样，过了一会儿醒来，便恢复原来的样子了。

我的学生桐城人耿守愚，耿直刻板洁身自好，总喜欢与人计较礼数。我曾经和他讨论这个故事，说：“读书人往往盛气凌人，想让别人尊敬自己，以为这就是自重。而不知道别人对自己尊敬不尊敬，要看他本人做得怎么样。如果德行无愧于圣贤，那么即便是王侯亲自扫地迎接自己，也不认为是增添了荣耀，即使是自己像苦力一样垒墙，也算不得耻辱。最可贵的东西是自己怎样，外在的东西根本不足以去计较。如果一定要根据别人的态度去衡量自己的轻重，要靠别人尊敬，自己才感到荣耀，别人不尊敬，自己就感到耻辱，那么，杂役奴仆就能操纵我的荣辱，这不是把自己看得太轻了吗？”耿守愚说：“您出身于富贵之家，所以这样说。贫寒的读书人如果因为贫贱而失去傲气，自尊和清高也就不能显示了，就更让人看不起了。”

我说：“这是田子方的观点，朱熹已经给予批驳，这是意气之言，不必再辩了。就这种说法本身而论，它的本义也是要以道德为重，不能因为贫贱而自己轻视自己；并不是说可以一点道德也没有，但贫贱之人也可以在别人面前有傲气。如果真像您说的，那么乞丐比你更贫困，奴隶比你更低贱，他们都在你面前傲气十足，你能说这是他们在树立自己的品格吗？我的先师陈白崖先生，曾亲手写了一副对联挂在书房中，云：‘事能知足心常惬，人到无求品自高。’这才是真正的探求根本的议论，这七个字都可以流传千古了。”

清修之狐

哈密屯军，多牧马西北深山中。屯弁或往考牧，中途恒憩一民家。主翁或具瓜果，意甚恭谨。久渐款洽，然窃怪其无邻无里，不圃不农，寂历空山，作何生计。一日，偶诘其故，翁无词自解，云实蜕形之狐。问："狐喜近人，何以僻处？狐多聚族，何以独居？"曰："修道必世外幽栖，始精神坚定。如往来城市，则嗜欲日生，难以炼形服气，不免于媚人采补，摄取外丹。傥所害过多，终干天律；至往来墟墓，种类太繁，则踪迹彰明，易招弋猎，尤非远害之方。故均不为也。"

屯弁喜其朴诚，亦不猜惧，约为兄弟。翁亦欣然。因出便旋，循墙环视。翁笑曰："凡变形之狐，其室皆幻；蜕形之狐，其室皆真。老夫尸解以来，久归人道，此并葺茅伐木，手自经营，公毋疑如海市也。"他日再往，屯军告月明之夕，不睹人形，而石壁时现二人影，高并丈余，疑为鬼物，欲改牧厂。屯弁以问，此翁曰："此所谓木石之怪夔、罔两也。山川精气，翕合而生，其始如泡露，久而渐如烟雾，久而凝聚成形，尚空虚无质，故月下惟见其影；再百余年，则气足而有质矣。二物吾亦尝见之，不为人害，无庸避也。"后屯弁泄其事，狐遂徙去，惟二影今尚存焉。此哈密徐守备所说。徐云久拟同屯弁往观，以往返须数日，尚未暇也。(《姑妄听之一》)

译文：

哈密的驻军，大多在西北的深山中牧马。屯弁有时去检查放牧情况，中途经常在一户百姓家休息。这家主人有时还准备些瓜果，态度很恭谨。时间长了就慢慢地熟悉起来，但是屯弁心里奇怪这里没有邻居，没有村子，不种菜也不种庄稼，在这座空山里，他靠什么来维持生计。一天，偶然问起这些缘故，老翁回答不上来，说自己其实是蜕去原形的狐狸。屯弁问："狐喜欢接近人，你为什么住在这样偏僻的地方？狐多是聚族而居，而你为何独居？"老翁说："修道必须在远离尘世的幽静的地方居住，精神才能坚定。如果往来于城市中，那么各种欲望就会一天一天地增长，就难以炼形补气，免不了媚惑人采补精气偷取外丹。倘若害人过多，最终就会触犯天律；至于往来坟墓之间，种类太繁杂，而来去的踪迹却清清楚楚，容易引来猎人，更不是远祸避害的方式。所以这样的事我都不做。”

屯弁喜欢老翁的质朴诚实，也不猜疑害怕，与他结为兄弟。老翁也欣然接受。屯弁出去小便，沿着墙转圈看。老翁笑着说：“凡是变形的狐精，它的房子都是幻化的；蜕形的狐精，它的房子是真的。我脱离狐狸形状后，早已经归到人道，这座房子是我割草砍树亲手盖起来的，您不要怀疑它是海市蜃楼。”后来再去的时候，驻军的士兵告诉屯弁，在月明之夜，没有人，石头墙壁上时时现出两个人影，有一丈多高，怀疑是鬼，因此打算更换牧厂。屯弁问老翁是怎么回事，老翁说：“这就是所谓的木石之怪，如夔、魍魉之类的妖怪。它们由山川的精气混合而成，开始时像泡影、露水，久而久之慢慢地变成烟雾，久而久之又凝聚成人形，但还是空虚之形，没有实质，所以月下只能看见它们的影子；再过百余年，它们的精气充足就有了实质。两个影子我也经常看到，不会害人，也不用躲避它们。”后来屯弁将这些事都泄露出去，狐精于是搬走了，只有两个影子现在还在。这是哈密守备徐某说的。徐某说本就打算和屯弁一起去看看，因为往返要好几天，还没腾出时间来。

狐教亡友子

李秋崖言：一老儒家，有狐居其空仓中，三四十年未尝为祟。恒与人对语，亦颇知书；或邀之饮，亦肯出，但不见其形耳。老儒殁后，其子亦诸生，与狐酬酢如其父。狐不甚答，久乃渐肆扰。生故设帐于家，而兼为人作讼牒。凡所批课文，皆不遗失；凡作讼牒，则甫具草辄碎裂，或从手中掣其笔。凡脩脯所入，毫厘不失；凡刀笔所得，虽扃锁严密，辄盗去。凡学子出入，皆无所见；凡讼者至，或瓦石击头面流血，或檐际作人语，对众发其阴谋。

生苦之，延道士劾治。登坛召将，摄狐至。狐侃侃辩曰："其父不以异类视我，与我交至厚。我亦不以异类自外，视其父如兄弟。今其子自堕家声，作种种恶业，不陨身不止。我不忍坐视，故挠之使改图，所攫金皆埋其父墓中，将待其倾覆，周其妻子，实无他肠。不虞炼师之见谴，生死惟命。"道士蹶然下座，三揖而握其手曰："使我亡友有此子，吾不能也。微我不能，恐能者千百无一二，此举乃出尔曹乎！"不别主人，太息径去。其子愧不自容，誓辍是业，竟得考终。（《姑妄听之二》）

译文：

李秋崖说：一个老儒生家，有个狐精住在一间空仓里，三四十年来从没作过怪。常和人对话，也很有学问；有时请它喝酒，也愿意赴约，但是看不见它的形状。老儒生死后，他的儿子也是个秀才，与狐精的交往和他父亲以前一样。可是狐精不怎么搭理他，后来渐渐地开始骚扰起来。秀才一直在家中设私塾教书，也兼职帮人写状子。凡是他批改学生的功课，都丢不了；凡是他写的状子，则刚写完纸张就碎裂了，或者从手中把笔抽走。凡是他教书的收入，一毫一厘也不丢；凡是写状子得来的钱，即便是装进箱子里锁得严严实实，也会被偷走。凡是学生出入，都看不到什么怪异的事情；凡是打官司的来了，有时被瓦片石头打得头破血流，有时狐精在房檐上说话，当众揭露来人的阴谋。

秀才实在受不了，请道士来镇治。道士登坛召将，把狐精抓起来审问。狐精理直气壮地辩解道："他的父亲不把我当成异类，与我交情深厚。我也不因为自己是异类而见外，把他的父亲当作兄弟。如今他的儿子自己败坏家声，做出种种坏事，不毁了自己不罢休。我不能坐视不管，所以给他捣乱让他悔改，我偷他的钱都埋在他父亲的墓中，等到他将来败了家，用来周济他的妻儿子女，实在没有别的目的。不料遭到法师责难，我的生死听由天命。”道士一跃跳下座位，作了三个揖，握住狐精的手说：“就是我去世的朋友有这样的儿子，我也做不到像你这样。不仅仅是我做不到，恐怕能做到的，千百个人里没有一两个，这样的举动居然出自你们狐类！”道士也不和老儒儿子道别，叹息着径自离去。老儒儿子惭愧得无地自容，发誓再也不帮人写状子了，后来得以善终。

第三编　鬼狐亦正直

狐能鉴人

沧州刘士玉孝廉，有书室为狐所据。白昼与人对语，掷瓦石击人，但不睹其形耳。知州平原董思任，良吏也，闻其事，自往驱之。方盛陈人妖异路之理，忽檐际朗言曰："公为官颇爱民，亦不取钱，故我不敢击公。然公爱民乃好名，不取钱乃畏后患耳，故我亦不避公。公休矣，毋多言取困。"

董狼狈而归，咄咄不怡者数日。刘一仆妇甚粗蠢，独不畏狐，狐亦不击之。或于对语时，举以问狐。狐曰："彼虽下役，乃真孝妇也。鬼神见之犹敛避，况我曹乎！"刘乃令仆妇居此室，狐是日即去。（《滦阳消夏录一》）

译文：

沧州举人刘士玉家，有间书房被狐精占据。这狐精大白天与人对话，扔瓦片、石头打人，只是看不到它的形体。担任知州的平原人董思任，是个好官，听到这件事后，亲自来驱赶狐精。正当他在大谈人与妖路数不同的道理时，忽然房檐边传来响亮话音，说："您做官很爱民，也不捞钱，所以我不敢打您。但您爱民是贪图名声，不捞钱是怕有后患，所以我也不躲您。您就不要再多说了，以免自寻麻烦。"

董思任狼狈而回，惊惊乍乍好几天心里都不痛快。刘士玉有一女仆，很是粗蠢，只有她不怕狐精，狐精也不打她。有人在与狐精对话时问起这件事，狐精说："她虽是卑微下人，却是一位真正的孝顺女人。鬼神见了她尚且要躲避，何况是我这样的呢！"刘士玉叫女仆住在这间房中，狐精当天便离开了。

巧取必耗

献县吏王某，工刀笔，善巧取人财。然每有所积，必有一意外事耗去。有城隍庙道童，夜行廊庑间，闻二吏持簿对算，其一曰："渠今岁所蓄较多，当何法以销之？"方沉思间，其一曰："一翠云足矣，无烦迂折也。"是庙往往遇鬼，道童习见，亦不怖。但不知翠云为谁，亦不知为谁销算。俄有小妓翠云至，王某大嬖之，耗所蓄八九，又染恶疮，医药备至，比愈，则已荡然矣。人计其平生所取，可屈指数者，约三四万金。后发狂疾暴卒，竟无棺以殓。（《滦阳消夏录一》）

译文：

献县小吏王某精通刑律诉讼，善于巧取当事人的钱财。但是每当他有点积蓄时，必定会发生意外之事耗去那些钱财。城隍庙有一个道童，一天晚上在走廊里听到两个鬼拿账簿对算，其中一个说："他今年积蓄较多，该用什么办法来消耗掉呢？"说完正低头沉思，另一个说道："一个翠云就够了，用不着费多少周折。"这座庙经常有鬼，道童也司空见惯，不觉得害怕。但不知道翠云到底是谁，也不知道为谁销算。不久有一位叫翠云的妓女来到县城，王某特别宠爱她，在她身上耗去了八九成积蓄，又染上恶疮，看病吃药花费很多，等到痊愈，积蓄已经荡然无存。有人估计他一生巧取的钱财，能够算得上来的，就大约有三四万两银子。可是后来他发疯病突然死去，竟然连装殓的棺材也没有。

狐戏悭啬者

姚安公言：有孙天球者，以财为命。徒手积累至千金，虽妻子冻饿，视如陌路。亦自忍冻饿，不轻用一钱。病革时，陈所积于枕前，一一手自抚摩，曰："尔竟非我有乎？"呜咽而殁。孙未殁以前，为狐所嬲。每摄其财货去，使窘急欲死，乃于他所复得之。如是者不一。

又有刘某者，亦以财为命，亦为狐所嬲。一岁除夕，凡刘亲友之贫者，悉馈数金。讶不类其平日所为。旋闻刘床前私箧，为狐盗去二百余金，而得谢柬数十纸。盖孙财乃辛苦所得，狐怪其悭啬，特戏之而已。刘财多由机巧剥削而来，故狐竟散之。其处置亦颇得宜也。(《滦阳消夏录五》)

译文：

姚安公说：有个叫孙天球的人，视财如命。从白手起家积攒了千金家产，即便妻子受冻挨饿，他也漠视不管。他自己也忍冻挨饿，不轻易花一文钱。病重时，把积攒的钱都摆在枕头前，一一用手抚摸着说："你们最终还是不归我了？"呜咽着死去。孙天球没死之前，被狐精戏弄。常常把他的钱偷了去，让他急得要死，然后再让他在别处找到。这种事有过好几次。

又有一位刘某，也是视财如命，也被狐精戏弄。一年除夕，凡是刘某亲友中贫困的，都得到了刘某馈赠的礼金。亲友们奇怪这不是刘某平日里的作为。不久听说刘某床前的箱子里，被狐精盗去了二百多两银子，却出现了几十张谢柬。大概是因为孙天球的钱财都是辛苦得到的，狐精嫌他吝啬，所以只是戏弄他一下。刘某的钱财多是通过投机取巧剥削而来，所以狐精把这些钱财分给了别人。这种处置也是极为妥帖的。

悍妇抗神

宁津苏子庾言：丁卯夏，张氏姑妇同刈麦，甫收拾成聚，有大旋风从西来，吹之四散。妇怒，以镰掷之，洒血数滴渍地上。方共检寻所失，妇倚树忽似昏醉，魂为人缚至一神祠，神怒叱曰："悍妇乃敢伤我吏，速受杖！"妇性素刚，抗声曰："贫家种麦数亩，资以活命。烈日中妇姑辛苦，刈甫毕，乃为怪风吹散。谓是邪祟，故以镰掷之，不虞伤大王之使者。且使者来往，自有官路，何以横经民田，败人麦？以此受杖，实所不甘。"

神俯首曰："其词直，可遣去。"妇苏而旋风复至，仍卷其麦为一处。说是事时，吴桥王仁趾曰："此不知为何神，不曲庇其私昵，谓之正直可矣。先听肤受之诉，使妇几受刑，谓之聪明则未也。"景州戈荔田曰："妇诉其冤，神即能鉴，是亦聪明矣。倘诉者哀哀，听者愦愦，君更谓之何？"子庾曰："仁趾责人无已时。荔田言是。"(《滦阳消夏录五》)

译文：

宁津的苏子庾说：乾隆丁卯年夏天，张氏婆媳一起割麦，刚把麦子收在一起，有一股大旋风从西边吹来，将麦垛吹得四处飘散。媳妇大怒，把镰刀扔了过去，风过处洒下了几滴血沾染在地上。婆媳二人正一起往回捡被风吹散的麦子，媳妇忽然靠在树上像喝醉酒一样昏睡过去，觉得自己的魂魄被人绑到一座神祠中，神怒叱她说："悍妇竟敢伤我的小吏，赶紧等着挨打！"妇人性格向来刚烈，大声抗议道："贫苦人家种了几亩麦子，是用来活命的。烈日中婆媳二人辛辛苦苦，刚把麦子收好，就被一阵怪风吹散。我以为是作祟害人的鬼怪，所以用镰刀抛它，不曾想伤了大王的使者。况且使者过往，自有官路可走，为何要横着穿过民田，糟蹋人家的麦子呢？因为这件事而受杖刑，我实在不甘心。”

神低着头说：“她的言辞正直，让她走吧。”媳妇苏醒过来，而旋风又刮过来，仍旧把麦子卷到一起。说这件事的时候，吴桥的王仁趾说：“这个不知是什么神，不曲意包庇下属，可以说是正直。先听了手下人的述说，差一点让媳妇受刑，说它聪明就未必了。”景州的戈荔田说：“媳妇述说她的冤情，神就能够明鉴，这个神也算是聪明了。倘若申诉的人一味哀求，听的人昏聩糊涂，你还能说什么呢？”苏子庚说：“仁趾责备人没个完。荔田的话是对的。”

狐之鬼

先师赵横山先生，少年读书于西湖，以寺楼幽静，设榻其上。夜闻室中窸窣声，似有人行，叱问：“是鬼是狐？何故扰我？”徐闻嗫嚅而对曰：“我亦鬼亦狐。”又问：“鬼则鬼，狐则狐耳，何亦鬼亦狐也？”

良久复对曰：“我本数百岁狐，内丹已成，不幸为同类所扼杀，盗我丹去。幽魂沉滞，今为狐之鬼也。”问：“何不诉诸地下？”曰：“凡丹由吐纳导引而成者，如血气附形，融合为一，不自外来，人勿能盗也；其由采补而成者，如劫夺之财，本非己物，故人可杀而吸取之。吾媚人取精，所伤害多矣。杀人者死，死当其罪，虽诉神，神不理也。故宁郁郁居此耳。”

问：“汝居此楼作何究竟？”曰：“本匿影韬声，修太阴炼形之法，以公阳光熏烁，阴魄不宁，故出而乞哀，求幽明各适。”言讫，惟闻搏颡声，问之不复再答。先生次日即移出。尝举以告门人曰：“取非所有者，终不能有，且适以自戕也，可畏哉！”（《如是我闻三》）

译文：

先师赵横山先生，年少时读书在西湖，因为寺庙的楼上幽静，就在上面安置了床铺。夜里听到屋里有窸窸窣窣的声音，好像有人行走，叱骂道："是鬼还是狐？为什么要打扰我？"过了一会儿听到吞吞吐吐地轻声回答："我是鬼也是狐。"赵横山先生又问："鬼就是鬼，狐就是狐，怎么会是鬼也是狐呢？"

过了一会儿回答说："我本是几百岁的狐，内丹已炼成，不幸被同类扼杀，盗走我的内丹。我的灵魂留在这里，如今成为狐界的鬼。"赵横山先生问："为何不去阴司告状呢？"说："凡是内丹都是由吐纳导引而炼成的，就像血气附在身上一样，融合为一体，不是外来之物，人是盗不走的；而通过采补之术炼成的丹，如同劫夺别人的钱财，不是自己的东西，所以同类可以把我杀了把丹吸走。我媚惑人取其精，伤害了很多人。杀人的人该死，罪有应得，即使上诉给神，神也不会理睬的。所以宁可郁郁寡欢住在这里。"

赵横山先生问："你住在这座楼上有什么打算？"回答说："本打算销声匿迹，修炼太阴炼形之法，因为您阳气太盛，熏烤得我阴魂不宁，所以出来向您哀求，请求我们各自到自己适合的地方去吧。"说罢，只听见磕头声，再问就不回答了。赵横山先生第二天就搬出去了。我曾举这件事来告诫门人说："谋取不该属于自己的东西，最终还是不能归自己所有，而且正好害了自己，真是可怕！"

正色狐女

東州邵氏子，性佻荡。闻淮镇古墓有狐女甚丽，时往伺之。一日，见其坐田塍上，方欲就通款曲。狐女正色曰："吾服气炼形，已二百余岁，誓不媚一人。汝勿生妄念。且彼媚人之辈，岂果相悦哉？特摄其精耳，精竭则人亡，遇之未有能免者。汝何必自投陷阱也。”举袖一挥，凄风飒然，飞尘眯目，已失所在矣。先姚安公闻之，曰：“此狐能作此语，吾断其必生天。”（《如是我闻三》）

译文：

東州邵氏公子，行为放荡。听说淮镇古墓有狐女容貌姣好，就经常去悄悄等候。一天，看到狐女坐在田埂上，正想要过去与之交谈。狐女严正地说：“我服气炼形，已经二百多年了，发誓不媚惑一个人。你不要心生妄想。况且那些媚惑人的狐精，果真是出于相爱吗？不过是想摄取你的精气罢了，精尽则人亡，遇上它们就没有能幸免的。你又何必自投罗网呢。”狐女举袖一挥，冷风瑟瑟，尘土飞扬，迷住了他的眼睛，狐女已不知所终了。先父姚安公听说这个故事后说：“这个狐女能说出这样的话，我断定她日后一定能升天。”

孝廉吝啬

香畹又言：一孝廉颇善储蓄，而性啬。其妹家至贫，时逼除夕，炊烟不举。冒风雪徒步数十里，乞贷三五金，期明春以其夫馆谷偿。坚以窘辞。其母涕泣助请，辞如故。母脱簪珥付之去，孝廉如弗闻也。是夕，有盗穴壁入，罄所有去。迫于公论，弗敢告官捕。越半载，盗在他县败，供曾窃孝廉家，其物犹存十之七。移牒来问，又迫于公论，弗敢认。

其妇惜财不能忍，阴遣子往认焉。孝廉内愧，避弗见客者半载。夫母子天性，兄妹至情，以啬之故，漠如陌路。此真闻之扼腕矣。乃盗遽乘之，使人一快；失而弗敢言，得而弗敢取，又使人再快。至于椎心茹痛，自匿其瑕，复败于其妇，瑕终莫匿，更使人不胜其快。颠倒播弄，如是之巧，谓非若或使之哉！然能愧

不见客，吾犹取其足为善。充此一愧，虽以孝友闻可也。（《如是我闻四》）

译文：

刘香畹又说：有个举人很会聚财，而性格吝啬。他妹妹家很是贫困，年关将近，家里揭不开锅。妹妹冒着风雪步行走了几十里，求借三五两银子，说好到明年春天她丈夫收到做塾师的报酬后偿还。举人一再说自己手头紧张，不肯借钱。他的母亲哭着为妹妹求情，举人依旧拒绝。母亲取下自己的发簪、耳环交给女儿，举人就好像没看见一样。当天晚上，有盗贼挖墙洞进了他家，偷走了他所有的钱财。迫于公论，他没敢报官。过了半年，盗贼在别的县被捕，供出曾经偷窃过举人的钱财，财物还存下七成。官府发公文来查询，举人又迫于公论，不敢认领。

他的老婆爱财没能忍住，悄悄派儿子去认领了。举人内心很惭愧，闭门谢客半年之久。母子之间的爱是天性，兄妹之间是至亲，因为吝啬的缘故，冷漠得如同外人。听到这样的事真令人扼腕痛惜。那个盗贼一下子得手，让人大快；举人丢失钱财而不敢说，钱财追回来也不敢取，又让人大快。至于忍着椎心之痛，自己掩盖丑事，又因为妻子而败露，丑事最终还是瞒不住，更让人痛快极了。颠倒捉弄，如此之巧，谁说不是好像有人在摆布安排呢！但是能够羞愧而不见客，这样有羞耻之心我认为还可以救药。就是这一愧疚如扩展开来，也是可以做到以孝友闻名的。

狐之所以为狐

长山聂松岩言：安邱张卯君先生家，有书楼为狐所据，每与人对语。媪婢僮仆，凡有隐匿，必对众暴之。一家畏若神明，惕惕然不敢作过。斯亦能语之绳规，无形之监史矣。然奸黠者或敬

事之，则讳其所短，不肯质言。盖聪明有余，正直则不足也。斯狐之所以为狐欤！（《如是我闻四》）

译文：

长山人聂松岩说：安邱的张卯君先生家，有一座书楼被狐精占据，狐精经常和人对话。一家的婆子、婢女、书童、仆人，只要有什么欺瞒别人的事情，狐精必定当众揭穿。一家人对它畏若神明，小心谨慎不敢有什么过失。这也能称得上是会说话的戒律，无形的监察官了。但是有狡猾的人有时奉承它，狐精就会隐瞒过失不肯直说了。这个狐精是聪明有余而正直不足。这也大概就是狐精之所以是狐精的缘故吧！

侠盗

新城王符九言：其友人某，选贵州一令。贷于西商，抑勒剥削，机械百出。某迫于程限，委曲迁就，而西商枝节益多。争论至夜分，始茹痛书券。计券上百金，实得不及三十金耳。西商去后，持金贮箧，方独坐太息，忽闻檐上人语曰："世间无此不平事！公太柔懦，使人愤填胸臆。吾本意来盗公，今且一惩西商，为天下穷官吐气也。"某悸不敢答。俄屋角窸窣有声，已越垣径去。次日，闻西商被盗，并箧中新旧借券，皆席卷去矣。此盗殊多侠气，然亦西商所为太甚，干造物之忌，故鬼神巧使相值也。（《如是我闻四》）

译文：

新城人王符九说：他的朋友某人，被任命为贵州一地的县令。向一位西商借钱，商人趁机盘剥勒索，使出各式伎俩。朋友迫于赴官的期限，委曲迁就，而商人愈发节外生枝。争执到深夜，朋友才忍痛写了借据。借据上写的是一百两银子，朋友实际拿到的只有三十两。西商走后，朋友将银两收进箱子里，正独自一人坐着叹息，忽然听到屋檐上有人说道：“世间没有这样的不平之事！您太软弱了，让人义愤填膺。我本是来偷你的，今天还是惩罚一下那个商人，为天下穷官出一口气。”朋友害怕不敢回答。过了一会儿屋角窸窣有声，盗贼已经跳墙而走。第二天，听到西商被盗，箱子中的新旧借据，都被盗走了。这个盗贼很有侠气，然而也是因为那个商人做事太过分，冒犯了造物主的忌讳，所以鬼神巧妙地让他付出了代价。

狐友绝交

里人范鸿禧，与一狐友昵。狐善饮，范亦善饮，约为兄弟，恒相对醉眠。忽久不至，一日遇于秫田中，问：“何忽见弃？”狐掉头曰：“亲兄弟尚相残，何有于义兄弟耶？”不顾而去。盖范方与弟讼也。杨铁崖《白头吟》曰：“买妾千黄金，许身不许心；使君自有妇，夜夜白头吟。”与此狐所见正同。（《如是我闻四》）

译文：

乡人范鸿禧，与一个狐精相处融洽。狐友能喝酒，范鸿禧也喜欢喝酒，两人相约为兄弟，常常对饮，喝醉了就睡在一起。忽然狐友很久没有来找范鸿禧，一天在高粱地里相遇，范鸿禧问道：“为什么突然不理我了？”狐精掉转头去说：“亲兄弟尚且手足相残，至于我这样的结义兄弟还能有什么情义？”头也不回就走了。原来当时范鸿禧与他的弟弟打官司。杨维桢《白头吟》诗云：“买妾千黄金，许身不许心；使君自有妇，夜夜白头吟。”与这个狐精的见解完全相同。

布施须己财

沈瑞彰寓高庙读书，夏夜就文昌阁廊下睡。人静后，闻阁上语曰："吾曹亦无用钱处，尔积多金何也？"一人答曰："欲以此金铸铜佛，送西山潭柘寺供养，冀仰托福佑，早得解形。"一人作啐声曰："咄咄大错！布施须己财。佛岂不问汝来处，受汝盗来金耶？"再听之，寂矣。善哉野狐，檀越云集之时，倘闻此语，应如霹雳声也。（《槐西杂志三》）

译文：

沈瑞彰借住在高庙读书，夏天夜里就在文昌阁的廊下睡觉。夜深人静之后，他听到阁楼上有人说话："我们也没有用钱之处，你积攒那么多钱干什么？"一个人回答说："想用这些钱来铸造一尊铜佛像，送到西山潭柘寺来供养，希望托福保佑，让我早点脱形为人。"一个人"啐""啐"作声地说："咂咂！你真是大错了！布施需要用自己的钱。佛祖怎么能不问你钱的来处，而接受你盗来的钱呢？"书生再去听，已经寂静无声了。这只野狐说得真好，施主云集的时候，听到这些话，应当如同霹雳一声。

狐妾自辩

丁药圃言：有孝廉四十无子，买一妾，甚明慧。嫡不能相安，旦夕诟谇。越岁，生一子。益不能容，竟转鬻于远处。孝廉惘惘如有失。独宿书斋，夜分未寐，妾忽搴帷入。惊问："何来？"曰："逃归耳。"孝廉沉思曰："逃归虑来追捕，妒妇岂肯匿？且事已至此，归何所容？"妾笑曰："不欺君，我实狐也。前以人来，人有人理，不敢不忍诟；今以狐来，变幻无端，出入无迹，彼乌得而知之？”因嬿婉如初。

久而渐为童婢泄，嫡大恚，多金募术士劾治。一术士檄将拘妾至，妾不服罪，攘臂与术士争曰：“无子纳妾，则纳为有理；生子遣妾，则遣为负心。无故见出，罪不在我。”术士曰：“既见出矣，岂可私归？”妾曰：“出母未嫁，与子未绝；出妇未嫁，于夫亦未绝。况鬻我者妒妇，非见出于夫。夫仍纳我，是未出也，何不可归？”术士怒曰：“尔本兽类，何敢据人理争？”妾曰：“人变兽心，阴律阳律皆有刑；兽变人心，反以为罪，法师据何宪典耶？”术士益怒曰：“吾持五雷法，知诛妖耳，不知其他。”

妾大笑曰：“妖亦天地之一物，苟其无罪，天地未尝不并育。上帝所不诛，法师乃欲尽诛乎？”术士拍案曰：“媚惑男子，非尔罪耶？”妾曰：“我以礼纳，不得为媚惑；倘其媚惑，则摄精吸气，此生久槁矣。今在家两年，复归又五六年，康强无恙，所谓媚惑者安在？法师受妒妇多金，锻练周内，以酷济贪耳，吾岂服耶！”问答之顷，术士顾所召神将，已失所在。无可如何，瞋目曰：“今不与尔争，明日会当召雷部。”明日，嫡再促设坛，则宵遁矣。盖所持之法虽正，而法以贿行，故魅亦不畏，神将亦不满也。相传刘念台先生官总宪时，题御史台一联曰：“无欲常教心似水，有言自觉气如霜。”可谓知本矣。（《姑妄听之四》）

译文：

丁药圃说：有个举人到了四十岁还没有儿子，买来一妾，很是聪明贤惠。但他的正妻容不下，一天到晚辱骂她。过了一年，小妾为举人生了个儿子。正妻更不能容忍了，竟将妾转卖到远处。举人惘然若有所失。独自一人住在书斋中，夜深了还没有睡着，小妾忽然推开门帘进入书斋。举人惊讶地问：“从哪儿来？”妾回答说：

“逃回来的。”举人沉思说：“你虽逃回来了，但担心有人来追捕，妒妇怎么肯隐瞒呢？况且事已至此，回来你怎么住下来呢？”妾笑着说：“我不骗您，我其实是狐精。原来我是以人的身份到你家来的，人有人的伦常道理，我不能不忍受辱骂；现如今我是以狐精的身份来的，能够变幻无端，出入没有痕迹，她怎么会知道？”于是二人还像以前那么恩爱。

时间一长，这件事慢慢地被仆人婢女泄露，正妻非常愤怒，花了很多钱请术士来捉拿狐精。一个术士请天将把狐妾拘来，她不服罪，与术士扭打争辩说：“主人没有儿子而纳妾是有理的；生下儿子又遣走妾就是负心。我无故遭到休弃，罪责不在我。”术士说：“既然你已经被休弃，怎么能够私自回来？”狐妾说：“母亲被休但没有改嫁，与儿子的关系就没有断绝；妻子被休却没有改嫁，和丈夫的关系也没有断绝。况且我是被妒妇卖掉，不是被丈夫休弃。丈夫容得下我，这并不是休弃，为什么不可以回来？”术士生气地说：“你原本是兽类，怎么敢根据人的伦理来与我争辩？”妾说：“人变了兽心，阴间阳间的律法都有刑罚；兽变成人心，为甚反而有罪，法师是根据哪部律法？”术士更为生气，说：“我用的是五雷法，只知道诛杀妖怪，不知道别的什么。”

妾大笑说：“妖也是天地间的一物，如果它没有罪，天地也允许它与万物并存。天帝都不诛杀，法师却要诛杀吗？”术士拍着桌子说：“你媚惑男人，这不是你的罪吗？”妾说：“我按照礼法被纳为妾，不能说是媚惑；如若真是媚惑，那么就会摄吸他的精气，我的丈夫早就形容枯槁了。如今我在家住了两年，回来后又过了五六年，丈夫身体强健没有病痛，所谓媚惑又从何说起？法师接受妒妇很多钱，就千方百计地罗织我的罪名，不过是借用这些手段来达到贪婪的目的，我怎么能服呢！”就在一问一答之间，术士四处顾望他招来的神将，都已经走了。他无可奈何，只能瞪着眼睛说：“我今天不和你争，明天我就请雷神来。”第二天，正妻再次催促法师设坛降妖，法师早就逃走了。看起来法师所持的法是光明正大，却是因为接受了贿赂才施行法术，所以狐精也不怕他，神将也对他不满。相传刘宗周先生在任总宪的时候，在御史台题写一联说：“无欲常教心似水，有言自觉气如霜。”可谓是说到根本上去了。

第四编　鬼狐亦风雅

鬼论诗

平定王孝廉执信，尝随父宦榆林。夜宿野寺经阁下，闻阁上有人絮语，似是论诗。窃讶此间少文士，那得有此？因谛听之，终不甚了了。后语声渐出阁廊下，乃稍分明。其一曰："唐彦谦诗格不高，然'禾麻地废生边气，草木春寒起战声'，故是佳句。"其一曰："仆尝有句云：'阴碛日光连雪白，风天沙气入云黄'，非亲至关外，不睹此景。"

其一又曰："仆亦有一联云：'山沉边气无情碧，河带寒声亘古秋'，自谓颇肖边城日暮之状。"相与吟赏者久之。寺钟忽动，乃寂无声。天晓起视，则扃钥尘封。"山沉边气"一联，后于任总镇遗稿见之。总镇名举，出师金川时，百战阵殁者也。"阴碛"一联，终不知为谁语，即其精灵长在，得与任公同游，亦决非常鬼矣。(《滦阳消夏录一》)

译文：

平定的举人王执信，曾经跟随父亲到榆林赴任。夜里住在一座野庙的藏经阁下面，听到楼上面有人窸窸窣窣地说话，好像在谈论诗歌。王执信暗自惊讶，这里很少有文士，怎么会有人在这里讨论诗？于是仔细去听，但听不太清楚。后来说话声渐渐地传到走廊里，才稍稍听得清楚了。其中一人说："唐彦谦的诗格调不高，不过'禾麻地废生边气，草木春寒起战声'倒是佳句。"另一人说：

"我曾经写过这样的句子：'阴碛日光连雪白，风天沙气入云黄'，若不是亲身到过关外，是看不到这样的景象的。"

前一人又说："我也写过一联：'山沉边气无情碧，河带寒声亘古秋'，个人认为这两句诗很贴切地描绘了边城日暮的景象。"两人共同吟诵、鉴赏诗歌很久。寺庙的钟声忽然响了，论诗的声音也随之消失。天亮后，王执信到经阁上面去看，只见门闩紧闭，锁上落满灰尘。"山沉边气"一联，后来在任总镇的遗稿中得见。任总镇名字叫举，出师金川时身经百战而阵亡。"阴碛"一联，最终还是不知道是谁写的。但诗人灵魂长在，可以和任公同游，也一定不是普通之鬼。

罗洋山人诗

莆田林教谕霈，以台湾俸满北上。至涿州南，下车便旋，见破屋墙匡外，有磁锋划一诗曰："骡纲队队响铜铃，清晓冲寒过驿亭。我自垂鞭玩残雪，驴蹄缓踏乱山青。"款曰"罗洋山人"。读讫，自语曰："诗小有致，罗洋是何地耶？"屋内应曰："其语似是湖广人。"入视之，惟凝尘败叶而已。自知遇鬼，惕然登车。恒郁郁不适，不久竟卒。（《滦阳消夏录一》）

译文：

莆田教谕林霈，在台湾任职期满后北上。到了涿州南，下车小便，看到破屋围墙外用碎瓷刻了一首诗："骡纲队队响铜铃，清晓冲寒过驿亭。我自垂鞭玩残雪，驴蹄缓踏乱山青。"落款为"罗洋山人"。读罢，自言自语说："诗有些情趣，罗洋是什么地方呢？"屋里传出声音回答说："看诗句好像是湖广一带人。"林霈进屋察看，只有满屋堆积的尘土和枯残的树叶。他知道遇上鬼了，慌张登车离去。此后总是心情郁郁不舒服，不久他竟然去世了。

怪僧属对

范蘅洲言：昔渡钱塘江，有一僧附舟，径置坐具，倚樯竿，不相问讯。与之语，口漫应，目视他处，神意殊不属。蘅洲怪其傲，亦不再言。时西风过急，蘅洲偶得二句，曰："白浪簸舡头，行人怯石尤。"下联未属，吟哦数四。僧忽闭目微吟曰："如何红袖女，尚倚最高楼。"蘅洲不省所云，再与语，仍不答。比系缆，恰一少女立楼上，正着红袖。乃大惊，再三致诘。曰："偶望见耳。"然烟水淼茫，庐舍遮映，实无望见理。疑其前知，欲作礼，则已振锡去。蘅洲惘然莫测，曰："此又一骆宾王矣！"（《滦阳消夏录一》）

译文：

范蘅洲说：从前渡钱塘江，有个僧人搭船，径直将坐具放置在船上，倚靠着桅杆，不和别人搭话。和他说话，只是散漫地答应，眼睛却望着别处，一副心不在焉的样子。范蘅洲责怪他高傲，也不再和他说话。当时西风急过，范蘅洲偶成两句诗："白浪簸舡头，行人怯石尤。"下联还未想好，只是一遍遍吟咏上联。僧人忽然闭目低吟："如何红袖女，尚倚最高楼。"范蘅洲不知其诗句意思，再与他说话，仍然不搭理。等到船靠岸系缆绳的时候，正好有一少女站在楼上，穿的正是红衣服。于是大为吃惊，再三请教僧人。僧人回答说："偶然看见罢了。"但是当时船行江中，烟波浩渺，房屋被遮挡，根本不可能看到如此景象。怀疑僧人先知先觉，想要致意敬礼，但僧人却拄着锡杖离开了。范蘅洲茫然不知僧人为何人，说："这又是一个骆宾王了！"

雅狐画荷

丁亥春，余携家至京师。因虎坊桥旧宅未赎，权往钱香树先生空宅中。云楼上亦有狐居，但扃锁杂物，人不轻上。余戏粘一诗于壁曰："草草移家偶遇君，一楼上下且平分。耽诗自是书生癖，彻夜吟哦莫厌闻。"一日，姬人启锁取物，急呼怪事。余走视之，则地板尘上，满画荷花，茎叶苕亭，具有笔致。因以纸笔置几上，又粘一诗于壁曰："仙人果是好楼居，文采风流我不如。新得吴笺三十幅，可能一一画芙蕖？"越数日启视，竟不举笔。以告裘文达公，公笑曰："钱香树家狐，固应稍雅。"（《滦阳消夏录三》）

译文：

乾隆丁亥年春天，我带着家眷到京城。因为虎坊桥的旧宅还没有赎回来，暂且住在钱香树先生的一座空宅子中。听说这座楼上也有狐精居住，只是里面锁着杂物，一般人不轻易上去。我开玩笑地在墙上贴了一首诗："草草移家偶遇君，一楼上下且平分。耽诗自是书生癖，彻夜吟哦厌莫闻。"一天，小妾开锁取物，大喊出了怪事。我跑去看，只见在地板的尘土上画满了荷花，茎干枝叶亭亭玉立，颇有风格。于是将纸笔放在几案上，又在墙上贴了一首诗："仙人果是好楼居，文采风流我不如。新得吴笺三十幅，可能一一画芙蕖？"等过了几天去看，纸笔竟然原封不动。我把这件事告诉了裘文达公，裘公笑着说："钱香树家的狐精，本应该文雅些。"

木客论诗

益都李词畹言：秋谷先生南游日，借寓一家园亭中。一夕就枕后，欲制一诗。方沉思间，闻窗外人语曰：“公尚未睡耶？清词丽句，已心醉十余年。今幸下榻此室，窃听绪论，虽已经月，终以不得质疑问难为恨，虑或仓卒别往，不罄所怀，便为平生之歉。故不辞唐突，愿隔窗听挥麈之谈。先生能不拒绝乎？”

秋谷问：“君为谁？”曰：“别馆幽深，重门夜闭，自断非人迹所到。先生神思夷旷，谅不恐怖，亦不必深求。”问：“何不入室相晤？”曰：“先生襟怀萧散，仆亦倦于仪文，但得神交，何必定在形骸之内耶？”秋谷因日与酬对，于六义颇深。如是数夕，偶乘醉戏问曰：“听君议论，非神非仙，亦非鬼非狐，毋乃‘山中木客解吟诗’乎？”语讫寂然。穴隙窥之，缺月微明，有影蓬蓬然，掠水亭檐角而去。园中老树参云，疑其木魅矣。

词畹又云：秋谷与魅语时，有客窃听。魅谓渔洋山人诗，如名山胜水，奇树幽花，而无寸土艺五谷；如雕栏曲榭，池馆宜人，而无寝室庇风雨；如彝鼎罍洗，斑斓满几，而无釜甑供炊爨；如纂组锦绣，巧出仙机，而无裘葛御寒暑；如舞衣歌扇，十二金钗，而无主妇司中馈；如梁园金谷，雅客满堂，而无良友进规谏。秋谷极为击节。又谓明季诗，庸音杂奏，故渔洋救之以清新；近人诗，浮响日增，故先生救之以刻露。势本相因，理无偏胜。窃意二家宗派，当调停相济。合则双美，离则两伤。秋谷颇不平之云。（《滦阳消夏录三》）

译文：

益都人李词畹说：秋谷先生南游时，借住在一家的园亭里。一天晚上上床躺下后，想作一首诗。正在沉思，听到窗外有人说话：“您还没有睡吧？您的清词丽句，我已醉心十多年了。如今您正好下榻在这间屋子里，我荣幸地偷听到您的高论，虽然已经有一个

［元］陆仲渊《十王图·泰山王》

［元］陆仲渊《十王图·阎罗王》

月，始终没有机会和您讨论，太遗憾了，担心您可能突然到了别处，不能尽情倾述，那就将遗憾终生了。所以我不顾唐突，想隔着窗户听听您的高论。先生能不拒绝我吗？”

秋谷问：“您是谁？”回答说：“别馆环境幽深，门户夜晚都已关闭，肯定不是人迹所能到的。先生的神思平和旷达，大概不会害怕，就不必深究了。”秋谷先生问：“为何不进房间见面？”回答说：“先生的襟怀潇洒闲散，我也厌倦于礼仪，只要精神交流，何必一定要形体接触？”秋谷先生因此每天同他应酬答对，发现他对古诗六艺颇有造诣。这样几个晚上后，秋谷先生偶尔乘着酒醉开玩笑地问道：“听了您的议论，不是神不是仙，也不是鬼不是狐，莫非是苏轼所谓的‘山中木客解吟诗’吗？”话说完便寂静无声了。秋谷先生从窗缝往外偷看，残月的微光中，有个蓬蓬的影子掠过水亭的檐角而去。园中老树参天，怀疑他是树木的精魅。

李词畹又说：秋谷先生与树魅说话时，有人偷听。树魅说，渔洋山人的诗就像名山胜水，奇树幽花，而没有一寸泥土来种植五谷；如同雕栏曲榭，池苑台馆，风景宜人，却没有遮蔽风雨的寝室；如同彝、鼎、罍、洗等古玩器皿，色彩斑斓，堆满桌子，而没有釜甑这些用来做饭的炊具；如同编织锦绣，精巧得就像仙女所织，却没有裘葛抵御寒暑；如同舞衣歌扇，美女众多，而没有主持家务料理饮食的主妇；如同梁园、金谷园等雅客满堂，文人汇聚，却没有谏诤的良友。秋谷先生极为赞赏。又说明末诗歌如平庸的音乐杂乱鸣奏，所以渔洋山人用清新的诗歌风格来加以补救；近代人的诗，浮华的声响逐日增加，所以先生用深刻显豁的诗风加以补救。这种发展的趋势应该相互借鉴，没有胜负之理。我私自认为两家宗派应当调和互补。合则双方都好，离则两败俱伤。据说秋谷听了这段议论后心中颇有不平。

鬼亦大佳

朱青雷言：尝与高西园散步水次。时春冰初泮，净绿瀛溶。高曰："忆晚唐有'鱼鳞可怜紫，鸭毛自然碧'句，无一字言春水，而晴波滑笏之状，如在目前。惜不记其姓名矣。"朱沉思未对间，老柳后有人语曰："此初唐刘希夷诗，非晚唐也。"趋视无一人，朱悚然曰："白日见鬼矣。"高微笑曰："如此鬼，见亦大佳，但恐不肯相见耳。"对树三揖而行。

归检刘诗，果有此二语。余偶以告戴东原，东原因言：有两生烛下对谈，争《春秋》周正夏正，往复甚苦。窗外忽太息言曰："左氏周人，不容不知周正朔，二先生何必词费也。"出视窗外，惟一小僮方酣睡。观此二事，儒者日谈考证，讲"曰若稽古"，动至十四万言。安知冥冥之中，无在旁揶揄者乎？（《滦阳消夏录五》）

译文：

朱青雷说：曾和高西园一同在水边散步。时值早春，河冰刚刚融化，洁净的绿水波纹荡漾。高西园说："记起晚唐有'鱼鳞可怜紫，鸭毛自然碧'的诗句，没有一个字提及春水，而晴日里水波荡漾的样子就好像在眼前。可惜记不得作诗者的姓名来了。"朱青雷沉思一会儿也没有回答出来，听到老柳树后有人说："这是初唐刘希夷的诗，不是晚唐的。"走过去看，并无一人，朱青雷害怕地说："大白天见鬼了。"高西园微笑着说："这样的鬼，见一见倒也好，只是担心不肯相见。"说罢，高西园对着树作了三个揖离开。

回去后检索刘希夷诗，果真有这两句。我偶然将这件事告诉了戴东原，戴东原接着这个话说：有两个书生在烛下交谈，争论《春秋》的历法是周代的还是夏代的，来来回回，僵持不下。窗外忽然有叹息的声音说：“左丘明是周人，不会不知道周代的历法，两位先生何必费那么多话。”到窗外查看，只见一个小童正在酣睡。从这两件事来看，儒学者每日谈考证，讲《尚书》中的“曰若稽古”，动辄十四万言。怎么知道冥冥之中，没有人在旁边嘲笑呢？

鬼尚好名

董曲江前辈言：顾侠君刻《元诗选》成，家有五六岁童子，忽举手外指曰：“有衣冠者数百人，望门跪拜。”嗟乎！鬼尚好名哉！余谓剔抉幽沉，搜罗放佚，以表章之力，发冥漠之光，其衔感九泉，固理所宜有。至于交通声气，号召生徒，祸枣灾梨，递相神圣，不但有明末造，标榜多诬，即月泉吟社诸人，亦病未离乎客气矣。盖植党者多私，争名者相轧，即盖棺以后，论定犹难；况乎文酒流连，唱予和汝之日哉。《昭明文选》以何逊见存，遂不登一字。古人之所见远矣。（《滦阳消夏录六》）

译文：

董曲江前辈说：顾嗣立刻《元诗选》刚刚完工，家里有个五六岁的孩子，忽然举着手指向外面说：“有几百个衣冠整齐的人，对着门跪拜。”哎呀！鬼尚且好名啊！我认为精选被埋没的诗人，搜集散失的诗作，来让死者的作品发扬光大，他们在九泉之下感念不尽，这是理所应当的事情。至于互相联络，号召门徒，胡乱刻印，互相吹捧为神圣，不但是明代末期彼此标榜的多半名不副实，即使是月泉吟社的那些人，也摆脱不了客套虚夸的毛病。大概结党的人多有私心，争名的相互倾轧，就是盖棺以后，也难下定论；何况是一起喝酒论文，我唱你和的时候。《昭明文选》因何逊而得以流传，他自己的文章一个字也没有留在里面。古人的见地可谓深远。

鬼亦有雅俗

王菊庄言：有书生夜泊鄱阳湖，步月纳凉，至一酒肆，遇数人，各道姓名，云皆乡里。因沽酒小饮，笑言既洽，相与说鬼。搜异抽新，多出意表。一人曰："是固皆奇，然莫奇于我所见矣。曩在京师，避嚣寓丰台花匠家，邂逅一士共谈。吾言此地花事殊胜，惟墟墓间多鬼可憎。士曰：'鬼亦有雅俗，未可概弃。吾曩游西山，遇一人论诗，殊多精诣。自诵所作，有曰"深山迟见日，古寺早生秋"，又曰"钟声散墟落，灯火见人家"，又曰"猿声临水断，人语入烟深"，又曰"林梢明远水，楼角挂斜阳"，又曰"苔痕侵病榻，雨气入昏灯"，又曰"鸺鹠岁久能人语，魍魉山深每昼行"，又曰"空江照影芙蓉泪，废苑寻春蛱蝶魂"，皆楚楚有致。方拟问其居停，忽有铃驮琅琅，欻然灭迹。此鬼宁复可憎耶？'吾爱其脱洒，欲留共饮。其人振衣起曰：'得免君憎，已为大幸，宁敢再入郇厨？'一笑而隐。方知说鬼者即鬼也。"

书生因戏曰："此等奇艳，古所未闻。然阳羡鹅笼，幻中出幻，乃转辗相生，安知说此鬼者，不又即鬼耶？"数人一时变色，微风飒起，灯光黯然，并化为薄雾轻烟，蒙蒙四散。(《如是我闻一》)

译文：

王菊庄说：有个书生夜里停泊在鄱阳湖，在月下散步纳凉，走到一家酒店，遇到几个人，各自说了姓名，后来知道都是同乡。于是他们一起买酒小酌，谈笑融洽，就一起讲起故事来。纷纷收罗奇闻逸事，大多在意料之外。一个人说："这些怪异故事果然新奇，但是都没有我所听到这个更奇异。从前我在京城丰台的一个花匠家住，邂逅了一个读书人，和他攀谈。我说这里的花养得很好，只是坟墓间有鬼，太讨厌了。读书人说：'鬼也有雅俗，不可一概而否定。从前我游览西山，遇到一个人谈论诗歌，有很多精辟见解。他吟诵自己的诗，如“深山迟见日，古寺早生秋”，又如“钟声散墟落，灯火见人家”，又如“猿声临水断，人语入烟深”，又如“林梢明远水，楼角挂斜阳”，又如“苔痕侵病榻，雨气入昏灯”，又如“鸺鹠岁久能人语，魍魉山深每昼行”，又如“空江照影芙蓉泪，废苑寻春蛱蝶魂”，都很有情致。我正想问他住在哪里，忽然听到铃铎琅琅作响，这人忽然不见了。这个鬼难道可恶吗？’我喜欢这位读书人的洒脱，想把他留下来一起喝酒。读书人抖抖衣服站起来说：‘能让您不讨厌已经很幸运了，怎么还敢留下来享受您的美味佳肴呢？’一笑间就不见了。才知道说鬼的人原来也是鬼。”

书生听了开玩笑地说：“这个奇异的故事前所未闻。然而正如鹅笼书生的故事，幻中生幻，能辗转相生，怎么知道你这个说鬼的人，不就是鬼呢？”几个人一下子变了脸色，忽然一阵风吹过，灯光昏暗，那些人化作薄雾轻烟，一下子就散去了。

故老之词

江宁王金英，字菊庄，余壬午分校所取士也。喜为诗，才力稍弱，然秀削不俗，颇近宋末四灵。尝画艺菊小照，余戏仿其体格题之，有“以菊为名字，随花入画图”句，菊庄大喜，则所尚可知矣。撰有诗话数卷，尚未成书，霜凋夏绿，其稿不知流落何所。

犹记其中一条云：江宁一废宅，壁上微有字迹。拂尘谛视，乃绝句五首。其一曰：“新绿渐长残红稀，美人清泪沾罗衣。蝴蝶不管春归否，只趁菜花黄处飞。”其二曰：“六朝燕子年年来，朱雀桥圮花不开。未须惆怅问王谢，刘郎一去何曾回？”其三曰：“荒池废馆芳草多，踏青年少时行歌。谯楼鼓动人去后，回风袅袅吹女萝。”其四曰：“土花漠漠围颓垣，中有桃叶桃根魂。夜深踏遍阶下月，可怜罗袜终无痕。”其五曰：“清明处处啼黄鹂，春风不上枯柳枝。惟应夹陀双石兽，记汝曾挂黄金丝。”字极怪伟，不著姓名，不知为人语鬼语。余谓此福王破灭以后，前明故老之词也。（《槐西杂志一》）

译文：

江宁人王金英，字菊庄，是乾隆壬午年我出任会试同考官时所录取的举人。喜欢写诗，但才气稍弱，然而他的诗风清秀削刻而不俗，很接近宋末永嘉四灵的风格。他曾画过一幅艺菊画像，我有意模仿他的诗风在画上题诗，有“以菊为名字，随花入画图”这样一句，王菊庄很高兴。由此可知他的爱好。他撰写了几卷诗话，还没有成书，不幸早逝，他的书稿现在不知流落在哪儿了。

我还记得其中有一条说：江宁有一座废弃的宅院，墙上隐约有字迹。拂去尘土仔细看，乃是绝句五首。第一首：“新绿渐长残红稀，美人清泪沾罗衣。蝴蝶不管春归否，只趁菜花黄处飞。”第二首：“六朝燕子年年来，朱雀桥圮花不开。未须惆怅问王谢，刘郎一去何曾回？”第三首：“荒池废馆芳草多，踏青年少时行歌。谯楼鼓动人去后，回风袅袅吹女萝。”第四首：“土花漠漠围颓垣，中有桃叶桃根魂。夜深踏遍阶下月，可怜罗袜终无痕。”第五首：“清明处处啼黄鹂，春风不上枯柳枝。惟应夹陀双石兽，记汝曾挂黄金丝。”字迹雄健怪异，也不写姓名，不知道是人语还是鬼语。我认为这是福王被执杀后，明朝遗老写的诗。

见鬼诗

钱塘俞君祺偶忘其字，似是佑申也。乾隆癸未，在余学署。偶见其《野泊不寐》诗曰：“芦荻荒寒野水平，四围唧唧夜虫声。长眠人亦眠难稳，独倚枯松看月明。”余曰：“杜甫诗曰：‘巴童浑不寝，夜半有行舟。’张继诗曰：‘姑苏城外寒山寺，夜半钟声到客船。’均从对面落笔，以半夜得闻，写出未睡，非咏巴童舟、寒山寺钟也。君用此法，可谓善于夺胎。然杜、张所言是眼前景物，君忽然说鬼，不太鹘兀乎？”俞君曰：“是夕实遥见月下一人倚树立，似是文士。拟就谈以破岑寂，相去十余步，竟冉冉没，故有此语。”钟忻湖戏曰：“‘云中鸡犬刘安过，月里笙歌炀帝归。’唐人谓之见鬼诗，犹嫌假借。如公此作，乃真不愧此名。”（《槐西杂志一》）

译文：

钱塘人俞祺君，一下子想不起他的名字，好像叫佑申。乾隆癸未年，在我的学署中任职。偶然看见他的一首《野泊不寐》诗云：“芦荻荒寒野水平，四围唧唧夜虫声。长眠人亦眠难稳，独倚枯松看月明。”我说：“杜甫诗云：‘巴童浑不寝，夜半有行舟。’张继诗云：‘姑苏城外寒山寺，夜半钟声到客船。’都是从对面落笔，以半夜听到声音，写出一个人没有睡着，而并非是吟咏巴童之舟、寒山寺的钟。您用这样的写诗方法，可以说是善于创新。但是杜甫、张继所说的是眼前景物，您忽然说到鬼，是不是太突兀了？”俞祺君说：“当天晚上我确实远远看见月下有一个人靠着树站立着，好像是个文人。我想过去和他攀谈解闷，距离他十几步远的时候，他竟然慢慢地消失了，所以写了这首诗。”钟忻湖说笑道：“‘云中鸡犬刘安过，月里笙歌炀帝归。’唐人认为这是见鬼诗，还觉得是假借。像您这首诗，真不愧是名副其实的见鬼诗了。”

鬼论诗文

周书昌曰：“昔游鹊华，借宿民舍。窗外老树森翳，直接冈顶。主人言时闻鬼语，不辨所说何事也。是夜月黑，果隐隐闻之，不甚了了。恐惊之散去，乃启窗潜出，匍匐草际，渐近窃听。乃讲论韩、柳、欧、苏文，各标举其佳处，一人曰：‘如此乃是中声，何前后七子，必排斥不数，而务言秦汉，遂启门户之争？’一人曰：‘质文递变，原不一途。宋末文格猥琐，元末文格纤秾，故宋景濂诸公力追韩、欧，救以春容大雅。三杨以后，流为台阁之体，日就肤廓，故李崆峒诸公，又力追秦汉，救以奇伟博丽。隆、万以后，流为伪体，故长沙一派又反唇焉。大抵能挺然自为宗派者，其初必各有根柢，是以能传；其后亦必各有流弊，是以互诋。然董江都、司马文园文格不同，同时而不相攻也。李、杜、王、孟诗格不同，亦同时而不相攻也。彼所得者深焉耳。后之学者，论甘则忌辛，是丹则非素，所得者浅焉耳。’语未竟，我忽作嗽声，遂乃寂然。惜不尽闻其说也。”余曰：“此与李词畹记饴山事均以平心之论托诸鬼魅，语已尽，无庸歇后矣。”书昌微愠曰：“永年百无一长，然一生不能作妄语。先生不信，亦不敢固争。”(《槐西杂志四》)

译文：

周书昌说：“当年游历鹊华山时，借住在民家屋舍。窗外老树枝叶茂盛，一直绵延至山岗顶上。主人说时常听到附近有鬼说话，不知它们在说什么。当天晚上，没有月亮，果真隐隐听到有说话声音，只是听不太清。我怕惊散它们，于是便打开窗户悄悄出来，趴在草地里，慢慢接近它们，偷听它们说些什么。原来，它们是在谈论韩愈、柳宗元、欧阳修、苏轼的文章，各自标举他们文章的妙处，一个人说：‘这样的评论才是中肯之言，为什么前后七子排斥他们的作品，还一定要标榜秦汉之文，由此挑起门户之争呢？’另一个人说：‘质文代变，原本就不是按着一条途径。宋末的文风格调猥琐卑下，元末的诗文风格纤巧秾丽，所以宋濂等人主张学习韩、欧之文，以雍容大雅的风格来救元末诗文的弊习。明初杨士奇、杨荣、杨溥之后，文坛流行台阁体，文章日趋肤浅，所以李梦阳等人，又主张学习秦汉之文，用奇伟博丽来救台阁体的弊端。明代隆庆、万历之后，这种文风流于模仿，所以茶陵文人又反唇相讥。大抵能在文坛上自立宗派的人，当初必定有学习的根底，所以其诗派能够传承；发展到后来也必然会出现流弊，所以又互相诋毁。但是董仲舒、司马相如的文章风格不同，他们同处一个时代却不相攻击。李白、杜甫、王维、孟浩然的诗歌风格也不同，他们也同处一个时代却不相攻击。这是因为他们的学识渊博、修养深厚啊。后来的学者，谈论甘甜就忌讳辛辣，肯定红色就非议白色，这是因为他们的见识浅薄。’他的话还没说完，我忽然咳嗽了一声，于是再也没有动静了。可惜没能听全他们的议论。”我说：“这和李词畹所记的饴山之事，都是将平心公正之论借鬼魅的话说出来，这些话已经讲透了，后面的不必再说了。”周书昌有些不高兴地说：“我周永年平生一无所长，但是一辈子不说谎话。先生不信，我也不和您硬争了。”

文人好名

郑太守慎人言：尝有数友论闽诗，于林子羽颇致不满。夜分就寝，闻笔砚格格有声，以为鼠也。次日，见几上有字二行，曰：“如‘楸雨古潭暝，礼星寒殿开’，似钱、郎诸公都未道及，可尽以为唐摹晋帖乎？”时同寝数人，书皆不类；数人以外，又

无人能作此语者。知文士争名，死尚未已，郑康成为厉之事，殆不虚乎？（《姑妄听之一》）

译文：

太守郑慎人说：曾经有几位朋友一起评论福建诗人之诗，对明初福建籍诗人林鸿的诗很不满意。半夜就寝后，听到笔砚等物发出格格的声音，以为是进了老鼠。第二天，看到几案上有两行字，写着："像'檄雨古潭暝，礼星寒殿开'这样的诗句，好像唐代钱起、郎士元等人也没有写过，你们能说我的诗全是'唐摹晋帖'吗？"当时一同就寝的有好几个人，笔迹与桌子上的字都不同；除了这几个人，又没有别人能写出这样的话来。才明白这是文士喜欢争名，死了还不罢休，传说东汉时的郑玄死了以后还化为恶鬼为自己争名，这种事也许是真的吧？

翰林院鬼论诗

景少司马介兹官翰林时，斋宿清秘堂，此因乾隆甲子御题"集贤清秘"额，因相沿称之，实无此堂名。积雨初晴，微月未上，独坐廊下，闻瀛洲亭中语曰："今日楼上看西山，知杜紫微'雨余山态活'句，真神来之笔。"一人曰："此句佳在'活'字，又佳在'态'字烘出'活'字，若作山色、山翠，则兴象俱减矣。"疑为博晰之等尚未睡，纳凉池上，呼之不应；推户视之，阒无人迹。次日，以告晰之。晰之笑曰："翰林院鬼，故应作是语。"（《姑妄听之二》）

译文：

兵部侍郎景介兹在翰林院任职时，斋戒独宿在清秘堂，这是因为乾隆甲子年御题"集贤清秘"的匾额，后来人们就这么叫，其实没有这样的堂名。连绵阴雨刚刚放晴，月牙儿还没有上来，独自坐在廊庑下，听到瀛洲亭中有人说话："今天在楼上看西山，才知道杜牧'雨余山态活'一句，真是神来之笔。"一个人说："这句诗好在'活'字上，又好在'态'字烘托出'活'字，如果写作山色、山翠，那么兴象都减少了。"他怀疑这是博晰之等人还没有睡觉，在池边纳凉，叫他们也不答应；推开门一看，静悄悄地一个人也没有。第二天，把这件事告诉博晰之。他笑着说："翰林院的鬼，当然应该谈论这些话题。"

鬼唱曲

李义山诗"空闻子夜鬼悲歌"，用晋时鬼歌子夜事也。李昌谷诗"秋坟鬼唱鲍家诗"，则以鲍参军有《蒿里行》，幻窅其词耳。然世固往往有是事。田香沚言：尝读书别业，一夕，风静月明，闻有度昆曲者。亮折清圆，凄心动魄。谛审之，乃《牡丹亭》"叫画"一出也。忘其所以，静听至终。忽省墙外皆断港荒陂，人迹罕至，此曲自何而来？开户视之，惟芦荻瑟瑟而已。（《姑妄听之三》）

译文：

李商隐诗"空闻子夜鬼悲歌"一句，用的是晋朝时鬼唱《子夜歌》的典故。李贺诗"秋坟鬼唱鲍家诗"一句，则是化用鲍照《蒿里行》，他再加以想象发挥。然而世上往往有这种事。田香沚说：他曾在别墅读书，一天晚上，风静月明，听见有人在唱昆曲。腔高调亮，清丽圆润，听后让人伤心动魄。仔细去听，唱的是《牡丹亭》"叫画"一出。田香沚听得入神，忘了想别的，一直静静地听完。忽然醒悟墙外都是荒废的水岸码头，人迹罕至，这歌声是从哪里来的？打开门看，只有芦苇在秋风中瑟瑟摇动而已。

鬼赌背诗

香沚又言：有老儒授徒野寺。寺外多荒冢，暮夜或见鬼形，或闻鬼语。老儒有胆，殊不怖。其僮仆习惯，亦不怖也。一夕，隔墙语曰："邻君已久，知先生不讶。尝闻吟咏，案上当有温庭筠诗，乞录其《达摩支曲》一首焚之。"又小语曰："末句'邺城风雨连天草'，祈写'连'为'粘'，则感极矣。顷争此一字，与人赌小酒食也。"

老儒适有温集，遂举投墙外。约一食顷，忽木叶乱飞，旋飚怒卷，泥沙洒窗户如急雨。老儒笑且叱曰："尔辈勿劣相，我筹之已熟：两相角赌，必有一负；负者必怨，事理之常。然因改字以招怨，则吾词曲；因其本书以招怨，则吾词直。听尔辈狡狯，吾不愧也。"语讫而风止。褚鹤汀曰："究是读书鬼，故虽负气求胜，而能为理屈。然老儒不出此集，不更两全乎？"王谷原曰："君论世法也。老儒解世法，不老儒矣。"（《姑妄听之三》）

译文：

田香沚又说：有个老儒在一所野寺中教授生徒。寺外有很多荒坟，黄昏夜晚，有时能看到鬼影，有时能听见鬼说话。老儒胆子很大，一点儿也不害怕。他的僮仆习惯了，也不害怕。一天晚上，有个鬼隔着墙对老儒说："咱们做邻居很久了，我知道先生不害怕。曾听到您吟诵诗句，书桌上一定有温庭筠的诗，想求您抄录那本《达摩支曲》诗烧掉。"接着又小声说："末句'邺城风雨连天草'，请您把'连'字写成'粘'，我就感激不尽了。刚才为了争论这个字，和人打赌输赢酒菜。"

老儒刚好有本温庭筠诗集，于是便随手把它扔到墙外。约莫过了一顿饭的时间，忽然树枝树叶乱飞，狂风怒吼，泥沙打在窗户上如同急雨。老儒笑着骂道：“你们不要这样子，我谋划得很周到：双方打赌，必定有一方输掉；输掉的人一定不高兴，这是事之常理。然而因为把诗中的字改掉招来怨恨，那么是我理亏；如果我用原文，即使受人怨恨，我也会理直气壮。任凭你们怎么狡诈，我也不会愧疚。”话说完风就停了。褚鹤汀说：“毕竟是个读书的鬼，所以尽管他们为一个字赌气求胜，仍然能明白事理。但是老儒如果不把那本诗集扔出墙外，不是更两全其美了吗？”王谷原说：“您说的是世故应酬的做法。老儒如果懂这些，也就不是老儒生了。”

鬼论诗词

李秋崖与金谷村尝秋夜坐济南历下亭，时微雨新霁，片月初生，秋崖曰：“韦苏州‘流云吐华月’句气象天然，觉张子野‘云破月来花弄影’句便多少着力。”谷村未答，忽暗中人语曰：“岂但着力不着力，意境迥殊。一是诗语，一是词语，格调亦迥殊也。即如《花间集》‘细雨湿流光’句，在词家为妙语，在诗家则靡靡矣。”愕然惊顾，寂无一人。(《姑妄听之三》)

译文：

李秋崖与金谷村曾经于秋夜里坐在济南历下亭，当时正值小雨过后，天气转晴，新月刚刚升起，李秋崖说：“韦应物‘流云吐华月’一句兴味意象得自天然，比较起来，张先‘云破月来花弄影’一句便多少带有人工雕琢的痕迹。”金谷村没有应答，忽然黑暗中听到有人说：“这不是雕琢不雕琢的事，两首诗意境不同。况且一个是诗歌语言，一个是词的语言，格调也很不一样。就像《花间集》中‘细雨湿流光’一句，对于词作来说是妙语，对于诗作则太纤巧颓靡了。”两人惊讶地寻看四周，静悄悄地没有一个人。

神仙谈艺

王昆霞作《雁宕游记》一卷，朱导江为余书挂幅，摘其中一条云："四月十七日，晚出小石门，至北磵，耽玩忘返，坐树下待月上。倦欲微眠，山风吹衣，栗然忽醒。微闻人语曰：'夜气澄清，尤为幽绝，胜罨画图中看金碧山水。'以为同游者夜至也。俄又曰：'古琴铭云："山虚水深，万籁萧萧。古无人踪，惟石嶕峣。"真妙写难状之景。尝乞洪谷子画此意，竟不能下笔。'窃讶斯是何人，乃见荆浩？起坐听之。又曰：'顷东坡为画竹半壁，分柯布叶，如春云出岫，疏疏密密，意态自然，无杈丫怒张之状。'又一人曰：'近见其《西天目诗》，如空江秋净，烟水渺然；老鹤长唳，清飔远引，亦消尽纵横之气。缘才子之笔，务殚心巧；飞仙之笔，妙出天然，境界故不同耳。'知为仙人，立起仰视。忽扑簌一声，山花乱落，有二鸟冲云去。"其诗有"蹑屐颇笑谢康乐，化鹤亲见徐佐卿"句，即记此事也。（《姑妄听之四》）

译文：

王昆霞写过《雁宕游记》一卷，朱导江为我写一幅书法挂轴时，摘录其中一段："四月十七日，我晚出小石门，到了北磵，贪玩忘记了回家，坐在树下等待月亮升起。困倦了想要眯一会儿，山风吹起衣服，感到战栗而惊醒。隐约听到有人说：'夜里气雾澄清，更加幽静，胜过图画中色彩斑斓的山水景象。'我以为这是同游之人夜里到了。过了一会儿又说：'古代的《琴铭》中说："山虚水深，万籁萧萧。古无人踪，惟石嶕峣。"这真是巧妙地写出难以描绘的景象。我曾请洪谷子将这一意境画为画，他竟无法下笔。'我很惊讶，暗想这是谁，竟然能够见到荆浩？于是坐起来听他们说话。一人又说道：'前不久苏东坡为我画了半面墙壁的竹子，枝叶伸展，就像春天山谷中的云雾飘涌而出，有疏有密，意趣神态十分自然，没有那种权丫怒张的形态。’又有一人说：‘近日我见他写的《西天目诗》，意境就像秋天空阔江面一样明净，烟水浩渺；又如老鹤长鸣，凄清嘹亮，传向远方，也消尽了他从前纵横傲岸的气势。这是因为才子之笔往往务尽巧思；飞仙之笔天然神妙，境界所以不同。’我知道这两位一定是仙人，站起来仰视他们。忽然‘扑簌’一声，山间野花纷纷散落，有两只鸟向天空飞去。”王昆霞有两句诗说“蹑屐颇笑谢康乐，化鹤亲见徐佐卿”，记的就是这件事。

第五编　鬼狐谈学问

鬼谈理学

交河及孺爱、青县张文甫，皆老儒也，并授徒于献。尝同步月南村北村之间，去馆稍远，荒原阒寂，榛莽翳然。张心怖欲返，曰："墟墓间多鬼，曷可久留！"俄一老人扶杖至，揖二人坐，曰："世间安得有鬼，不闻阮瞻之论乎？二君儒者，奈何信释氏之妖妄。"因阐发程朱二气屈伸之理，疏通证明，词条流畅。

二人听之，皆首肯，共叹宋儒见理之真。递相酬对，竟忘问姓名。适大车数辆远远至，牛铎铮然，老人振衣急起曰："泉下之人，岑寂久矣。不持无鬼之论，不能留二君作竟夕谈。今将别，谨以实告，毋讶相戏侮也。"俯仰之顷，欻然已灭。是间绝少文士，惟董空如先生墓相近，或即其魂欤。(《滦阳消夏录一》)

译文：

交河的及孺爱、青县的张文甫，都是老儒生，一同在献县教授学生。二人曾经月夜在南村与北村间散步，渐渐远离了学馆，来到一片草木丛生，寂静无人的荒野。张文甫心里害怕想回去，说："废墟坟墓间有鬼，怎么可以久留！"不一会儿有一老翁拄杖前来，向二人施礼后坐下说："世间哪有鬼，难道没听说过阮瞻的论述吗？二位是读书人，怎么能听信佛家的怪异荒诞之说。"接着老翁阐发宋代程朱学派的阴阳二气消长的理论，讲解通达，条贯清晰，文辞流畅。

二人听后都点头称赞，感叹宋儒理解得真切。彼此互相应答与老翁谈论理学，竟忘记了问他姓名。这时恰好有几辆大车过来，牛铃碰撞发出铮铮声响，老人立刻敛衣起身说：“我这黄泉之下的人，寂寞太久了。如果不说无鬼论，也不能留下二位先生长谈。现在马上要分别，谨以实话相告，望二位切勿惊讶，不要认为我是有意捉弄你们。”就在作揖抬头之间，老翁忽然就不见了。这一带很少有文士，只有董空如先生的墓离得近些，大概就是董先生的灵魂吧。

经香阁

朱子颖运使言：守泰安日，闻有士人到岱岳深处，忽人语出石壁中，曰：“何处经香，岂有转世人来耶？”剨然震响，石壁中开，贝阙琼楼，涌现峰顶，有耆儒冠带下迎。士人骇愕，问此何地。曰：“此经香阁也。”士人叩经香之义。曰：“其说长矣，请坐讲之。昔尼山删定，垂教万年，大义微言，递相授受。汉代诸儒，去古未远，训诂笺注，类能窥见先圣之心；又淳朴未漓，无植党争名之习，惟各传师说，笃溯渊源。沿及有唐，斯文未改。迨乎北宋，勒为注疏十三部，先圣嘉焉。诸大儒虑新说日兴，渐成绝学，建是阁以贮之。中为初本，以五色玉为函，尊圣教也；配以历代官刊之本，以白玉为函，昭帝王表章之功也，皆南面；左右则各家私刊之本，每一部成，必取初印精好者，按次时代，庋置斯阁，以苍玉为函，奖汲古之勤也，皆东西面。并以珊瑚为签，黄金作锁钥。东西两庑以沉檀为几，锦绣为茵。诸大儒之神，岁一来视，相与列坐于斯阁。后三楹则唐以前诸儒经义，帙以纂组，收为一库。自是以外，虽著述等身，声华盖代，总听其自贮名山，不得入此门一步焉，先圣之志也。诸书至子刻午刻，一字一句，皆发浓香，故题曰经香。盖一元斡运，二气絪缊，阴起午中，阳生子半，圣人之心，与天地通。诸大儒阐发圣人之理，其精奥亦与天地通，故相感也。然必传是学者始闻之，他人则否。世儒于此十三部，或焚膏继晷，钻仰终身；或锻炼苛求，百端掊击，亦各因其性识之所根耳。君四世前为刻工，曾手刊《周礼》半部，故余香尚在，吾得以知君之来。”因引使周览阁庑，款以茗果。送别，曰：“君善自爱，此地不易至也。”士人回顾，惟万峰插天，杳无人迹。

案，此事荒诞，殆尊汉学者之寓言。夫汉儒以训诂专门，宋儒以义理相尚。似汉学粗而宋学精。然不明训诂，义理何自而知？概用诋诽，视犹土苴，未免既成大辂，追斥椎轮，得济迷川，遽焚宝筏。于是攻宋儒者，又纷纷而起。故余撰《四库全书·诗部总叙》有曰：宋儒之攻汉儒，非为说经起见也，特求胜于汉儒而已；后人之攻宋儒，亦非为说经起见也，特不平宋儒之诋汉儒而已。韦苏州诗曰：“水性自云静，石中亦无声，如何两相激，雷转空山惊。”此之谓矣。

平心而论，《易》自王弼始变旧说，为宋学之萌芽。宋儒不攻《孝经》，词义明显。宋儒所争，只今文古文字句，亦无关宏旨，均姑置勿议。至《尚书》《三礼》《三传》《毛诗》《尔雅》诸注疏，皆根据古义，断非宋儒所能。《论语》《孟子》，宋儒积一生精力，字斟句酌，亦断非汉儒所及。盖汉儒重师传，渊源有自。宋儒尚心悟，研索易深。汉儒或执旧文，过于信传；宋儒或凭臆断，勇于改经。计其得失，亦复相当。惟汉儒之学，非读书稽古，不能下一语；宋儒之学，则人人皆可以空谈。其间兰艾同生，诚有不尽餍人心者，是嗤点之所自来。此种虚构之词，亦非无因而作也。（《滦阳消夏录一》）

译文：

朱子颖运使说：他任泰安知府时，听说有个读书人到泰山深处，忽然听到从石壁中传来说话声："是什么地方的经书香味，难道有转世的人来了？"随着"剨"的一声震响，石壁从中间裂开，峰顶上出现了紫贝、美玉装饰的宫阙楼阁，有位年老的儒者顶冠束带下来迎接。读书人惊怕奇怪，问这里是什么地方。老者回答说："这里是经香阁。"读书人叩问经香的意思。老者回答说："说来话长，请坐下听我慢慢道来。过去孔子删定经书，垂教万年，诸经要义、精微的言辞，一代代传授下来。汉代各位大儒，距离上古不远，训诂、笺注，大概还能够理解先圣的本意；而且当时风俗淳朴，尚未流于浇薄，没有培植党羽争名逐利的习气，只是各自传承老师的学问，诚笃地追溯学问的渊源。流传至唐代，斯文之气也没有改变。到了北宋，刻为注疏十三部，得到先圣的嘉许。各位大儒担心新说日渐兴盛，儒家经典学说将渐渐失传，所以建造这座阁楼来贮藏它们。中间陈列的是初刻本，装在五色玉做的书函里，表示尊崇先圣的遗教；再附以历代官刊的本子，装在白玉书函中，以彰显帝王倡导的功德，这些都放在南面；左右都是各家的私刻本，每一部书印成，必定选出初印精美的本子，以年代为序，收藏在这座阁子里，这些书以青色玉做成书函，奖励专研古籍辛勤之人，这些都放在东西两面。所有经书用珊瑚做成书签，用黄金做锁钥。东西两边廊屋里用沉香、檀木做小桌子，用锦绣做垫子。各位大儒的神灵，每年都来视察一次，一起依次坐在书阁里。后面三排房子，放置唐以前各位大儒解释经书义理的书籍，依次编列，收入一个库房。除此以外，即便著述等身，声名超出当代，也只是由他们自己将著作藏匿深山，不得进入这座阁楼门一步，这是先圣的意旨。这些书每到子刻、午刻，一字一句，都能发出浓郁的香味，所以题名叫经香。因为事物的始端旋转运行，阴阳二气相互作用，阴气起于正午时，阳气生于夜半子时，圣人的心与天地相通。各位大儒阐发圣人的义理，精微深奥也与天地相通，因此能与天地相感应。但是必须是传承这门学问的人才能够闻得到这种香气，别人是闻不到的。世上的儒者对这十三部经书，有的夜以继日地钻研仰望一生；有的深推曲解，吹毛求疵，百般抨击，也是因为他们各自的性情学识的根底不同。您四世前为刻字工，曾经手刻过半部《周礼》，所以余香还在，我知道您来了。”因此老者引导读书人周游浏览阁楼，用茶点、果品来款待他。送别时，老者对读书人说：“您善于自爱，这个地方是不容易来的。”读书人回头一看，只有万峰直插天空，幽深不见人迹。

按，这件事荒唐怪诞，大概是尊汉学者的寓言。汉儒以训诂为专门学问，宋儒重在义理阐发。似乎汉学粗疏而宋学精要。但是不明白训诂，又怎能了解义理？一概诋毁排斥汉学，视之如粪土，未免就如同已经造好精美的大车，却返回来斥责早时没有安装辐条的车轮，就像渡过迷津，却立即焚烧丢弃宝贵的筏子。于是攻击宋儒的人，又纷纷而起。所以我在编撰《四库全书·诗部总叙》时说：宋儒攻击汉儒，不是为了说经，不过是想刻意胜过汉儒而已；后人攻击宋儒，也不是为了说经，不过是为宋儒诋毁汉儒鸣不平而已。韦应物诗曰：“水性自云静，石中亦无声，如何两相激，雷转空山惊。”说的就是这个意思。

平心而论，《周易》从王弼开始改变旧说，是宋学的萌芽。宋儒不攻击《孝经》旧疏，是因为词义明显。宋儒所争的，只是今文、古文的字句，也无关于大旨，都可以暂且搁置不论。至《尚书》《三礼》《三传》《毛诗》《尔雅》各种注疏，都是根据古义，断然不是宋儒所能做到的。《论语》《孟子》，宋儒投入一生精力，字斟句酌，也断然不是汉儒所能达到的。一般说来，汉儒注重师传，学问都有渊源。宋儒崇尚心悟，认为研求容易深入。汉儒有时过于执着旧文，过于相信师传；宋儒有时仅凭臆断，大胆改经。双方优劣得失，也差之不多。只是汉儒的学问，若不读书不查考古义，就一句话也说不到点子上；宋儒的学问，则人人皆可以高谈阔论。这中间好比兰草、艾草同生，确实有让人不能满足的地方，这就是宋学遭受讥笑指摘的地方。所以，这些虚构的故事，也不是无缘无故而起的。

狐翁读书

何励庵先生言：相传明季有书生，独行丛莽间，闻书声琅琅，怪旷野那得有是。寻之，则一老翁坐墟墓间，旁有狐十余，各捧书蹲坐。老翁见而起迎，诸狐皆捧书人立。书生念既解读书，必不为祸。因与揖让，席地坐。

问："读书何为？"老翁曰："吾辈皆修仙者也。凡狐之求仙有二途：其一采精气，拜星斗，渐至通灵变化，然后积修正果，是为由妖而求仙。然或入邪僻，则干天律。其途捷而危。其一先炼形为人，既得为人，然后讲习内丹，是为由人而求仙。虽吐纳导引，非旦夕之功，而久久坚持，自然圆满。其途纡而安。顾形不自变，随心而变。故先读圣贤之书，明三纲五常之理，心化则形亦化矣。"书生借视其书，皆《五经》《论语》《孝经》《孟子》之类，但有经文而无注。问："经不解释，何由讲贯？"老翁曰："吾辈读书，但求明理。圣贤言语，本不艰深，口相授受，疏通训诂，即可知其义旨，何以注为？"

书生怪其持论乖僻，惘惘莫对。姑问其寿，曰："我都不记。但记我受经之日，世尚未有印板书。"又问："阅历数朝，世事有无同异？"曰："大都不甚相远，惟唐以前，但有儒者。北宋后，每闻某甲是圣贤，为小异耳。”书生莫测，一揖而别。后于途间遇此翁，欲与语，掉头径去。案，此殆先生之寓言。先生尝曰：“以讲经求科第，支离敷衍，其词愈美而经愈荒；以讲经立门户，纷纭辩驳，其说愈详而经亦愈荒。”语意若合符节。又尝曰：“凡巧妙之术，中间必有不稳处。如步步踏实，即小有蹉失，终不至折肱伤足。”与所云修仙二途，亦同一意也。（《滦阳消夏录三》）

译文：

何励庵先生说：相传明末有位书生，独自在丛林草莽间赶路，听到有琅琅的读书声，很奇怪在旷野中怎么能有这样的声音。循声寻找，只见一位老翁坐在坟墓间，旁边有十多只狐狸，都捧着书蹲坐着。老翁看到书生起身相迎，那些狐狸也都捧着书像人一样站立。书生心想既然它们懂得读书，必定不会害人。于是相互施礼，席地而坐。

书生问：“读书为了什么？”老翁回答说：“我们都是修仙的。凡狐狸求仙有两条途径：一种是采精气，拜星斗，慢慢地达到通灵变化，然后再修炼成正果，这是由妖而求仙。但是如果入了邪僻，则触犯天条。这种方法快捷而危险。一种是先修炼成人性，既然修炼成人，然后再讲习内丹，这是由人而求仙。即使采用吐纳导引的方法，也并非一朝一夕的功夫，要长时间坚持，自然而然达到圆满。这种修炼方式虽然曲折但是安全。但形体不能自然而变，是随心而变。所以先读圣贤的书，明白三纲五常的道理，心变化了，形体也就随着变化了。”书生借过它的书来看，都是《五经》《论语》《孝经》《孟子》之类，但只有经文而无注解。书生问：“经文不解释，怎么能够讲得通呢？”老翁回答说：“我们读书，只求明理。圣贤的语言，本来是不艰深的，口头讲授，将词义疏通，就可以知道书的义旨，要注解做什么？”

书生觉得他的议论怪僻，惘然不知所对。姑且问他的年寿，回答说：“我都不记得了。只记得我学习经书的时候，世上还没有刻版印刷的书。”书生又问：“经历了几个朝代，您觉得世事有没有同异？”老翁回答说：“大都差不太远，在唐以前，只有儒者。北宋后，常听说某甲是圣贤，这点小有差别罢了。”书生不懂他的意思，作揖告别。后来在路上偶然遇到这位老翁，想要和他说话，老翁却掉头径自离去。按，这大概是何励庵先生的寓言。先生曾说：“用讲解经文来求科第，把经书理解得支离模糊，言辞愈是精美，经文就愈是荒疏；用讲解经文来树立门户，众说纷纭，辩论驳杂，说法愈是周详，经文也就愈是荒疏。”他的说法与寓言中老翁的看法完全一致。又曾说：“凡是巧妙的方法，中间必然有不稳当的地方。如果步步踏实，即便小有差池，最终也不至于跌得折腿伤足。”这与老翁所说修仙的两种途径，也是一个意思。

崔寅辨《易》

牛公晦庵，尝与五公山人散步城南，因坐树下谈《易》。忽闻背后语曰：“二君所论乃术家《易》，非儒家《易》也。”怪其适自何来，曰：“已先坐此，二君未见耳。”

问其姓名，曰：“江南崔寅。今日宿城外旅舍，天尚未暮，偶散闷闲行。”山人爱其文雅，因与接膝，究术家儒家之说，崔曰：“圣人作《易》，言人事也，非言天道也；为众人言也，非为圣人言也。圣人从心不逾矩，本无疑惑，何待于占？惟众人昧于事几，每两歧罔决，故圣人以阴阳之消长，示人事之进退，俾知趋避而已。此儒家之本旨也。顾万事万物，不出阴阳，后人推而广之，各明一义。杨简、王宗传阐发心学，此禅家之《易》，源出王弼者也；陈抟、邵康节推论先天，此道家之《易》，源出魏伯阳者也；术家之《易》，衍于管、郭，源于焦、京，即二君所言是矣。《易》道广大，无所不包，见智见仁，理原一贯。后人忘其本始，反以旁义为正宗。是圣人作《易》，但为一二上智设，非千万世垂教之书，千万人共喻之理矣。经者常也，言常道也；经者径也，言人所共由也。曾是六经之首，而诡秘其说，使人不可解乎？”

二人喜其词致，谈至月上未已，诘其行踪，多世外语。二人谢曰：“先生其儒而隐者乎？”崔微哂曰：“果为隐者，方韬光晦迹之不暇，安得知名？果为儒者，方返躬克己之不暇，安得讲学？世所称儒称隐，皆胶胶扰扰者也。吾方恶此而逃之。先生休矣，毋污吾耳！”剨然长啸，木叶乱飞，已失所在矣，方知所见非人也。（《滦阳消夏录六》）

译文：

牛晦庵公曾和五公山人在城南散步，走累了就坐在树下谈论《周易》。忽然听到背后有话音，说：“二位所论乃是术家的《易》，不是儒家的《易》。”两人觉得很奇怪他刚才是从哪儿来的，说：“我已经先坐在这里了，二位没看见罢了。”

问他的姓名，回答说：“江南崔寅。今天在城外旅店中住宿，天还没黑，偶尔闲走解解闷。”五公山人喜欢他的文雅，和他促膝交谈，推究术家、儒家的说法，崔寅说：“圣人作《易》，是说人事，不是说天道；是为众人言说，不是为圣人言说。圣人处事随心所欲但不会超越法度，本来没有疑惑，何必用占卜决定？只是一般人不了解行事时机，遇到分歧就很难解决，所以圣人用阴阳的消长，来显示人事的进退，让人们知道趋吉避凶罢了。这是儒家的本义。以此来看万事万物，都不出阴阳两端，后世人推广开来，各自发展了自己的学说。杨简、王宗传阐发心学，这是禅家

《易》学，源出于王弼的学说；陈抟、邵康节推论先天，这是道家的《易》学，源出于魏伯阳的学说；方术家的《易》学，推演于管辂、郭璞，起源于焦延寿、京房的学说，就是您二位所说的。《易》所涉及的道理范围广大，无所不包，见仁见智，各有道理，道理原是一贯的。后世人忘了它的本义，反而以歧义为正宗。所以圣人作《易》，只是为了一两位上等智慧的人而设，并不是用以教育千秋万代大众的书，并不是要千万人共同理解的道理。经，是“常”的意思，说的是常理；经，也是“径”的意思，说的是所有人都要沿着走的道路。《易》曾是六经之首，把它说得神秘莫测，难道是为了让人不能理解吗?”

两位先生欣赏他的谈吐雅致，一直聊到月亮升起还没有尽兴，询问他的行迹，回答多是世外之话。二人施礼道：“先生是隐居的儒士吗?”崔寅微笑说：“果真是隐士的话，隐姓埋名掩藏踪迹都来不及，怎么还能让你们知道我的名字？果真为儒者的话，修养自身都来不及，怎么能讲学？世上所谓的儒者和隐士，都是庸庸碌碌，乱七八糟的角色。我正是厌恶这些人而躲避在此。先生别说了，不要弄脏了我的耳朵！”他忽然剨的一声长啸，树叶乱飞之间已消失在眼前，这才知道所见的不是人类。

狐教子弟

里人王五贤，幼时闻呼其字，是此二音，不知即此二字否也。老塾师也。尝夜过古墓，闻鞭朴声，并闻责数曰：“尔不读书识字，不能明理，将来何事不可为？上干天律时，尔悔迟矣。”谓深更旷野，谁人在此教子弟。谛听，乃出狐窟中。五贤喟然曰：“不图此语闻之此间。”(《如是我闻一》)

译文：

同村人王五贤，儿时听到叫他的字是这两个音，不知道是否就是这两个字。是个老塾师。曾在夜晚路过古墓，听到有抽鞭子的声音，还听到数落的话，说：“你不读书识字，不能明白道理，将来什么事情干不出来呢？等到触犯天条的时候，你后悔也来不及了。”他想着在这更深夜静的旷野之中，是谁在教育子弟。仔细听，这声音是出自狐狸洞中。王五贤感叹地说：“没有料到这样的话竟然在这里听到。”

萧客好古

余布衣萧客言：有士人宿会稽山中，夜间隔涧有讲诵声。侧耳谛听，似谈古训诂。次日，越涧寻访，杳无踪迹。徘徊数日，冀有所逢。

忽闻木杪人语曰：“君嗜古乃尔，请此相见。”回顾之顷，石室洞开，室中列坐数十人，皆掩卷振衣，出相揖让。士人视其案上，皆诸经注疏。居首坐者拱手曰：“昔尼山奥旨，传在经师；虽旧本犹存，斯文未丧；而新说叠出，嗜古者稀。先圣恐久而渐绝，乃搜罗鬼录，征召幽灵。凡历代通儒，精魂尚在者，集于此地，考证遗文；以此转轮，生于人世，冀递修古学，延杏坛一线之传。子其记所见闻，告诸同志，知孔孟所式凭，在此不在彼也。”士人欲有所叩，倏已梦醒，乃倚坐老松之下。

萧客闻之，裹粮而往，攀萝扪葛，一月有余，无所睹而返。此与朱子颖所述经香阁事，大旨相类。或曰：“萧客喜谈古义，尝撰《古经解钩沉》，故士人投其所好以戏之，是未可知。”或曰：“萧客造作此言，以自托降生之一，亦未可知也。”（《如是我闻二》）

译文：

我的布衣朋友萧客说：有个读书人住在会稽山中，夜里隔着山涧听到对面有讲诵的声音。侧耳细听，好像在谈古代的训诂学。第二天，越过山涧去寻访，杳无人迹。这样徘徊往返了几天，希望能够碰见那些人。

忽然听到树梢有人说话："您那样爱好古学，就请您来此相见。"他回头一看，石室的门洞打开，室中排坐着几十个人，都合上书本站起身来整理衣服，出来行礼，请他进去。读书人看到桌子上都是儒家的经文注疏。坐在首座上的人拱手说道："以前孔子删定六书的奥秘，由历代经师传授；虽然旧本依然存在，文章还没有遗失；而新的解说层出不穷，爱好古学的人越来越少。先圣担心久而久之慢慢地绝迹，于是搜罗鬼录，征召幽灵。凡是历代的通儒，灵魂还在的，都聚集在这里，考证遗留下来的文章；然后按照次序转生到人世，希望他们来传递修治古学，延续孔圣人的学问。请您记住在这里的所见所闻，告诉志同道合的人，让他们知道孔孟之学的根据在这里，而不是在他们那里。"读书人还想询问一些其他的事情，忽然梦醒，原来是倚坐在老松下。

萧客听说了这件事，带着干粮前去，他攀爬藤萝，跋山涉水，找了一个多月，什么也没找到，无功而返。这个故事和朱子颖所讲的经香阁的故事，大旨是相同的。有人说："萧客喜欢谈论古义，曾撰写《古经解钩沉》，所以读书人投其所好来戏弄他，也不是不可能。"有人说："萧客编造这个故事，用来伪托他自己就是历代大儒的转生，也不是不可能。"

真伪颠倒

后汉敦煌太守裴岑《破呼衍王碑》，在巴里坤海子上关帝祠中，屯军耕垦，得之土中也。其事不见《后汉书》，然文句古奥，字画浑朴，断非后人所依托。以僻在西域，无人摹拓，石刻锋棱犹完整。乾隆庚寅，游击刘存存此是其字，其名偶忘之矣。武进人也。摹刻一木本，洒火药于上，烧为斑驳，绝似古碑。二本并传于世，赏鉴家率以旧石本为新，新木本为旧。与之辩，傲然弗信也。以同时之物，有目睹之人，而真伪颠倒尚如此，况以千百年外哉！《易》之象数，《诗》之小序，《春秋》之三传，或亲见圣人，或去古未远，经师授受，端绪分明。宋儒曰："汉前人皆不知，吾以理知之也。"其类此夫。（《如是我闻四》）

译文：

后汉敦煌太守裴岑的《破呼衍王碑》，在巴里坤海子上游的关帝祠中，是屯军垦荒时，从土中挖到的。这件事《后汉书》没有记载，但碑文上的文词古奥，书法浑朴，肯定不是后人所伪造的。因为在偏僻的西域，没有人摹拓，石刻的刀痕笔画还完好无损。乾隆庚寅年，游击刘存存这是他的字，他的名偶然忘记了。武进人。摹刻一个木本，在上面洒上火药，烧成了斑斑驳驳的痕迹，像极了古碑。两个本子都有传世，赏鉴家大都以为旧石本是新的，新木本是旧的。与他们争辩，他们傲然不信。本来是同时代的东西，又有目睹的人，却还会如此真伪颠倒，更何况千百年以外的事物呢！《周易》的象数，《诗经》的小序，《春秋》的三传，有的是和圣人同时，有的离古代不远，师徒授受，头绪很清楚。宋儒说："汉代以前的都不懂，我凭借推理弄懂了。"这和此事也很相像。

宋学妄传

相去数千里，以燕赵之人，谈滇黔之俗，而谓居是土者，不如吾所知之确，然耶否耶？晚出数十年，以髫龀之子，论耆旧之事，而曰见其人者，不如吾所知之确，然耶否耶？左丘明身为鲁史，亲见圣人，其于《春秋》，确有源委。至唐中叶，陆淳辈始持异论，宋孙复以后，哄然佐斗，诸说争鸣，皆曰左氏不可信，吾说可信。何以异于是耶？

盖汉儒之学务实，宋儒则近名，不出新义，则不能耸听；不排旧说，则不能出新义。诸经训诂，皆可以口辩相争，惟《春秋》事迹厘然，难于变乱。于是谓左氏为楚人，为七国初人，为秦人，而身为鲁史，亲见圣人之说摇。既非身为鲁史，亲见圣人，则传中事迹，皆不足据，而后可惟所欲言矣。沿及宋季，赵鹏飞作《春秋经筌》，至不知成风为僖公生母，尚可与论名分、定褒贬乎？元程端学推波助澜，尤为悍戾。

偶在五云多处即原心亭检校端学《春秋解》，周编修书昌因言：有士人得此书，珍为鸿宝。一日，与友人游泰山，偶谈经义，极称其论叔姬归酅一事，推阐至精。夜梦一古妆女子，仪卫尊严，厉色诘之曰："武王元女，实主东岳。上帝以我艰难完节，接迹共姜，俾隶太姬为贵神，今二千余年矣。昨尔述竖儒之说，谓我归酅为淫于纪季，虚辞诬诋，实所痛心！我隐公七年归纪，庄公二十年归酅，相距三十四年，已在五旬以外矣。以斑白之嫠妇，何由知季必悦我？越国相从，《春秋》之法，非诸侯夫人不书，亦如非卿不书也。我待年之媵，例不登诸简策，徒以矢心不二，故仲尼有是特笔。程端学何所依凭而造此暧昧之谤耶？尔再妄传，当脔尔舌，命从神以骨朵击之。"狂叫而醒，遂毁其书。

余戏谓书昌曰："君耽宋学，乃作此言！"书昌曰："我取其所长，而不敢讳所短也。"是真持平之论矣。（《槐西杂志二》）

译文：

相距几千里的燕赵之人，谈云南、贵州一带的风俗，却说居住在当地的人，不如我了解得真切细致，这种说法对不对呢？晚出生几十年，作为一个小孩儿，论前辈的事情，却对见过前辈的人说，你知道的不如我确切，这种观点对不对呢？左丘明身为鲁国史官，亲眼见过孔圣人，他对于《春秋》，的确了解它的源流始末。到了唐代中叶，陆质等人才开始有了不同见解，宋代孙复之后，又有人一哄而起参与论争，都认为左氏观点不可信，只有自己的说法可信。为什么会有如此不同的观点呢？

大概是汉儒治学务实，宋儒则看重名声，如果不能生发新义，就不能耸人听闻；不推翻旧说，就不能重立新说。对各种经典的训诂解释，都可以争辩讨论，只有《春秋》记事井然有序，很难改动。于是宋儒们便提出左氏是楚人，是战国初年的人，是秦人等；而左丘明是鲁国史官，亲眼见过圣人的说法就被动摇了。既然左丘明不是鲁国史官，没有亲眼见过圣人，那么《左传》中解释《春秋》的史实记事也就不足为凭，而后宋儒们就可以畅所欲言了。这种学术风气一直延续至宋朝末年，赵鹏飞著《春秋经筌》时，竟然不知道成风就是鲁僖公的生母，这样还如何与他们讨论人物名分、褒贬历史人物呢？元代的程端学更是推波助澜，尤其粗暴荒谬。

我偶然在五云多处即原心亭校订程端学《春秋解》，编修周书昌和我说：有个书生得到这本书，把它当作稀世珍宝一样。一天，他与朋友游泰山，偶尔谈论经义，极力称赞程端学评论叔姬归酅一事，认为他推理阐述得十分精辟。夜里他梦到一位身穿古装的女子，仪仗和卫士都庄重而威严，女子正颜厉色地诘问他："武王的长女太姬，是主宰东岳泰山的神。天帝认为我能经受艰难而保持贞节，事迹与共姜相似，因此让我归属太姬而成为贵神，如今有两千多年了。昨日你称赞那个竖儒的看法，认为我回到酅地是为了和纪季淫乱，真是胡说八道，实在让我痛心！我在隐公七年（前）嫁给纪侯，庄公二十年（前）回到酅地，相距三十四年，我已经是五十多岁的人了。我这样一个鬓发斑白的寡妇，你们怎么知道纪季会喜欢我？按《春秋》的写法，跨国远嫁，如果不是诸侯夫人就不记入史册，就像不是公卿不记入史册一样。当时我只是个待嫁的陪嫁女子，按《春秋》体例这件事是不应该载入史册的，只是因为我忠贞不贰，所以孔子才破例记了下来。程端学有什么根据捏造了这种男女之间不明不白的诽谤？你再敢乱传，小心割了你的舌头，命令随从的神吏用骨朵揍你。”书生狂叫着被吓醒，连忙毁掉《春秋解》这本书。

我开玩笑地对周书昌说：“你沉迷在宋学中，才编造出这样的话！”周书昌说：“我吸取宋学的长处，也不敢掩饰宋学的短处。”这才是公正之论。

鬼友道殊

李又聃先生言：有张子克者，授徒村落，岑寂寡俦。偶散步场圃间，遇一士，甚温雅。各道姓名，颇相款洽。自云家住近村，里巷无可共语者，得君如空谷之足音也。因共至塾，见童子方读《孝经》。问张曰：“此书有今文古文，以何为是？”张曰：“司马贞言之详矣。近读《吕氏春秋》，见《审微》篇中引‘诸侯’一章，乃是今文。七国时人所见如是，何处更有古文乎？”其人喜曰：“君真读书人也。”自是屡至塾。

张欲报谒，辄谢以贫无栖止，夫妇赁住一破屋，无地延客，张亦遂止。一夕，忽问：“君畏鬼乎？”张曰：“人未离形之鬼，鬼已离形之人耳，虽未见之，然觉无可畏。”其人愿然曰：“君既不畏，我不欺君，身即是鬼。以生为士族，不能逐焰口争钱米。

叨为气类，求君一饭可乎？”张契分既深，亦无疑惧，即为具食，且邀使数来。考论图籍，殊有端委。偶论太极无极之旨，其人怫然曰：“于传有之：‘天道远，人事迩。’六经所论皆人事，即《易》阐阴阳，亦以天道明人事也。舍人事而言天道，已为虚杳；又推及先天之先，空言聚讼，安用此为？谓君留心古义，故就君求食。君所见乃如此乎？”拂衣竟起，倏已影灭。再于相遇处候之，不复睹矣。（《槐西杂志二》）

译文：

李又聃先生说：有个叫张子克的人，在偏僻村落教书，冷清寂寞，没有朋友。偶尔在晒谷场散步，遇到一位读书人，很是温文尔雅。互通姓名后，两人交谈融洽。读书人说自己住在邻村，村子里没有能谈得来的人，得遇张子克就如同空谷当中听到脚步声一样。随后两人一起来到私塾学堂，看到孩子们正在读《孝经》。读书人问张子克：“这部书有今文与古文两种版本，您认为哪一部是真的呢？”张子克回答说：“司马贞已经说得很详细了。近来读《吕氏春秋》，见到《审微》一篇中引‘诸侯’一章，竟是今文。战国时人们能看到的就是这样，哪里还另外有古文呢？”读书人高兴地说：“您是个真读书人。”从此以后便经常到私塾里来。

张子克打算到他家回访，读书人则以家中贫困，没有栖息之地，夫妇俩租住在一间破房子中，实在没有接待客人的地方为由谢绝回访，张子克也没有再提回访的事了。一天晚上，读书人忽然问张子克：“您害怕鬼吗？”张子克说：“人是没有离形的鬼，鬼是已经离形的人，虽然没有见到过鬼，但是也觉得不可怕。”读书人很惭愧地说：“您既然不怕鬼，我也不欺骗您，我就是鬼。因为我生在世家大族，不愿追着放焰口时争饭抢钱，求您赐我一顿饭行吗？”张子克与鬼情分已深也就不怀疑、不害怕他了，立即备下饭菜，而

［宋］佚名《搜山图》（局部）

［宋］佚名《搜山图》（局部）

且邀请他常来。读书人考察议论古代经典，很有见地。偶然谈到“太极无极”的旨义时，读书人很不高兴地说：“《左传》早就说过：‘自然界的道理遥远，人世间的道理切近。’六经所谈论的都是人的问题，即使是《周易》阐明阴阳之说，也是以天道来阐述人事。抛弃人事来谈天道，已经是虚幻渺茫了；这里又谈到开天辟地以前的事，泛泛而谈，争论不休，又有什么用处呢？我本以为您注重古代经义，所以才到您这里要口吃的。您的见识原来就是这样啊？”说罢甩了甩衣袖站起来，转眼间便不知所终了。张子克到相遇处等候，却再也没有见到他。

佛儒本无可争

许文木言：老僧澄止，有道行。临殁，谓其徒曰：“我持律精进，自谓是四禅天人。世尊嗔我平生议论，好尊佛而斥儒，我相未化，不免仍入轮回矣。”其徒曰：“崇奉世尊，世尊反嗔乎？”曰：“此世尊所以为世尊也。若党同而伐异，扬己而抑人，何以为世尊乎？我今乃悟，尔见犹左耳。”

因忆杨槐庭言：乙丑上公车时，偕同年数人行。适一僧同宿逆旅，偶与闲谈，一同年目止之曰：“君奈何与异端语？”僧不平曰：“释家诚与儒家异，然彼此均各有品地。果为孔子，可以辟佛，颜、曾以下弗能也；果为颜、曾，可以辟菩萨，郑、贾以下弗能也；果为郑、贾，可以辟阿罗汉，程、朱以下弗能也；果为程、朱，可以辟诸方祖师，其依草附木，自托讲学者弗能也。何也？其分量不相及也。先生而辟佛，毋乃高自位置乎？”同年怒且笑曰：“惟各有品地，故我辈儒可辟汝辈僧也。”几于相哄而散。

余谓各以本教而论，譬如居家，三王以来，儒道之持世久矣，虽再有圣人弗能易，犹主人也。佛自西域而来，其空虚清净之义，可使驰骛者息营求，忧愁者得排遣；其因果报应之说，亦足警戒下愚，使回心向善，于世不为无补。故其说得行于中国，犹挟技之食客也。食客不修其本技，而欲变更主人之家政，使主人退而受教，此佛者之过也。

各以末流而论，譬如种田，儒犹耕耘者也。佛家失其初旨，不以善恶为罪福，而以施舍不施舍为罪福。于是惑众蠹财，往往而有，犹侵越疆畔，攘窃禾稼者也。儒者舍其耒耜，荒其阡陌，而皇皇持梃荷戈，日寻侵越攘窃者与之格斗，即格斗全胜，不知己之稼穑如何也。是又非儒者之傎耶？夫佛自汉明帝后，蔓延已二千年，虽尧、舜、周、孔复生，亦不能驱之去。儒者父子、君臣、兵刑、礼乐，舍之则无以治天下，虽释迦出世，亦不能行彼法于中土。

本可以无争，徒以缁徒不胜其利心，妄冀儒绌佛伸，归佛者檀施当益富。讲学者不胜其名心，著作中苟无辟佛数条，则不足见卫道之功。故两家语录，如水中泡影，旋生旋灭，旋灭旋生，互相诟厉而不止。然两家相争，千百年后，并存如故；两家不争，千百年后，亦并存如故也。各修其本业可矣。（《槐西杂志四》）

译文：

许文木说：老僧澄止很有道行。临终前和他的徒弟们说：“我坚持佛门戒律，很是精进，自己认为是四禅天的人了。但世尊责怪我一生的议论，过分尊崇佛理而排斥儒学，所以可以证实自身存在的习气在本质上没有变化，死后仍不免进入轮回之列。”徒弟们说：“您崇奉佛祖，世尊怎么会反过来怪罪呢？”老僧说：“这就是世尊之所以为世尊的原因。如果党同伐异，扬己抑人的话，那么还怎么会是世尊呢？我如今开悟了，你们却糊涂着。”

由此我想到杨槐庭说过的一个故事：乾隆乙丑年进京赶考的时候，他和几个同年赶考的人同行。正好碰到一个僧人也一同住在一起，偶尔与僧人闲谈，一位同年使眼色制止说："您怎么和一个异端之人闲谈呢?"僧人愤愤不平地说："释家的确与儒家不同，但是彼此都各有品第。如果是孔子，可以批评佛，颜回、曾参以下的人就没有资格了；如果是颜回、曾参，可以批评菩萨，郑兴、贾逵以下的人就没有资格了；如果是郑兴、贾逵，可以批评阿罗汉，程氏兄弟、朱熹以下的人就没有资格了；如果是程氏兄弟、朱熹，可以批评各方祖师，那些攀龙附凤，自称是道学家的人就没有资格了。为什么呢？因为他们彼此的分量不相称。您批评佛，不是抬高自己的地位了吗?"那位同年又气又笑地说："正因为各有品第，所以我就可以批评你这个僧人了。"双方几乎争吵起来，不欢而散。

我认为，分别以本教而论，就好像居家过日子，夏禹、商汤、周文武王以来，儒家思想居于统治地位很久了，即便再有其他圣人都不能改变这种现状，这就跟一家的主人一样。佛教从西域传来，它那种空虚清净的教义，可以使钻营者停止忙乱，忧愁的人也能得以排遣；佛教因果报应的学说，也足以警诫那些愚昧的众生，让他们回心向善，这对于世道人情不是没有补益的。所以佛教学说得以流行于中国，就像掌握了某种技能的食客。食客不修炼自己的技能，却想变更主人的家政，让主人放弃其地位而接受食客的意见，这就是佛家的过错了。

以两家发展状况而论，就好像种田，儒家如同耕耘之人。佛家却失去了初衷，不以善恶来定罪福，而以施舍不施舍来定罪福。于是蛊惑大众，侵吞钱财的事情往往发生，就像越过田界，偷抢人家庄稼一样。于是儒者也舍弃了它的农具，任凭田地荒芜，却匆匆忙忙手持棍棒，天天寻找越界抢夺的人与之格斗，即便格斗全胜，却不知道自己的庄稼怎么样了。这不又是儒家的错了吗？佛教自汉明帝以后，在中国流传了两千年，纵然尧、舜、周公、孔子等人重生，也不能把它赶走。儒家倡导父子、君臣、兵刑、礼乐，舍弃了这些就无法治理天下，即便佛祖出世，也不能在中国推行他的主张。

两家本可以不争，只是在僧徒们求利心的指使下，排斥儒家，光大佛教，妄想着皈依佛门的人越多，布施也越多。而道学家求名心切，在著作中如果没几条批判佛教的内容，就好像显示不出他们卫道的功劳。所以两家的语录，就像水中泡影，忽生忽灭，忽灭忽生，互相骂个不停。但是两家相争，在千百年后，还像以前那样并存；两家不争，在千百年后，两家也还像以前那样并存。所以各自修行自己本来的教义就好了。

第六编　道学之鄙

鬼嘲夫子

爱堂先生言：闻有老学究夜行，忽遇其亡友。学究素刚直，亦不怖畏，问："君何往？"曰："吾为冥吏，至南村有所勾摄，适同路耳。"因并行。至一破屋，鬼曰："此文士庐也。"问何以知之。曰："凡人白昼营营，性灵汩没。唯睡时一念不生，元神朗彻，胸中所读之书，字字皆吐光芒，自百窍而出，其状缥缈缤纷，烂如锦绣。学如郑、孔，文如屈、宋、班、马者，上烛霄汉，与星月争辉；次者数丈，次者数尺，以渐而差；极下者亦荧荧如一灯，照映户牖。人不能见，唯鬼神见之耳。此室上光芒高七八尺，以是而知。"

学究问："我读书一生，睡中光芒当几许？"鬼嗫嚅良久曰："昨过君塾，君方昼寝。见君胸中高头讲章一部，墨卷五六百篇，经文七八十篇，策略三四十篇，字字化为黑烟，笼罩屋上。诸生诵读之声，如在浓云密雾中。实未见光芒，不敢妄语。"学究怒叱之，鬼大笑而去。(《滦阳消夏录一》)

译文：

爱堂先生说：听说有一位老学究夜里赶路，忽然遇到了他死去的朋友。学究一向性情刚直，也不害怕，问其亡友："你到哪里去？"亡友回答："我在阴间当差，到南村去勾人，恰好与你同路。"

于是一起行走。到了一间破屋子前，鬼说："这是文人的屋子。"学究问鬼是怎么知道的。鬼说："一般人白天都在忙碌奔走，人的性灵被埋没。只有在睡觉的时候，什么也不想，灵魂清朗明彻，胸中读过的书，字字都射出光芒，从全身的窍孔照射出来，那样子缥缈绰约，色彩缤纷，灿烂如锦绣。学问像郑玄、孔安国，文章如屈原、宋玉、班固、司马迁的文人，他们发出的光芒直冲云霄，与星星、月亮争辉；不如他们的，光芒也有几丈高，再不济的有几尺高，依次递减；最次的人也有如荧光闪烁的小灯，能照见门窗。这种光芒人是看不见的，只有鬼神才可以看见。这间屋子上，光芒高达七八尺，因此知道这是文人的屋子。"

学究问："我读了一辈子书，睡着后光芒有多高？"鬼欲言又止，支吾了好久才说："昨天到你的私塾去，你正在午睡。见到你胸中有经文讲义一部，选刻他人的程文五六百篇，经文七八十篇，应试策文三四十篇，字字都化成黑烟，笼罩在屋顶上。那些学生的朗读声，就好像在浓云密雾之中。实在没有看到一丝光芒，我不敢乱说。"学究听了后非常生气怒斥亡友，鬼大笑着走了。

嘲俗儒

相传有塾师，夏夜月明，率门人纳凉河间献王祠外田塍上，因共讲《三百篇》拟题，音琅琅如钟鼓。又令小儿诵《孝经》，诵已复讲。忽举首见祠门双古柏下，隐隐有人。试近之，形状颇异，知为神鬼。然私念此献王祠前，决无妖魅，前问姓名，曰：毛苌、贯长卿、颜芝，因谒王至此。塾师大喜，再拜，请授经义。

毛、贯并曰："君所讲，适已闻，都非我辈所解，无从奉答。"塾师又拜曰："《诗》义深微，难授下愚。请颜先生一讲《孝经》可乎？"颜回面向内曰："君小儿所诵，漏落颠倒，全非我所传本。我亦无可着语处。”俄闻传王教曰：“门外似有人醉语，聒耳已久，可驱之去。”余谓此与爱堂先生所言学究遇冥吏事，皆博雅之士，造戏语以诟俗儒也。然亦空穴来风，桐乳来巢乎？（《滦阳消夏录二》）

译文：

相传有位塾师，趁着夏夜月光明朗，领着学生在河间献王祠外的田埂上纳凉，他一面讲《三百篇》押题，声音琅琅如同钟鼓之声。又叫小孩儿诵读《孝经》，诵读完再讲解。忽然抬头看见祠门前两棵古柏树下，隐隐约约有人。走近一看，面貌与常人很不一样，知道这是鬼神。但心中思量这是献王祠前，肯定没有妖怪鬼魅，上前问他们姓名，回答说是毛苌、贯长卿和颜芝，因为要拜见献王而到这里来。塾师很高兴，再次叩拜请求传授经义。

毛、贯两人齐声回答：“您所讲的，刚才我们已经听到，都不是我们所能理解的，我们不能回答。”塾师又拜请说：“《诗经》义理深奥精微，难以传授像我这样愚笨的人。请颜先生讲一讲《孝经》可以吗？”颜芝转过脸去面向祠堂门里说：“您的小孩儿刚才所诵《孝经》，句子漏落，次序颠倒，全然不是我所传的版本。我也不知从何讲起。”忽然听到献王传出话：“门外好像有人醉酒说话，吵闹很久了，可以赶走了。”我认为这个故事与爱堂先生所讲的学究遇冥吏的故事，都是博雅之士编笑话嘲笑那些俗儒的。但是门户有缝就有风，桐乳引鸟雀来筑巢，这些小故事也不是凭空而来的吧？

泥古者愚

刘羽冲，佚其名，沧州人。先高祖厚斋公多与唱和。性孤僻，好讲古制，实迂阔不可行。尝倩董天士作画，倩厚斋公题，内《秋林读书》一幅云：“兀坐秋树根，块然无与伍。不知读何书，但见须眉古。只愁手所持，或是《井田谱》。”盖规之也。

偶得古兵书，伏读经年，自谓可将十万。会有土寇，自练乡兵与之角，全队溃覆，几为所擒。又得古水利书，伏读经年，自谓可使千里成沃壤，绘图列说于州官，州官亦好事，使试于一村，沟洫甫成，水大至。顺渠灌入，人几为鱼。由是抑郁不自得，恒独步庭阶，摇首自语曰：“古人岂欺我哉！”如是日千百遍，惟此六字。不久，发病死。

后风清月白之夕，每见其魂在墓前松柏下，摇首独步。侧耳听之，所诵仍此六字也。或笑之，则欻隐。次日伺之，复然。泥古者愚，何愚乃至是欤！阿文勤公尝教昀曰：“满腹皆书能害事，腹中竟无一卷书，亦能害事。国弈不废旧谱，而不执旧谱；国医不泥古方，而不离古方。故曰：‘神而明之，存乎其人。’又曰：‘能与人规矩，不能使人巧。’”(《滦阳消夏录三》)

译文：

刘羽冲，不知其名，沧州人。我的高祖厚斋公常与他诗歌唱和。他性格孤僻，喜欢讲古代的章法规则，但理解迂腐，实际上都不能实施。他曾经请董天士作画，请厚斋公题诗，其中《秋林读书》一幅的题画诗道：“兀坐秋树根，块然无与伍。不知读何书，但见须眉古。只愁手所持，或是《井田谱》。”大概是规劝他。

他偶尔得到古代兵书，伏案攻读了一年多，自称能带兵十万打仗。正好赶上有土匪，自己操练乡兵与土匪较量，全队溃败，他也差点被土匪所擒。又得到古代水利书籍，伏案攻读了一年多，自称可以使千里之地成为沃土，画了图游说州官，州官也好事，让他在一个村子里试验，沟渠刚刚修成，洪水就来了。顺着沟渠灌进来，百姓差点成了鱼。从此他闷闷不乐想不开，常常在庭院里独自散步，摇着头自言自语道："古人难道骗我！"就这样每天只念叨这六个字成千遍。不久后，发病死了。

后来在风清月白的夜晚，常常能见到他的魂魄在墓前的松柏树下，摇着头独自散步。仔细去听，念叨的还是这六个字。有人笑他，他的魂魄就突然消失了。第二天再去看，还是这样。拘泥于古的人愚蠢，怎么能愚蠢到这种地步呢！阿文勤公曾劝导我说："满肚子都是书本知识能害事，肚子里一点知识没有也能害事。下棋高手不忽视旧棋谱，但不照搬旧棋谱；名医不迷信古方，但不离古方。所以说：'要真正明白某一事物的奥秘，在于个人的领会。'又说：'书本只能教会人规矩法则，不能教会人如何有智慧。'"

妖叱道学

武邑某公，与戚友赏花佛寺经阁前。地最豁厂，而阁上时有变怪。入夜，即不敢坐阁下。某公以道学自任，夷然弗信也。酒酣耳热，盛谈《西铭》万物一体之理，满座拱听，不觉入夜。

忽阁上厉声叱曰："时方饥疫，百姓颇有死亡。汝为乡宦，既不思早倡义举，施粥舍药，即应趁此良夜，闭户安眠，尚不失为自了汉。乃虚谈高论，在此讲民胞物与，不知讲至天明，还可作饭餐，可作药服否？且击汝一砖，听汝再讲邪不胜正！"忽一城砖飞下，声若霹雳，杯盘几案俱碎。某公仓皇走出曰："不信程朱之学，此妖之所以为妖欤！"徐步太息而去。（《滦阳消夏录四》）

译文：

武邑县某公与亲友在一所佛寺的经阁前赏花。阁前场地豁亮宽阔，而阁上经常有怪异之事发生。一到晚上，人们就不敢坐在阁下了。某公以道学自命，神情坦然，不相信这些怪异之谈。趁着酒酣耳热，大谈张载《西铭》所谓的万物一体的道理，满座亲友拱手倾听，不知不觉到了晚上。

忽然阁上有声，厉声骂道："眼下正闹饥荒、瘟疫，百姓死了很多。你作为乡宦，既然不想着早点倡导义行，施舍粥、药，就应该趁这个好的夜晚，闭门睡觉，还不失为一个只顾自己的自了汉。可是你却在这里高谈阔论，在这里讲什么"民胞物与"，不知道这样讲到天亮，是可以拿来做饭吃呢，还是可以拿来当药服呢？暂且打你一砖，听你再讲什么邪不胜正！"忽然飞来一块城砖，声响似霹雳，杯盘几案都被砸得粉碎。某公仓皇跑出寺院，说："不信程朱道学，这就是妖之所以是妖的原因！"他放慢步子，叹息着走开了。

耆儒词穷

李孝廉存其言：蠡县有凶宅，一耆儒与数客宿其中。夜间窗外拨刺声，耆儒叱曰："邪不干正，妖不胜德。余讲道学三十年，何畏于汝！"窗外似有女子语曰："君讲道学，闻之久矣。余虽异类，亦颇涉儒书。《大学》扼要在诚意，诚意扼要在慎独。君一言一动，必循古礼，果为修己计乎？抑犹有几微近名者在乎？君作语录，龂龂与诸儒辩，果为明道计乎？抑犹有几微好胜者在乎？夫修己明道，天理也；近名好胜，则人欲之私也。私欲之不能克，所讲何学乎？此事不以口舌争，君扪心清夜，先自问其何如，则邪之敢干与否，妖之能胜与否？已了然自知矣，何必以声色相加乎？"耆儒汗下如雨，瑟缩不能对，徐闻窗外微哂曰："君不敢答，犹能不欺其本心。姑让君寝。"又拨刺一声，掠屋檐而去。（《滦阳消夏录四》）

译文：

举人李存其说：蠡县有处凶宅，一位老儒生与几个客人住在里面。夜间窗外有"扑棱"响声，老儒生骂道："邪不能侵正，妖不能胜德。我讲了三十年道学，还怕你吗！"窗外似乎有女子的声音说："您讲道学，我早就听说了。我虽是异类，也读了不少儒学书籍。《大学》的要义在于诚意，诚意的关键在于慎独。您的一言一行，必定要遵循古礼，果真是为了自己修身吗？也许是有点为了好名声吧？您著书立说，与诸位儒生争辩，果真是为了明道吗？也许还有点为了好胜的心思吧？修身与明道，是天理；为了名声而争强好胜，则是人欲的自私。私欲不能克制，还讲什么学？这件事我不跟你争论，您在寂静的夜里扪心自问，先自问一下自己怎么样，那么邪敢不敢侵犯您，妖能不能胜过德？您就该完全明白了，何必对我这样声嘶力竭呢？"老儒生汗流如雨，哆嗦得说不出话来，过了一会儿，听到窗外嘲笑道："您不敢回答，说明您还能不欺骗自己的本心。我暂且让你睡吧。"又是"扑棱"一声，妖怪掠过屋檐离开了。

李玉典寓言

海阳李玉典前辈言：有两生读书佛寺，夜方媟狎，忽壁上现大圆镜，径丈余，光明如昼，毫发毕睹。闻檐际语曰："佛法广大，固不汝嗔。但汝自视镜中，是何形状？"余谓幽期密约，必无人在旁，是谁见之？两生断无自言理，又何以闻之？然其事为理所宜有，固不必以子虚乌有视之。

玉典又言：有老儒设帐废圃中。一夜闻垣外吟哦声，俄又闻辩论声，又闻嚣争声，又闻诟詈声，久之遂闻殴击声。圃后旷无居人，心知为鬼，方战栗间，已斗至窗外。其一盛气大呼曰：

“渠评驳吾文，实为冤愤！今同就正于先生。”因朗吟数百言，句句手自击节。其一且呻吟呼痛，且微哂之。老儒惕息不敢言。其一厉声曰：“先生究以为如何？”老儒嗫嚅久之，以额叩枕曰：“鸡肋不足以当尊拳。”其一大笑去，其一往来窗外，气咻咻然，至鸡鸣乃寂。云闻之胶州法黄裳。余谓此亦黄裳寓言也。（《滦阳消夏录五》）

译文：

海阳人李玉典前辈说：有两个书生在佛寺读书，夜里两人正在亲热调戏，忽然墙壁上出现一面大圆镜，直径一丈多，亮得像白天一样，连一根根头发都能看得很清楚。听到屋檐边有声音说：“佛法广大，自然不会惩罚你们。但你们自己朝镜子里看看，是什么样子？”我认为幽期密约的勾当，肯定没有人在场，是谁看见的呢？两个书生绝对没有主动向人宣传的道理，李玉典又是如何得知的呢？然而这件事是情理中应该有的，所以也不能当成子虚乌有。

李玉典又说：有个老儒生在一个荒废的院子中设馆教书。一夜听到墙外有吟诵声，过一会儿又听到辩论声，接着又听到激烈的争吵声，接着又听到诟骂声，过了一会儿又出现殴打声。院子后空旷没有人居住，老儒生心里知道这是鬼，正在他害怕发抖的时候，打斗声已到了窗外。其中一个鬼气呼呼地高声叫道：“他评驳贬斥我的诗文，实在让人生气！现在就请先生来评一评。”随后朗诵了几百字，一边朗诵，一边自己打着拍子。另一个鬼一边喊疼，一边嘲笑。老儒生吓得不敢吱声。朗诵诗文的鬼厉声问道：“先生究竟以为怎么样？”老儒生嘴唇哆嗦了一会儿，在枕头上叩头说：“我这把瘦骨头招架不住您的一拳头。”另一个鬼大笑着离开，朗诵诗文的鬼气哼哼地在窗外来回走动，直到天亮才安静下来。李玉典说他是从胶州法黄裳那儿听到的故事。我认为这也是黄裳编的寓言。

老儒骂狐

刘香畹言：曩客山西时，闻有老儒经古冢，同行者言中有狐。老儒詈之，亦无他异。老儒故善治生，冬不裘，夏不絺，食不肴，饮不茶，妻子不宿饱。铢积锱累，得四十金，镕为四铤，秘缄之。而对人自诉无担石。

自詈狐后，所储金或忽置屋颠树杪，使梯而取；或忽在淤泥浅水，使濡而求；甚或忽投圊溷，使探而濯；或移易其地，大索乃得；或失去数日，从空自堕；或与客对坐，忽纳于帽檐；或对人拱揖，忽铿然脱袖。千变万化，不可思议。一日，忽四铤跃掷空中，如蛱蝶飞翔，弹丸击触，渐高渐远，势将飞去。不得已，焚香拜祝，始自投于怀。自是不复相嬲，而讲学之气焰已索然尽矣。

说是事时，一友曰："吾闻以德胜妖，不闻以詈胜妖也，其及也固宜。"一友曰："使周、张、程、朱詈，妖必不兴。惜其古貌不古心也。"一友曰："周、张、程、朱必不轻詈。惟其不足于中，故悻悻于外耳。"香畹首肯曰："斯言洞见症结矣。"（《如是我闻四》）

译文：

刘香畹说：以前客居山西时，听说有个老儒生经过古墓时，同行的人说墓中有狐精。老儒生便大骂狐精，当时也没有发生什么怪异。老儒生平常很善于持家，冬天不穿皮衣，夏天不穿细布，吃饭没有荤菜，喝水不饮茶，妻子儿女都饿着肚子。慢慢积累，存了四十两银子，铸成四锭大元宝，偷偷藏起来。对外人则说自己家中没有一担粮。

自从他骂了狐精后，他所藏的元宝有时忽然放在房顶或树梢上，要搬梯子去取；有时忽然被放在淤泥浅水处，需要弄湿衣服去捞；甚至被扔在厕所里，需要探着身拿出来清洗；有时被挪动了藏匿地点，需要费很大劲才能找到；有时丢了好几天，又会自己从空中坠落；有时他正与客人说话，元宝忽然塞在他的帽檐里；有时对人拱手作揖，元宝忽然“哐啷”一声从袖中掉出。千变万化，不可思议。一天，四个元宝忽然跳起来飞上天，如同蝴蝶飞舞，又如弹弓打出的弹丸，越来越高，越来越远，眼看就要飞走。老儒生不得已，只好焚香拜祝，元宝才又回到他的怀里。从此以后，狐精不再捉弄老儒，而老儒生讲学的气势一下子跌落殆尽。

讲述这个故事的时候，一位朋友说：“我听说以德胜妖，从没有听说过以骂胜妖的，老儒受狐精戏谑，那是活该。”一位朋友说：“假如周敦颐、张载、二程、朱熹来骂妖，妖必定不会兴风作怪。可惜这位老儒生貌古而心不古。”一位朋友说：“周敦颐、张载、二程、朱熹也必定不会轻易来骂。只有内心修养不够，才会整天一副气哼哼的样子。”刘香畹赞同他的说法，说：“这话说得一针见血。”

模棱书生

朱定远言：一士人夜坐纳凉，忽闻屋上有噪声。骇而起视，则两女自檐际格斗堕，厉声问曰：“先生是读书人，姊妹共一婿，有是礼耶？”士人噤不敢语。女又促问，战栗嗫嚅曰：“仆是人，仅知人礼，鬼有鬼礼，狐有狐礼，非仆之所知也。”二女唾曰：“此人模棱不了事，当别问能了事人耳。”仍纠结而去。苏味道模棱，诚自全之善计也。然以推诿偾事，获谴者亦在在有之。盖世故太深，自谋太巧，恒并其不必避者而亦避，遂于其必当为者而亦不为，往往坐失事机，留为祸本，决裂有不可收拾者。此士人见诮于狐，其小焉者耳。（《槐西杂志三》）

译文：

朱定远说：有一读书人夜晚坐着乘凉，忽然听到屋子上面有吵闹的声音。他惊骇地起身察看，见到两个女子从房檐上打斗掉下来，女子厉声问道："先生是个读书人，我们姊妹共有一个丈夫，有这样的礼法吗？"读书人吓得不敢说话。女子又追问，读书人战战栗栗，吞吞吐吐地说："我是人，只知道人的礼法，鬼有鬼的礼法，狐有狐的礼法，不是我所了解的范围。"两位女子唾骂道："这人模棱两可不明事，我们应当再问个明白人。"于是互相拉扯着走了。唐代的苏味道办事模棱两可，倒算得上是一个自我保全的妙计。但是因为推诿责任坏了事而遭到惩罚的人也比比皆是。因为太过谙于世故，算计太巧妙的人，不该回避的事也回避了，应当做的事也不做，往往坐失机会，留为祸根，到了祸患爆发，就一发不可收拾了。这个读书人遭到狐精嘲笑，还是小事罢了。

死而无悔

河豚惟天津至多，土人食之如园蔬；然亦恒有死者，不必家家皆善烹治也。姨丈惕园牛公言：有一人嗜河豚，卒中毒死，死后见梦于妻子曰："祀我何以无河豚耶？"此真死而无悔也。又姚安公言：里有人粗温饱，后以博破家。临殁，语其子曰："必以博具置棺中。如无鬼，与白骨同为土耳，于事何害？如有鬼，荒榛蔓草之间，非此何以消遣耶？"

比大殓，佥曰："死葬之以礼，乱命不可从也。"其子曰："独不云事死如事生乎？生不能几谏，殁乃违之乎？我不讲学，诸公勿干预人家事。"卒从其命。姚安公曰："非礼也，然亦孝子无已之心也。吾恶夫事事遵古礼而思亲之心则漠然者也。"（《槐西杂志四》）

译文：

河豚只有在天津最多，当地人吃河豚就像吃园子里的蔬菜一样；但也常有中毒的，不是每家都善于烹饪这种鱼。姨父牛惕园先生说：有一个人吃河豚中毒而死，死后托梦给他的妻子说："祭祀我为什么没有河豚呢？"这是死而无悔啊。姚安公又说：家乡有个人勉强能够维持温饱，后来因为赌博败了家。临死前，和他的儿子说："一定要把赌具放在我棺材里。如果没有鬼的话，就让它与我的白骨一同化为土，也大可无妨。如果有鬼这一说，在荒草丛中，没有这些赌具拿什么来消遣？"

等到殓棺时，装殓之人说："要根据礼法下葬，胡乱的嘱咐不可以听从。"他的儿子说："你们难道没有听说侍奉死者要和侍奉活着的人一样吗？他生前我不能劝阻，死了我还能违背他吗？我不是道学家，诸位也别干预我们家的事。"最终还是遵从了死者的遗愿。姚安公说："这种做法不合礼仪，但体现了他儿子的孝心。我讨厌那些事事都遵从古礼，亲情却很淡薄的人。"

习儒之狐

相传魏环极先生尝读书山寺，凡笔墨几榻之类，不待拂拭，自然无尘。初不为意，后稍稍怪之。一日晚归，门尚未启，闻室中窸窣有声；从隙窃觇，见一人方整饬书案。骤入掩之，其人瞥穿后窗去。急呼令返，其人遂拱立窗外，意甚恭谨。问："汝何怪？"磬折对曰："某狐之习儒者也。以公正人，不敢近，然私敬公，故日日窃执仆隶役，幸公勿讶。"先生隔窗与语，甚有理致。自是虽不敢入室，然遇先生不甚避，先生亦时时与言。

一日，偶问："汝视我能作圣贤乎？"曰："公所讲者道学，与圣贤各一事也。圣贤依乎中庸，以实心励实行，以实学求实用。道学则务语精微，先理气，后彝伦，尊性命，薄事功，其用意已稍别。圣贤之于人，有是非心，无彼我心；有诱导心，无苛刻心。道学则各立门户，不能不争；既已相争，不能不巧诋以求胜。以是意见，生种种作用，遂不尽可令孔孟见矣。公刚大之气，正直之情，实可质鬼神而不愧，所以敬公者在此。公率其本性，为圣为贤亦在此。若公所讲，则固各自一事，非下愚之所知也。”公默然遣之。后以语门人曰：“是盖因明季党祸，有激而言，非笃论也。然其抉摘情伪，固可警世之讲学者。”(《姑妄听之二》)

译文：

相传魏环极（象枢）先生曾在山间寺庙读书，凡是笔墨几榻之类，不用擦拭，自然没有灰尘。开始时也没有在意，后来才渐渐感到奇怪。一日晚上回来，门还没开，听到屋子里有窸窸窣窣的声音；他悄悄从门缝往里看，看到一个人正在整理书桌。他突然冲进去关上门，那个人一转眼穿过后窗出去了。魏先生急忙叫他回来，那个人马上拱手站在窗外，看上去极为恭谨。魏先生问：“你是什么怪物？”那个人躬身回答：“我是学习儒学的狐精。因为您是正人君子，所以不敢靠近，但是心里敬重您，所以每天偷偷地给您做一些杂役所做的事情，请您不要惊讶。”魏先生隔着窗户和他说话，对方谈吐很有条理。从此以后那个人虽然不敢进屋，但遇到魏先生也不怎么躲避了，魏先生也经常和他说话。

一天，魏先生偶然问：“你看我能当圣贤吗？”狐精回答说：“您讲的是道学，和圣贤的理论是两回事。圣贤的依据是中庸，以诚信来激励实际行为，用实学来求实用。道学则讲求精微，首先重视理气，其次才讲人伦道德，重视性命，鄙薄功利，其宗旨是各有区别的。圣贤对于人，有是非心，没有分别你我之心；有诱导心，没有苛责他人之心。道学则是各立门户，因此不能不相争；既然已经相争，就不可能不相互诋毁以压倒对方。由此产生种种不同的见解，造成种种后果，于是有很多东西就见不得孔孟了。先生宏大的气魄，正直的性情，可以面对鬼神而无愧，我敬重您的原因就在这里。先生的行为源自本性，这也是当圣贤的条件。至于您讲习的道学学说，则是另外一回事，不是我这样愚昧的人所知晓的。”魏先生一言不发把狐精打发走了。后来和他的门人们说：“这大概是因为明末党争，狐精有感于此而发，并不是公正中肯之论。然而他揭露某些人的真实心理，可以说是给道学家敲了警钟。”

河中寻石

沧州南一寺临河干，山门圮于河，二石兽并沉焉。阅十余岁，僧募金重修，求二石兽于水中，竟不可得，以为顺流下矣。棹数小舟，曳铁钯，寻十余里无迹。一讲学家设帐寺中，闻之笑曰：“尔辈不能究物理。是非木柹，岂能为暴涨携之去？乃石性坚重，沙性松浮，湮于沙上，渐沉渐深耳。沿河求之，不亦颠乎？”

众服为确论，一老河兵闻之，又笑曰：“凡河中失石，当求之于上流。盖石性坚重，沙性松浮，水不能冲石，其反激之力，必于石下迎水处，啮沙为坎穴。渐激渐深，至石之半，石必倒掷坎穴中。如是再啮，石又再转。转转不已，遂反溯流逆上矣。求之下流，固颠；求之地中，不更颠乎？”如其言，果得于数里外。然则天下之事，但知其一不知其二者多矣，可据理臆断欤！（《姑妄听之二》）

译文：

沧州南有座寺庙靠着河岸，寺庙山门塌陷在河中，两个石兽一起沉到水里。过了十多年，僧人募捐重修山门，在河中找两个石兽，却没有找到，以为是顺着流水被冲到了下游。驾着几条小船，拿着铁耙子，找了十多里也没找到。一位讲学家在寺中讲学，听到后笑着说：“你们这些人不懂其中道理。石兽不是木片，怎么能够被河水冲走？石头又硬又重，而河沙是松软轻浮的，石兽压在沙上，越沉越深。你们沿河去找，不是太荒谬了吗？”

大家都认为他说的有道理，一位老河兵听到后又笑着说：“凡是河中丢了石头，应当去上流寻找。因为石头又重又硬，河沙松软轻浮，水冲不动石头，反激的力量，必然在石头下面迎着水的地方，冲动沙子，形成坑穴。越冲越深，等到超过石头一半时，石头一定会倒在沙坑中。水再冲，石头再翻倒。如此翻倒不已，石头便逆流而上了。去下游找它，当然荒谬；去地下找，不更是荒谬？”人们按照老兵的话去上游找，果真在几里外找见了。由此可见，世间的事，只知其一不知其二的情况多的是，怎么能臆断呢！

外有余中不足

董曲江前辈言：有讲学者，性乖僻，好以苛礼绳生徒。生徒苦之，然其人颇负端方名，不能诋其非也。塾后有小圃，一夕，散步月下，见花间隐隐有人影。时积雨初晴，土垣微圮，疑为邻里窃蔬者。迫而诘之，则一丽人匿树后，跪答曰：“身是狐女，畏公正人不敢近，故夜来折花。不虞为公所见，乞曲恕。”言辞柔婉，顾盼间百媚俱生。讲学者惑之，挑与语，宛转相就。且云妾能隐形，往来无迹。即有人在侧，亦不睹，不至为生徒知也。

因相燕昵，比天欲晓，讲学者促之行。曰：“外有人声，我自能从窗隙去，公无虑。”俄晓日满窗，执经者麇至，女仍垂帐偃卧。讲学者心摇摇，然尚冀人不见。忽外言某媪来迓女。女披衣径出，坐皋比上，理鬓讫，敛衽谢曰：“未携妆具，且归梳沐。

暇日再来访，索昨夕缠头锦耳。”乃里中新来角妓，诸生徒贿使为此也。讲学者大沮，生徒课毕归早餐，已自负衣装遁矣。外有余必中不足，岂不信乎！（《姑妄听之二》）

译文：

董曲江前辈说：有个道学家生性乖僻，总是用苛刻的礼法来约束学生。学生们受不了，但是他一向有着端庄方正的名声，所以不能找他什么毛病。私塾后面有一个小花园，一天晚上，他在月下散步，看见花丛中隐隐约约有个人影。当时连绵阴雨刚刚放晴，土墙稍微有些坍塌，他怀疑是邻居来偷菜的。追过去质问，却是一个美女藏在树后，美女跪下来答话说：“我是狐女，害怕你为人公正，不敢靠近，所以夜里来折花。不料被你看到，请饶恕我。”她言辞柔婉，顾盼之间百媚丛生。道学家被迷惑了，就用语言挑逗她，女子便投怀送抱。并且说她能隐形，来来往往没有踪迹。即便有人在旁边，也看不到，不至于被你的学生们知道。

两人缠绵亲热，快到天亮了，道学家敦促她赶快走。女子说：“外面有人声，我能从窗缝出去，你不必担心。”不一会儿，早晨的阳光就已经照满窗户，学生们拿着经书成群到来，女子仍然挂着帐子躺在床上。道学家心神不宁，还指望别人看不见。忽然听外面说某某老妈子来接女儿。女子披上衣服径直出去，坐在讲台上，整了整头发和衣服致歉说：“我没带梳妆用具，暂且回去梳洗。有时间再来探望，要昨天的嫖资。”原来她是乡里新来的妓女，几个学生买通她演了这出戏。道学家沮丧极了，学生们听完课回去吃早餐，他已经背着行李逃走了。外表装得过分，内心必然有所欠缺，难道不是这样吗！

食而不化

奴子傅显，喜读书，颇知文义，亦稍知医药。性情迂缓，望之如偃蹇老儒。一日，雅步行市上，逢人辄问："见魏三兄否？"奴子魏藻，行三也。或指所在，复雅步以往。比相见，喘息良久。魏问相见何意，曰："适在苦水井前，遇见三嫂在树下作针黹，倦而假寝。小儿嬉戏井旁，相距三五尺耳，似乎可虑。男女有别，不便呼三嫂使醒，故走觅兄。"魏大骇，奔往，则妇已俯井哭子矣。夫僮仆读书，可云佳事。然读书以明理，明理以致用也。食而不化，至昏愦僻谬，贻害无穷，亦何贵此儒者哉！（《姑妄听之四》）

译文：

奴仆傅显，喜欢读书，懂得一点文义，也稍微知道些医药常识。性情迂腐迟缓，看起来就像是一个上了年纪的老儒生。一天，他在街上从容悠闲地行走，逢人就问："看见魏三兄了吗？"奴仆魏藻，排行老三。有人告诉他魏三在哪，他又不紧不慢地走去。等见到魏三，喘息了很久。魏三问他为什么找自己，傅显说："刚才在苦水井前，遇见三嫂在树下做针线活，累了就睡着了。小儿子在井边嬉戏，离井也就三五尺，似乎令人担心。但是男女有别，我也不方便喊醒三嫂，所以跑来找你。"魏三大吃一惊，急忙跑回家，妻子却已经趴在井边哭儿子了。仆人读书，可谓是好事。但读书是用来明理的，明理是用来致用的。傅显读书食而不化，以至于糊涂荒谬怪癖，带来无穷的危害，这样的儒者又有什么价值呢！

第七编　鬼狐由人兴

鬼戏刘四

奴子刘四，壬辰夏乞假归省，自御牛车载其妇。距家三四十里，夜将半，牛忽不行。妇车中惊呼曰：“有一鬼，首大如瓮，在牛前。”刘四谛视，则一短黑妇人，首戴一破鸡笼，舞且呼曰：“来！来！”惧而回车，则又跃在牛前呼“来！来！”如是四面旋绕，遂至鸡鸣。忽立而笑曰：“夜凉无事，借汝夫妇消闲耳，偶相戏。我去后慎勿詈我，詈则我复来。鸡笼是前村某家物，附汝还之。”语讫，以鸡笼掷车上去。天曙抵家，夫妇并昏昏如醉。妇不久病死，刘四亦流落无人状。鬼盖乘其衰气也。(《滦阳消夏录二》)

译文：

奴仆刘四，乾隆壬辰年夏天告假回家探亲，自己赶着牛车载着妻子。离家三四十里时，已经快半夜，牛忽然不走了。妻子在车中惊呼道：“在牛前有一个鬼，头如瓮大。”刘四仔细察看，看到一个矮黑的妇人，头上戴着一个破鸡笼，边舞边叫：“来！来！”刘四恐惧地拉回牛车，妇人又跳到牛前呼喊“来！来！”就这样在四面旋绕折腾，一直到鸡鸣时刻。妇人忽然站住笑道：“深夜凉快，无所事事，拿你夫妇二人消遣，偶尔开开玩笑。我离开后你千万不要骂我，如果骂我我还会再来。鸡笼是前村某家的东西，请你捎上还给人家。”话说罢，便把鸡笼扔到车上。刘四天亮后到家，夫妇二人都昏昏沉沉像喝醉一样。刘四妻子不久后便病死，刘四也流落街头没个人样。大概是鬼乘着人的气数将尽时来捉弄他们吧。

陈双詈狐

景城有刘武周墓，《献县志》亦载。按，武周山后马邑人，墓不应在是，疑为隋刘炫墓。炫，景城人。《一统志》载其墓在献县东八十里。景城距城八十七里，约略当是也。旧有狐居之，时或戏嬲醉人。里有陈双，酒徒也。闻之愤曰："妖兽敢尔！"诣墓所，且数且詈。时耘者满野，皆见其父怒坐墓侧，双跳踉叫号，竞前呵曰："尔何醉至此，乃詈尔父？"双凝视，果父也，大怖叩首。

父径趋归。双随而哀乞，追及于村外。方伏地陈说，忽妇媪环绕，哗笑曰："陈双何故跪拜其妻？"双仰视，又果妻也，愕而痴立，妻亦径趋归。双惘惘至家，则父与妻实未尝出。方知皆狐幻化戏之也，惭不出户者数日，闻者无不绝倒。余谓双不詈狐，何至遭狐之戏，双有自取之道焉；狐不嬲人，何至遭双之詈，狐亦有自取之道焉。颠倒纠缠，皆缘一念之妄起。故佛言一切众生，慎勿造因。（《滦阳消夏录二》）

译文：

景城有刘武周的墓，《献县志》也有记载。按，刘武周是太行山北马邑人，墓不应该在这里，所以疑为隋代刘炫的墓。刘炫，景城人。《一统志》记载他的墓在献县东八十里。景城距献县八十七里，估计这种说法差不多。过去墓里住着狐狸，经常戏弄醉酒之人。有个叫陈双的乡民，是个酒徒。听到了这个传言很气愤地说："妖兽胆敢这样！"前去墓地，边数落边詈骂。当时地里都是干活的人，都看见他的父亲生气地坐在墓旁，陈双跺脚大骂，大伙竞相前来呵斥他：“你醉成什么样了，敢骂你父亲?”陈双仔细一看，果真是他父亲，吓得赶紧叩头。

父亲没理他，径直回去。陈双跟随着并苦苦哀求父亲原谅，一直追到村外。他趴到地上解释原委，忽然听到一群妇女围着他笑道：“陈双为什么要跪拜妻子?”陈双抬起头一看，又果真是他妻子，他惊讶地呆立着，妻子也径直回家。陈双失意地回到家，得知父亲与妻子根本没有出去过。才知道刚才都是狐精幻化后戏弄他，羞愧得好几天不出门，听说这件事的人都笑得前仰后合。我认为陈双如果不骂狐狸，也不至于遭戏弄，陈双是自取其辱；狐狸如果不戏耍人，也不至于遭陈双詈骂，狐狸也是自取其辱。颠倒错乱，恩怨纠缠，都是因为一念之妄。所以佛家说，一切众生，千万不要惹弄是非，制造结怨的因由。

老儒真魅

淮镇在献县东五十五里处，即《金史》所谓槐家镇也。有马氏者，家忽见变异，夜中或抛掷瓦石，或鬼声呜呜，或无人处突火出。嬲岁余不止，祷禳亦无验。乃买宅迁居。有赁居者嬲如故，不久也他徙。以是无人敢再问。有老儒不信其事，以贱价得之，卜日迁居，竟寂然无他。颇谓其德能胜妖。既而有猾盗登门与诟争，始知宅之变异，皆老儒贿盗夜为之，非真魅也。先姚安公曰：“魅亦不过变幻耳。老儒之变幻如是，即谓之真魅可矣。”(《滦阳消夏录三》)

译文：

淮镇在献县城东五十五里处，即《金史》所说的槐家镇。有户姓马的人家，家中忽然出现怪事，夜里有时抛瓦掷石，有时鬼叫呜呜，有时在没有人的地方突然冒出火来。这样闹了一年多也没有消停，请术士祈祷消灾也不灵验。于是马家在别处买了房子搬走了。有人租住马家这处宅院仍然不得安宁，不久也另迁他处了。从此，没人再敢来住。有个老儒说不相信这等事，用很便宜的价格把这座宅院买了下来，选了个好日子搬进去住，竟然安安静静，没发生任何异常。很多人都说老儒德高望重，能够镇住妖魅。不久，有个狡猾的盗贼登门与老儒争吵，人们才知道之前这座宅院的各种怪异，都是老儒买通盗贼在夜里干的，并不是真的妖魅。先父姚安公说："鬼魅也不过是善于变幻罢了。老儒耍的这些变幻手段，说他是真正的妖魅也可以。"

县令明察

雍正壬子六月，夜大雷雨，献县城西有村民为雷击。县令明公晟往验，饬棺敛矣。越半月余，忽拘一人讯之曰："尔买火药何为？"曰："以取鸟。"诘曰："以铳击雀，少不过数钱，多至两许，足一日用矣。尔买二三十斤何也？"曰："备多日之用。"又诘曰："尔买药未满一月，计所用不过一二斤，其余今贮何处？"其人词穷，刑鞫之，果得因奸谋杀状，与妇并伏法。

或问："何以知为此人？"曰："火药非数十斤不能伪为雷，合药必以硫磺。今方盛夏，非年节放爆竹时，买硫磺者可数。吾阴使人至市，察买硫磺者谁多。皆曰某匠。又阴察某匠卖药于何人。皆曰某人。是以知之。"又问："何以知雷为伪作？"曰："雷击人，自上而下，不裂地。其或毁屋，亦自上而下。今苫草、屋梁皆飞起，土炕之面亦揭去，知火从下起矣。又此地去城五六里，雷电相同，是夜雷电虽迅烈，然皆盘绕云中，无下击之状。

是以知之。尔时其妇先归宁，难以研问，故必先得是人，而后妇可鞫。”此令可谓明察矣。（《滦阳消夏录四》）

译文：

雍正壬子年六月，一夜下大雷雨，献县城西有村民被雷击中。县令明晟公去现场勘验，命令将尸体殓棺埋葬。半个多月后，忽然抓了一个人讯问：“你买火药想干什么？”回答说：“用来打鸟。”县令诘问道：“用火铳打鸟，火药也不过用几钱，至多也就一两多，足够一天的用量。你买二三十斤想干什么？”回答说：“预备用很多天。”县令又诘问道：“你买药还没有一个月，总计用了也不过一两斤，其余的火药现在藏在哪儿？”这个人词穷，拷打审问，果然审出了因奸谋杀的案子，与情妇一并伏法。

有人问：“怎么知道是这个人干的呢？”县令说：“不用几十斤火药不能伪装成雷击的现场，配药必须用硫黄。现在才盛夏时节，并非年节放爆竹的时候，买硫黄的人屈指可数。我暗地里派人到市场上去，查问谁买的硫黄多。都说是某匠人。又暗查某匠人把药卖给谁。都说是某人。所以知道凶手就是他。”又问县令：“怎么知道雷击是伪造的呢？”县令说：“雷击人，是自上而下，不会炸裂地面。也许有毁坏房屋的情况，也是自上而下。现在苫草和屋梁都飞起来，土炕面也揭去了，知道火是从下面起来的。而且这个地方离城有五六里远，雷电应该和城里一样，那天夜里雷电虽然迅速而猛烈，然而都在云中盘绕，没有下击的样子。所以知道是伪造的雷击现场。那时，死者的妻子已经回娘家，难以审问，所以一定要先捉住这个人，然后才能审讯那个女人。”这个县令可谓是明察秋毫啊。

缢鬼魅人

乌鲁木齐虎峰书院，旧有遣犯妇缢窗棂上。山长、前巴县令陈执礼，一夜，明烛观书，闻窗内承尘上窸窣有声。仰视，见女子两纤足，自纸罅徐徐垂下，渐露膝，渐露股。陈先知是事，厉声曰："尔自以奸败，愤恚死，将祸我耶？我非尔仇，将魅我耶？我一生不入花柳丛，尔亦不能惑，尔敢下，我且以夏楚扑尔。"乃徐徐敛足上，微闻叹息声。

俄从纸罅露面下窥，甚姣好。陈仰面唾曰："死尚无耻耶？"遂退入。陈灭烛就寝，袖刃以待其来，竟不下。次日，仙游陈题桥访之，话及是事，承尘上有声如裂帛，后不再见。然其仆寝于外室，夜恒呓语，久而渐病瘵。垂死时，陈以其相从两万里外，哭甚悲。仆挥手曰："有好妇尝私就我，今招我为婿，此去殊乐，勿悲也。"陈顿足曰："吾自恃胆力，不移居，祸及汝矣。甚哉！客气之害事也！"后同年六安杨君逢源，代掌书院，避居他室，曰："孟子有言：'不立乎岩墙之下。'"（《滦阳消夏录四》）

译文：

乌鲁木齐虎峰书院，曾有个流放犯人的妻子吊死在窗棂上。山长、前巴县令陈执礼一天夜里点灯看书，听到窗内天花板上有窸窣之声。抬头看到女子的两只小脚，从纸缝里慢慢垂下来，渐渐地露出膝盖，又渐渐地露出大腿。陈执礼知道内情，厉声骂道："你因奸情败露，含恨而死，还想害我吗？我不是你的仇人，你想迷惑我吗？我一生都不去花柳之地，你也不能迷惑我，你敢下来，我就用教鞭打你。"于是女鬼慢慢地把腿收了上去，之后听见微微的叹息声。

不一会儿她又从纸缝中露出脸来往下看，长相很漂亮。陈执礼抬头唾骂道："你死了还这么不知羞耻吗？"于是女鬼退了回去。陈执礼吹灯就寝，袖藏刀刃等女鬼来，女鬼却没有下来。第二天，仙游的陈题桥来访，说到此事，天花板上有声音像是撕布一样，此后女鬼再没有出现。但是陈执礼的仆人住在外屋，夜里经常说梦话，久而久之得了痨病。临死时，陈执礼因为他跟随自己不远万里而来，哭得很悲伤。仆人挥手说："有个漂亮的女人曾偷偷和我在一起，现在招我做丈夫，我去了很快活，你不要悲伤。"陈执礼跺着脚说："我自信有胆量，没有迁居，却给你带来祸害。太坏事了！一时的激愤之气能害事！"后来，与他同年的六安杨逢源，代任书院山长，避开这间屋子住到了别处，他说："孟子说过：'(君子)不站在危墙之下。'"

负心当得报

浙江有士人，夜梦至一官府，云都城隍庙也。有冥吏语之曰："今某公控其友负心，牵君为证。君试思尝有是事不？"士人追忆之，良是。俄闻都城隍升坐，冥吏白某控某负心事，证人已至，请勘断。都城隍举案示士人，士人以实对。都城隍曰："此辈结党营私，朋求进取。以同异为爱恶，以爱恶为是非。势孤则攀附以求援，力敌则排挤以互噬。翻云覆雨，倏忽万端，本为小人之交，岂能责以君子之道？操戈入室，理所必然。根勘已明，可驱之去。"顾士人曰："得无谓负心者有佚罚耶？夫种瓜得瓜，种豆得豆，因果之相偿也；花既结子，子又开花，因果之相生也。彼负心者，又有负心人蹑其后，不待鬼神之料理矣。"士人霍然而醒，后阅数载，竟如神之所言。(《滦阳消夏录四》)

译文：

浙江有个读书人，夜里做梦到了一座官府，说是都城隍庙。有冥吏对他说：“现在某公控告他的朋友对他负心，请您来作证。您想一想是否有这样的事呢？”读书人回忆了一下，的确有此事。不一会儿听到都城隍升堂，冥吏上前禀报某人控告某友负心之事，证人已经到了，请都城隍审讯。都城隍向读书人询问案情，读书人如实作答。都城隍说：“这些人结党营私，互相拉拢，钻营进取。用是否与自己为一路判断爱、恶，以爱、恶来判断是非。势力单薄则攀附求援，势均力敌则排挤互吞。翻云覆雨，变化无常，本来就是小人之交，怎么能够用君子之道的标准衡量对方？操戈入室，窝里争斗，这是合乎道理的必然结局。缘由已经审查清楚，把他们都赶走吧。”都城隍又看着读书人说：“你是不是认为对负心人的处罚不当呢？种瓜得瓜，种豆得豆，这就是因果相偿；花结了子，子又开花，这就是因果相生。那个负心人身后，又有负心人跟随，不需要鬼神去打理了。”读书人猛然惊醒，几年后回头看发生过的事，竟然与神说的一样。

追原祸本

田白岩言：康熙中，江南有征漕之案，官吏伏法者数人。数年后，有一人降乩于其友人家，自言方在冥司讼某公。友人骇曰：“某公循吏，且其总督两江，在此案前十余年，何以无故讼之？”乩又书曰：“此案非一日之故矣。方其初萌，褫一官，窜流一二吏，即可消患于未萌。某公博忠厚之名，养痈不治，久而溃裂，吾辈遂遘其难。吾辈病民蠹国，不能仇现在之执法者也。追原祸本，不某公之讼而谁讼欤？”书讫，乩遂不动。迄不知九幽之下，定谳如何。《金人铭》曰：“涓涓不壅，终为江河；毫末不札，将寻斧柯。”古圣人所见远矣。此鬼所言，要不为无理也。（《滦阳消夏录五》）

译文：

田白岩说：康熙年间，江南发生了征漕案，官吏有好几人伏法。几年后，其中一人的鬼魂降乩于他朋友家，自己说正在地府里告某公。友人惊道："某公是个好官，况且他在总督两江漕运时，是在这个案子发生的十多年前，为什么要无故控告他呢？"鬼魂又在乩坛上写道："这个案子并不是一日就促成的。在刚出现苗头的时候，如果革职查办一个官员，流放一两个小吏，就可以防患于未然。某公为了博取一个忠厚之名，发现毒疮而不及时治疗，时间长了终于溃烂，我们都因触犯法律而被杀。我们祸害了百姓和国家，没有理由怀恨现在的执法者。追溯祸害的起由，不告他还能告谁？"写罢，乩也不动了。至今也不知道阴间是怎样结案的。《金人铭》有言："涓涓细流不及时堵住，最终成为江河；细小的树苗不拔除，将来就得找斧子来砍掉。"古圣人真是有远见。这是鬼魂说的，不能说没有道理。

学究触狐锋

平原董秋原言：海丰有僧寺，素多狐，时时掷瓦石嬲人。一学究借东厢三楹授徒，闻有是事，自诣佛殿呵责之，数夕寂然，学究有德色。一日，东翁过谈，拱揖之顷，忽袖中一卷堕地。取视，乃秘戏图也。东翁默然去，次日生徒不至矣。狐未犯人，人乃犯狐，竟反为狐所中。君子之于小人，谨备之而已；无故而触其锋，鲜不败也。（《滦阳消夏录五》）

译文：

平原人董秋原说：海丰有座寺庙，素来多狐，常常扔瓦片石头戏弄人。一个学究借住在东厢的三间房内教授生徒，听说有这样的事，就走到佛殿上去大声呵斥责骂狐狸，此后几个晚上都寂静无声，学究洋洋得意。一天，房东老翁过来聊天，学究拱手作揖时，忽然袖子中的一个卷子掉在地上。拿起来一看，竟是一张春宫图。房东老翁一言不发地走了，第二天生徒也不来了。狐没有侵犯人，人却去冒犯狐，以至于反被狐算计。君子对小人，应当谨慎防备；无缘无故地去招惹，没有不自寻倒霉的。

咎由自取

一宦家子，资巨万。诸无赖伪相亲昵，诱之冶游，饮博歌舞。不数载，炊烟竟绝，颇颔以终。病革时，语其妻曰："吾为人蛊惑以至此，必讼诸地下。"越半载，见梦于妻曰："讼不胜也。冥官谓妖童娼女，本捐弃廉耻，借声色以养生；其媚人取财，如虎豹之食人，鲸鲵之吞舟也。然人不入山，虎豹焉能食？舟不航海，鲸鲵乌能吞？汝自就彼，彼何尤焉？惟淫朋狎客，如设井以待兽，不入不止；悬饵以钓鱼，不得不休。是宜阳有明刑，阴有业报耳。"

又闻有书生昵一狐女，病瘵死。家人清明上冢，见少妇奠酒焚楮钱，伏哭甚哀。其妻识是狐女，遥骂曰："死魅害人，雷行且诛汝，尚假慈悲耶？"狐女敛衽徐对曰："凡我辈女求男者，是为采补，杀人过多，天律不容也；男求女者，是为情感，耽玩过度，以致伤生。正如夫妇相悦，成疾夭折，事由自取，鬼神不追理其衽席也，姊何责耶？"此二事足相发明也。（《如是我闻一》）

译文：

一个官宦子弟，家资万贯。一些无赖就假装和他亲近，引诱他到青楼玩乐，喝酒赌博，歌舞享乐。没过几年，竟然穷得揭不开锅，生病饥饿而死。病重时，他对妻子说：“我被人迷惑才成了这个样子，到地府去一定要控告他们。”过了半年，托梦给妻子说：“官司没有打赢。冥官认为那些妖童娼女，本来就不知廉耻，靠着声色来维持生计；他们诱惑人来获取财物，如同虎豹吃人，鲸鲵吞船一般。但是人不到山里去，虎豹怎能吃人？船不到海里航行，鲸鲵怎能吞了它？是你自己去那种地方，他们有什么错？只是那些邪淫亲近的狐朋狗友，设下圈套，直到让你进去；又像悬饵钓鱼，鱼不上钩不肯罢休。因此阳间有阳间的刑律，阴间有阴间的冤报。”

又听说有个书生亲昵一个狐女，最后得了痨病死去。家人清明上坟，见到一个少妇在坟上浇酒烧纸钱，趴在坟上哭得很伤心。他的妻子知道这就是那个狐女，远远地骂道：“死妖精害人，雷公早晚会劈死你的，你还在这里假慈悲？”狐女整理衣服慢慢地说：“我们这些狐女去追求男子，是为了采补阳气，如果杀人过多的话，天律是不容的；但是男子追求女子，是为了情感，沉迷过度，伤害了身体。正如夫妇间相亲，最后成疾而夭折，都是自己造成的，鬼神都不会追究男女色欲的责任，你又何必责备我呢？”这两件事可以互相阐发。

狐嘲道士

京师某观，故有狐。道士建醮，醵多金。蒇事后，与其徒在神座灯前，会计出入，尚阙数金。师谓徒干没，徒谓师误算，盘珠格格，至三鼓未休。忽梁上语曰：“新秋凉爽，我倦欲眠，汝何必在此相聒？此数金，非汝欲买媚药，置怀中，过后巷刘二姐家，二姐索金指镮，汝乘醉探付彼耶？何竟忘也？”徒转面掩口。道士乃默然敛簿出。剃工魏福，时寓观内，亲闻之。言其声咿咿呦呦，如小儿女云。（《如是我闻一》）

［日本］《帝释天画像》

［日本］《毗沙门天画像》

译文：

京城的某个道观里，一直有狐精出没。道士设坛做法事，募集了很多钱。法事做完后，和他的徒弟在神座灯前结算账目，发现缺了几两银子。师父说徒弟侵吞了，徒弟说师父算错了，算盘打得"格格"响，到了三更天还没有算完。忽然房梁上有声音说："初秋凉爽，我困了想睡觉，你们何必这样吵闹？这几两银子，不是你想买春药，藏在怀中，到后巷刘二姐家，她向你索要金戒指，你当时醉了信手掏出给了她吗？怎么忘记了？"徒弟听后转过头去掩口而笑。道士一言不发，收起账簿就走了。剃头师傅魏福，当时住在观中，亲耳听到。他说那个声音咿咿呦呦，好像小孩子说话一样。

好异陨生

申铁蟾，名兆定，阳曲人。以庚辰举人官知县。主余家最久。庚戌秋，在陕西试用，忽寄一札与余诀。其词恍惚迷离，抑郁幽咽，都不省为何语。而铁蟾固非不得志者，疑不能明也。未几，讣音果至。既而见邵二云赞善，始知铁蟾在西安，病数月，病愈后，入山射猎，归而目前见二圆物如球，旋转如风轮，虽瞑目亦见之。

如是数日，忽暴然裂，二小婢从中出，称仙女奉邀。魂不觉随之往。至则琼楼贝阙，一女子色绝代，通词自媒。铁蟾固谢，托以不惯居此宅。女子薄怒，挥之出，霍然而醒。越月余，目中见二圆物如前，爆出二小婢亦如前。仍邀之往。已别构一宅，幽折窈窕颇可爱。问："此何地？"曰佛桑，请题堂额。因为八分书"佛桑香界"字，女子再申前请。意不自持，遂定情。自是恒梦游。久而女子亦昼至，禁铁蟾弗与所亲通，遂渐病剧。

时方士李某以赤丸饵之，呕逆而卒。其事甚怪，始知前札乃得心疾时作也。铁蟾聪明绝特，善诗歌，又工八分，驰骋名场，翛然以风流自命。与人交，意气如云，邮筒走天下。中年忽慕神仙，遂生是魔障，迷罔以终。妖以人兴，象由心造。才意高广，翻以好异陨生，可惜也夫。(《如是我闻二》)

译文：

申铁蟾，名兆定，阳曲人。乾隆庚辰年中举人，官任知县。在我家门下最久。乾隆庚戌年秋天，他在陕西试用，忽然寄来一封手札和我诀别。信中言辞恍惚迷离，抑郁幽咽，我都看不懂他说了些什么。而申铁蟾并不是不得志，因此这封信让我很疑惑，猜不透其中缘故。没过几天，果然传来他的讣讯。之后见到赞善邵二云，才知道申铁蟾在西安病了好几个月，病好后，曾入山打猎，归来时看见眼前有两个圆形的球状物体，像风轮一样旋转，即使闭着眼睛也能看见。

这样过了几天，忽然爆裂，有两个小婢女从球中出来，称是奉了仙女的旨意前来邀请他。魂魄不知不觉中就随着小婢女去了。到后发现这个地方琼楼贝阙，有一绝代佳人，寒暄之后亲口向他提亲。申铁蟾执意谢绝，以住在这里不习惯为托词。女子看上去有些发怒挥手让他出去，他猛然醒了。过了几个月，眼中又见到两个圆物和此前的一样，也同样爆出两个小婢女。又邀请他前往。这一次来到一处新的住宅，幽幽折折，漂亮可爱。申铁蟾问："这是什么地方？"说是佛桑，并请申铁蟾为堂额题字。申铁蟾随即用隶书写了"佛桑香界"四字，女子再次亲口提亲。申铁蟾不能自持，于是与女子定情。从此以后经常梦游。久而久之女子白天也来，还禁止申铁蟾跟亲友来往。就这样，申铁蟾的病情慢慢加剧。

当时方士李某给他红色的药丸吃，结果呕吐而死。这件事非常奇怪，才知道之前收到的手札是他得心病时写的。申铁蟾聪明绝顶，擅长写诗，又精通书法，驰名儒林和官场，洒然以风流自命。与人交往，潇洒如行云，和天下之才士结交通信。中年后忽然羡慕神仙，于是才得了这样的怪病，迷惘丧生。妖是因为人才兴起，幻象是由心造就。才情高远广阔，反而因为好奇送了命，实在可惜。

刀笔

古书字以竹简，误则以刀削改之，故曰“刀笔”。黄山谷名其尺牍曰“刀笔”，已非本义。今写讼牒者称“刀笔”，则谓笔如刀耳，又一义矣。余督学闽中时，一生以导人诬告戍边。闻其将败前，方为人构词，手中笔爆然一声，中裂如劈；恬不知警，卒及祸。又文安王岳芳言：其乡有构陷善类者，方具草，讶字皆赤色。视之，乃血自毫端出。投笔而起，遂辍是业，竟得令终。余亦见一善讼者，为人画策，诬富民诱藏其妻。富民几破家，案尚未结，而善讼者之妻，竟为人所诱逃，不得主名，竟无所用其讼。(《如是我闻二》)

译文：

古代写字用竹简，有错误就用刀修改，所以叫“刀笔”。黄庭坚把自己的书信集称为“刀笔”，已经不是本义了。如今写诉状的人称“刀笔”，意思是说笔如同刀子，又是一种解释了。我在福建任督学时，一个学生因为唆使别人诬告，被发配边疆。听说在他败露前，正在写诉状给人编造罪名，手中的笔砰然从中间爆裂开来，像刀劈的一样；可他仍不以此为警戒，最后招来灾祸。又有文安人王岳芳说：他的家乡有人诬陷好人，正在起草诉状，不料字忽然变成红色。仔细看，是血从笔端流出来。他吓得扔掉笔站起身，之后再也不以此为业了，最后得以善终。我也见到过一个擅长写诉状的人，给人写诉状编排诬陷一个富民藏匿自己的妻子。那个富人几乎因此破产，案子还没有结，而擅长写诉状的人的妻子竟被人拐走了，而且还无从得知拐主的姓名，他的诉状最终一无所用。

假名猎财

田氏媪诡言其家事狐神，妇女多焚香问休咎，颇获利。俄而群狐大集，需索酒食，罄所获不足供。乃被击破瓮盎，烧损衣物，哀乞不能遣，怖而他投。濒行时，闻屋上大笑曰："尔还敢假名敛财否？"自是遂寂，亦遂不徙。然并其先有之赀，耗大半矣。此余幼时闻先太夫人说。

又有道士称奉王灵官，掷钱卜事，时有验，祈祷亦盛。偶恶少数辈，挟妓入庙，为所阻。乃阴从伶人假灵官鬼卒衣冠，乘其夜醮，突自屋脊跃下，据坐呵责其惑众，命鬼卒缚之，持铁蒺藜拷问。道士惶怖伏罪，具陈虚诳取钱状。乃哄堂一笑，脱衣冠高唱而出。次日，觅道士，则已窜矣。此雍正甲寅七月事，余随先姚安公宿沙河桥，闻逆旅主人说。(《如是我闻三》)

译文:

田家老太太骗人说她家供奉着狐仙，很多妇女去烧香求问吉凶，田老太太得了不少钱。不久，来了一大群狐精聚集，要吃要喝，老太太花尽钱财也不够供应它们。于是被狐精打破盆罐，烧坏衣物，田老太太苦苦哀求，狐精们也不走，田老太太害怕了，想要投奔他处。临行时，听到屋上大笑道："你还敢假借我们的名义来敛财不？"从此以后恢复安静，田老太太也就不搬家了。但是连她原有的钱财，也损失了大半。这是我年少时听先太夫人说的。

还有一个道士声称供奉着王灵官，花钱占卜，常有灵验，去祈祷的人也就多了起来。有一次，几个恶少带着妓女进庙，被他阻挡。于是恶少就暗中向伶人借来王灵官和鬼卒的戏装，趁着道士夜间做道场的时候，突然从房顶跳下来，坐在祭坛上责骂他迷惑百姓，命令鬼卒把道士绑了，拿来铁蒺藜要拷问他。道士吓得连忙谢罪，把他骗人赚钱的情况全部说了出来。恶少们于是哄堂大笑，脱下衣帽高唱着走出去。第二天，去寻觅道士，早已逃走了。这是雍正甲寅年七月的事情，我跟随先父姚安公在沙河桥住宿时，听旅店主人说的。

梦与真

伶人方俊官，幼以色艺擅场，为士大夫所赏。老而贩鬻古器，时来往京师。尝览镜自叹曰："方俊官乃作此状！谁信曾舞衫歌扇，倾倒一时耶！"倪余疆感旧诗曰："落拓江湖鬓欲丝，红牙按曲记当时。庄生蝴蝶归何处，惆怅残花剩一枝。"即为俊官作也。

俊官自言本儒家子，年十三四时，在乡塾读书。忽梦为笙歌花烛拥入闺闼，自顾则绣裙锦帔，珠翠满头；俯视双足，亦纤纤作弓弯样，俨然一新妇矣。惊疑错愕，莫知所为。然为众手挟持，不能自主，竟被扶入帏中，与一男子并肩坐；且骇且愧，悸汗而寤。后为狂且所诱，竟失身歌舞之场，乃悟事皆前定也。

余疆曰："卫洗马问乐令梦，乐云是想。汝殆积有是想，乃有是梦。既有是想是梦，乃有是堕落。果自因生，因由心造，安可委诸夙命耶？"余谓此辈沉沦贱秽，当亦前身业报受在今生，未可谓全无冥数。余疆所言，特正本清源之论耳。后苏杏村闻之，曰："晓岚以三生论因果，惕以未来。余疆以一念论因果，戒以现在。虽各明一义，吾终以余疆之论，可使人不放其心。"

（《如是我闻三》）

译文：

艺人方俊官，年少时容貌出众，演技高超，被士大夫们所欣赏。年老后贩卖古玩器具，时常往来于京城。曾照着镜子叹息道："方俊官竟然成了这个样子！谁能相信曾经能歌善舞倾倒一时呢！"倪余疆感旧诗云："落拓江湖鬓欲丝，红牙按曲记当时。庄生蝴蝶归何处，惆怅残花剩一枝。"就是为方俊官所作。

方俊官说他本是儒家子第，十三四岁时，在乡塾读书。忽然梦见在笙歌花烛中被拥入闺房，看见自己穿着绣裙，披着锦帔，满头珠翠；低头俯视双脚，也是纤纤细细的弓弯样子，俨然是一个新娘子。惊疑错愕间，不知该怎么办是好。但是他被许多人挟持着，不能自主，竟然被扶进了帏帐里，和一个男子并坐在一起；又害怕又惭愧，出了一身冷汗，醒过来了。后来他被轻狂之徒引诱，竟然失身在歌舞场中，才醒悟出这是前世所定的。

倪余疆说："卫洗马问乐令梦是怎么回事，乐令说是因为心中所想而成。你大概平时就有这种想法，于是便有了这样的梦。既然有这样的想法这样的梦，才会有这样的堕落。结果产生于原因，原因是由心造出来的，怎么能够推给夙命呢？"我认为这种人沉沦下贱，应该是前生罪孽的报应，今生受罪，不能说完全没有冥冥中的定数。倪余疆所说的，只不过是正本清源的观点而已。后来苏杏村听到这个故事，说："纪晓岚以三生论因果报应，警诫未来。倪余疆以一念论因果报应，警诫现在。虽然各自都有道理，我还是认为倪余疆的观点可以使人不敢随心妄为。"

腐割之痛

玛纳斯有遣犯之妇，入山樵采，突为玛哈沁所执。玛哈沁者，额鲁特之流民，无君长，无部族，或数十人为队，或数人为队。出没深山中，遇禽食禽，遇兽食兽，遇人即食人。妇为所得，已褫衣缚树上，炽火于旁。甫割左股一脔，倏闻火器一震，人语喧阗，马蹄声殷动林谷。以为官军掩至，弃而遁。盖营卒牧马，偶以鸟枪击雉子，误中马尾。一马跳掷，群马皆惊，相随逸入万山中，共噪而追之也。使少迟须臾，则此妇血肉狼藉矣，岂非若或使之哉！

妇自此遂持长斋，尝谓人曰："吾非佞佛求福也。天下之痛苦，无过于脔割者；天下之恐怖，亦无过于束缚以待脔割者。吾每见屠宰，辄忆自受楚毒时；思彼众生，其痛苦恐怖，亦必如我。固不能下咽耳。"此言亦可告世之饕餮者也。(《如是我闻三》)

译文：

玛纳斯有个流放犯的妻子，入山打柴，突然被玛哈沁抓住。玛哈沁是额鲁特的流民，没有君长，没有部族，或几十个人为一伙，或是几个人一伙。出没在深山中，遇禽吃禽，遇兽吃兽，遇人吃人。这个妇女被他们抓住，已然扒掉衣服绑在树上，一边篝火点起。刚从妇女左腿上割下一块肉，忽然听到火枪声响，人语喧哗，众多的马蹄声震动山谷。玛哈沁以为是官军追过来，丢下妇人逃走了。原来是军营的兵卒放马，偶尔用鸟枪打野鸡，误中了马尾。一匹马惊跳起来，一群马都跟着惊跳，相继跟着跑进山里，兵卒呐喊着追马，无意间惊吓了玛哈沁，救了妇人一命。假设他们迟到片刻，这个妇女就血肉狼藉了，这岂不是有什么神灵在暗中促使他们这么做吗！

妇女此后持了长斋，曾和人说："我并不是虚情假意地敬佛求福。天下的痛苦，没有比刀割更痛的了；天下的恐怖，也没有比得了被绑在那里等待宰割。我每次看见屠宰动物，就会想起自身经历过的痛苦；想到那些被宰杀的生灵，它们的痛苦和恐怖，也必定和我之前一样。因此我就咽不下饭。”这些话也可以告诫世上那些贪吃的人。

劫数人所为

先曾祖润生公，尝于襄阳见一僧，本惠登相之幕客也。述流寇事颇悉，相与叹劫数难移。僧曰：“以我言之，劫数人所为，非天所为也。明之末年，杀戮淫掠之惨，黄巢流血三千里，不足道矣。由其中叶以后，官吏率贪虐，绅士率暴横，民俗亦率奸盗诈伪，无所不至。是以下伏怨毒，上干神怒，积百年冤愤之气，而发之一朝。以我所见闻，其受祸最酷者，皆其稔恶最甚者也。是可曰天数耶？昔在贼中，见其缚一世家子，跪于帐前，而拥其妻妾饮酒，问：‘敢怒乎？’曰：‘不敢。’问：‘愿受役乎？’曰：‘愿。’则释缚使行酒于侧。观者或太息不忍。一老翁陷贼者曰：‘吾今乃始知因果。’是其祖尝调仆妇，仆有违言，棰而缚之槐，使旁观与妇卧也。即是一端，可类推矣。”座有豪者曰：“巨鱼吞细鱼，鸷鸟搏群鸟，神弗怒也，何独于人而怒之？”僧掉头曰：“彼鱼鸟耳，人鱼鸟也耶？”豪者拂衣起。明日，邀客游所寓寺，欲挫辱之。已打包去，壁上大书二十字曰：“尔亦不必言，我亦不必说，楼下寂无人，楼上有明月。”疑刺豪者之阴事也。后豪者卒覆其宗。（《槐西杂志一》）

译文：

先曾祖润生公，曾在襄阳遇见一个僧人，他本来是惠登相幕下宾客。讲述流寇的故事很详细，大家都一起感叹劫数难逃。僧人说：“以我来看，劫数是人造成的，并不是上天所为。明朝末年，杀人奸淫抢掠的惨状，连黄巢那时所谓的杀人流血三千里也不能相比。原因是明中叶以后，官吏都贪赃枉法，士绅都残暴横行，社会风气也都是奸诈盗窃欺骗成风，无所不至。所以下面百姓郁积着怨恨，上面引起天神愤怒，百年来积下的冤愤之气，一朝爆发。以我所见所闻，受到灾祸最残酷的人，都是作恶最多的人。这能说是天命吗？以前在流寇的据点里，见到他们绑了一个世家公子，让他跪在帐前，而他们则抱着他的妻妾饮酒，问他：'你敢怒吗？'回答说：'不敢。'又问：'愿意做奴才吗？'回答说：'愿意。'于是给他松绑，让他在旁边斟酒伺候。看到这些，有人感叹，觉得于心不忍。一个陷于流寇营中的老翁说：'我今天才知道因果了。'原来这个公子的祖父曾经调戏仆人的老婆，仆人发牢骚，就被主人鞭打一顿，绑在槐树上，让他在一旁看着主人和仆人老婆睡觉。从这一件事，就可以类推其他事了。"在座的一个富豪说："大鱼吃小鱼，老鹰抓群鸟，神灵也不发怒，为何只是谴责人呢？"僧人掉头说："那些是鱼是鸟，人是鱼鸟吗？"富豪生气地站起来就走了。第二天，这个富豪邀人来到僧人借住的寺院，想羞辱僧人一番。僧人已经带着行李离开，墙上大写了二十个字说："你也不必说，我也不必说，楼下寂无人，楼上有明月。"大家怀疑这是讽刺富人背地里干的坏事。后来这个富豪终于被灭了族。

视鬼者言

里有视鬼者曰："鬼亦恒憧憧扰扰，若有所营，但不知所营何事；亦有喜怒哀乐，但不知其何由。大抵鬼与鬼竞，亦如人与人竞耳。然微阴不足敌盛阳，故莫不畏人。其不畏人者，一由人据所居，鬼刺促不安，故现变相驱之去；一由祟人求祭享，一由桀骜强魂，戾气未消。如人世无赖，横行为暴，皆遇气旺者避，遇运蹇者乃敢侵。

或有冤魂厉魄，得请于神，报复以申积恨者，不在此数。若夫欲心所感，淫鬼应之；杀心所感，厉鬼应之；愤心所感，怨鬼应之。则皆由其人之自召，更不在此数矣。我尝清明上冢，见游女踏青，其妖媚弄姿者，诸鬼随之嬉笑；其幽闲贞静者，左右无一鬼。又尝见学宫有数鬼，教谕鲍先生出，先生讳梓，南宫人，官献县教谕。载县志《循吏传》。则瑟缩伏草间；训导某先生出，则跳掷自如。然则鬼之敢侮与否，尤视乎其人哉！”（《槐西杂志一》）

译文：

老家有个能看得见鬼的人说：“鬼也经常忙忙碌碌，身心疲惫，好像在忙着什么事，但不知到底在忙什么；它们也有喜怒哀乐，但不知到底是因为什么。大概鬼与鬼竞争，也和人与人竞争一样。但是微弱的阴气抵挡不住旺盛的阳气，所以鬼没有不怕人的。那些不怕人的鬼，一是人占据了鬼住的地方，鬼惶恐不安，所以变成怪样子把人赶走；一是骚扰人们以求祭祀，一是强悍刚烈的鬼魂，戾气还没有消散。就像人世间的无赖，横行霸道，他们遇到阳气旺盛的人就躲避，遇到运气困顿的人才敢侵犯。

有些冤魂恶鬼，得到神的准许，报复某人，以发泄心中积累的怨恨，就不在这个范围内了。至于心中有淫邪的念头，就由淫鬼来回应；有杀人之心，就由厉鬼来回应；有怨愤之心，就由怨鬼来回应。鬼都是那些人自己招来的，就更不在这个范围内了。我曾在清明上坟，看见踏青的游女，她们妖媚而弄姿，鬼就跟着她们嬉笑；那些端庄稳重的，旁边一个鬼也没有。又曾看见学宫里有几个鬼，教谕鲍先生出来时，先生名梓，是南宫人，担任献县教谕。事迹记载在县志《循吏传》中。鬼就躲在草丛中发抖；训导某先生出来时，鬼就自如地蹦跳。所以鬼敢不敢欺侮人，还得看人是什么样子！”

柳某负心

舅氏安公介然言：有柳某者，与一狐友甚昵。柳故贫，狐恒周其衣食。又负巨室钱，欲质其女。狐为盗其券，事乃已。时来其家，妻子皆与相问答，但惟柳见其形耳。狐媚一富室女，符箓不能遣，募能劾治者予百金。柳夫妇素知其事，妇利多金，怂恿柳伺隙杀狐。柳以负心为歉。妇谇曰："彼能媚某家女，不能媚汝女耶？昨以五金为汝女制冬衣，其意恐有在。此患不可不除也！"

柳乃阴市砒霜，沽酒以待。狐已知之。会柳与乡邻数人坐，狐于檐际呼柳名，先叙相契之深，次陈相周之久，次乃一一发其阴谋。曰："吾非不能为尔祸，然周旋已久，宁忍便作寇仇！"又以布一匹、棉一束自檐掷下，曰："昨尔幼儿号寒苦，许为作被，不可失信于孺子矣。"众意不平，咸诮让柳。狐曰："交不择人，亦吾之过。世情如是，亦何足深尤？吾姑使知之耳。"太息而去。柳自是不齿于乡党，亦无肯资济升斗者。挈家夜遁，竟莫知所终。(《槐西杂志二》)

译文：

我的舅舅安介然公说：有一个姓柳的人与一个狐精交朋友，关系很是亲密。柳某一向贫穷，狐精经常以衣食救济他。柳某又欠了一个大户的钱，大户打算用他的女儿抵债。狐精为他从大户家偷出了借据，事情才算了结。狐精经常到柳家，妻儿子女都能和他对话，但只有柳某能看到狐精的形状。后来狐精媚惑了一个富贵人家的女子，用符也赶不走，富家就用一百两银子招募能制服狐精的人。柳某夫妇一向知道狐精的情况，柳某妻子贪图赏金，便怂恿柳某找机会杀死狐精。柳某觉得那样做有负友情。妻子骂道："他能媚惑人家女子，就不能媚惑你家女子吗？昨天他还用五两银子为女儿做了一身棉衣，恐怕他有这种意图吧。这个祸患不能不除掉！”

柳某于是暗地里买了砒霜，打了酒等狐精来喝。狐精已经知道柳某夫妇的打算。趁柳某与几个乡邻坐着的时候，狐精在房檐呼叫柳某的名字，先是叙说往日的交情之深，又陈述周济柳某一家很久，后来一一揭发柳某夫妇的阴谋。说：“我并不是不能给你带来灾祸，但是我们交往时间长了，不忍心与你为敌！”说罢，又把一匹布、一束棉花从房檐上扔下来，说：“昨天你的小孩儿哭着喊冷，我答应给他做条被子，我不能对小孩子失信。”大家听了狐精的话，都愤愤不平，讥笑谴责柳某。狐精说：“我交友不慎，也是我的过错。世道人情如此，你们又何必过分指责他呢？我就是为了让他心里明白罢了。”狐精叹着气离开。柳某从此以后被乡人看不起，也没有人肯接济救助他了。他只能带着全家连夜逃走，最终不知到哪儿去了。

画 妖

霍养仲言：一旧家壁悬挂《仙女骑鹿图》，款题“赵仲穆”，不知确否也。仲穆名雍，松雪之子也。每室中无人，则画中人缘壁而行，如灯戏之状。一日，预系长绳于轴首，伏人伺之。俟其行稍远，急掣轴出，遂附形于壁上，彩色宛然。俄而渐淡，俄而渐无，越半日而全隐。疑其消散矣。余尝谓画无形质，亦无精气，通灵幻化，似未必然；古书所谓画妖，疑皆有物凭之耳。

后见林登《博物志》载北魏元兆，捕得云门黄花寺画妖，兆诘之曰：“尔本虚空，画之所作，奈何有此妖形？”画妖对曰“形本是画，画以象真；真之所示，即乃有神。况所画之上，精灵有凭可通。此臣之所以有感，感而幻化，臣实有罪”云云。其言似

亦近理也。(《槐西杂志二》)

译文:

霍养仲说：有一大户人家墙上挂了一幅《仙女骑鹿图》，题款为“赵仲穆”，不知是不是他的真迹。仲穆名赵雍，是赵松雪的儿子。每当屋子里没有人的时候，画中的人就沿着墙壁走动，像走马灯一样。一天，人们事先用长绳系在画轴上，埋伏下等候着。等到画中人走得稍远一些，赶快把画轴拽到屋外，画中人只好将形象附在墙上，色彩还很鲜艳。过了一会儿就变淡了，再过一会儿就渐渐地消失了，半天以后连轮廓也没了。人们怀疑它消散了。我曾经认为画中的东西既没有质地也没有精气，如果说能通灵变幻，好像不大可能；古书中所谓的画妖，我怀疑都是妖怪借图像的形象来现形而已。

后来看见林登《博物志》记载北魏元兆抓住了云门黄花寺的画妖，元兆责问道：“你本来虚空，是人画出来的，为何有了你这样妖怪的形体？”画妖回答说“形体本来就是画，既然是画就应该形象逼真；逼真的形象显示出来，就有了神通灵性。何况把人画在图像上，精灵有了具体的依凭，就可以通灵。这就是我得到生活真实形象的感召，有感而幻化出形体的原因，我确实有罪”等等。它说的似乎有些道理。

魅复遇魅

骁骑校萨音绰克图与一狐友。一日，狐仓皇来曰：“家有妖祟，拟借君坟园栖眷属。”怪问：“闻狐祟人，不闻有物更祟狐，是何魅欤？”曰：“天狐也，变化通神，不可思议；鬼出电入，不可端倪。其祟人，人不及防；或祟狐，狐亦弗能睹也。”问：“同类何不相惜欤？”曰：“人与人同类，强凌弱，智绐愚，宁相惜

乎？”魅复遇魅，此事殊奇。天下之势，辗转相胜；天下之巧，层出不穷。千变万化，岂一端所可尽乎？（《槐西杂志二》）

译文：

骁骑校萨音绰克图与一个狐精为友。一天，狐精慌慌张张跑来说：“家中有妖作祟，想借您家的坟地安顿我的家眷。”萨音绰克图奇怪地问：“听说狐精能作祟于人，没有听说过还有能作祟于狐的东西，这是什么妖魅呢？”狐精说：“是天狐，变化神通，不可思议；进出有如鬼怪、闪电般迅速，谁也不知它们的踪迹。它们作祟于人，人来不及提防；有时作祟于狐，狐也不能看见。”萨音绰克图问：“你们是同类，为何不互相怜惜呢？”狐精回答说：“人与人也是同类，但也是强者欺凌弱者，聪明的人欺骗愚笨的人，难道人类彼此怜惜了吗？”狐魅又碰上了狐魅，这件事非常稀奇。天下的大势，都是一物降一物；天下之巧事，层出不穷。世间万物千变万化，怎么能持一端而穷事理呢？

自 戏

董秋原言：东昌一书生，夜行郊外。忽见甲第甚宏壮，私念此某氏墓，安有是宅，殆狐魅所化欤？稔闻《聊斋志异》青凤、水仙诸事，冀有所遇，踯躅不行。俄有车马从西来，服饰甚华，一中年妇女揭帏指生曰：“此郎即大佳，可延入。”生视车后一幼女，妙丽如神仙，大喜过望。既入门，即有二婢出邀。生既审为狐，不问氏族，随之入。亦不见主人出，但供张甚盛，饮馔丰美而已。生候合卺，心摇摇如悬旌。

至夕，箫鼓喧阗，一老翁搴帘揖曰：“新婿入赘，已到门。先生文士，定习婚仪，敢屈为傧相，三党有光。”生大失望，然原未议婚，无可复语；又饫其酒食，难以遽辞。草草为成礼，不别而归。家人以失生一昼夜，方四出觅访。生愤愤道所遇，闻者莫不拊掌曰："非狐戏君，乃君自戏也。"余因言有李二混者，贫不自存，赴京师谋食。途遇一少妇骑驴，李趁与语，微相调谑。少妇不答亦不嗔。次日，又相遇，少妇掷一帕与之，鞭驴径去，回顾曰："吾今日宿固安也。"李启其帕，乃银簪珥数事。适资斧竭，持诣质库。正质库昨夜所失。大受拷掠，竟自诬为盗。是乃真为狐戏矣。秋原曰："不调少妇，何缘致此？仍谓之自戏可也。"（《槐西杂志三》）

译文：

董秋原说：东昌有个书生，夜晚在郊外赶路。忽然看见一座宅子十分高大华丽，心想这是某家的墓地，怎么会有这么大的宅子，大概是狐精变化出来的吧？他听多了《聊斋志异》中青凤、水仙一类的故事，希望自己也有这样的艳遇，就故意磨蹭不前。过了一会儿有车马从西面过来，车马上的人服饰都很华丽，一位中年妇女揭开车帘指着书生说："这位郎君就很好，可以请他进去。"书生看到车子后面坐着一位少女，漂亮得有如神仙，于是高兴极了。车子进了宅院大门，就有两个婢女出来邀请他。书生知道这些是狐精，也不问她们姓名门第，就跟着进去了。也没有看到主人出来见面，只是陈设豪华，酒菜丰盛而已。书生盼望着入洞房，心思像挂着旗子一样摇摇晃晃。

到了晚上，箫鼓喧天，一位老翁掀开门帘行礼，说："新女婿入赘，已经到了门口。先生是个读书人，一定熟悉婚礼仪式，委屈您当一回傧相，我们整个家族都有光彩。"书生很是失望，但是原本就没有议过婚事，现在也不能再说什么；又吃了人家的酒菜，不好推辞。于是草草地主持了婚礼，不辞而别。书生家人因为他失踪了一天一夜，正在四处寻找。书生愤愤然讲述了所遇之事，听到的人都拍手大笑：“不是狐精调戏你，是你自己捉弄自己。”我也接着说一个叫李二混的人，穷得过不下去，就到京城去谋生。途中遇到一位骑驴的少妇，李二混趁同路与她说话，悄悄地跟她调笑。少妇不搭理他也不骂他。第二天，二人又相遇，少妇扔给他一块手帕，鞭打驴子径直离去，回头说：“我今天在固安住宿。”李二混打开手帕，手帕中包着几件银首饰。正好李二混没了盘缠，拿着首饰到当铺去当。正巧这些银首饰是当铺昨夜失火所丢之物。于是李二混受尽拷打，只好胡乱招认是偷盗。这才真的是被狐精戏弄了。董秋原说：“他不去调戏少妇，怎么会遭遇这样的事情？这仍然可以说是自己捉弄自己。”

伪狐女

鱼门又言：游士某，在广陵纳一妾，颇娴文墨。意甚相得，时于闺中倡和。一日，夜饮归，僮婢已睡，室内暗无灯火。入视阒然，惟案上一札曰：“妾本狐女，僻处山林。以夙负应偿，从君半载。今业缘已尽，不敢淹留。本拟暂住待君，以展永别之意，恐两相凄恋，弥难为怀。是以茹痛竟行，不敢再面。临风回首，百结柔肠。或以此一念，三生石上，再种后缘，亦未可知耳！诸惟自爱，勿以一女子之故，至损清神。则妾虽去而心稍慰矣。”

某得书悲感，以示朋旧，咸相慨叹。以典籍尝有此事，勿致疑也。后月余，妾与所欢北上，舟行被盗，鸣官待捕；稽留淮上者数月，其事乃露。盖其母重鬻于人，伪以狐女自脱也。周书昌曰：“是真狐女，何伪之云？吾恐志异诸书所载，始遇仙姬，久而舍去者，其中或不无此类也乎！”（《槐西杂志三》）

译文：

程鱼门又说：有一个游学的书生，在扬州纳了一个妾，女子娴熟于文墨之事。两人情投意合，经常在闺房中诗词唱和。一天，书生晚上喝完酒回去，仆人婢女已经睡熟，房间里没有灯光。进去发现静悄悄的，只有书案上放了一封手札说："我原本是狐女，住在偏僻的山林。因为前生欠债需要偿还，所以跟随您半年。如今缘分已尽，不敢再逗留。本来打算等您回来，述说永别之情，只怕两人悲哀留恋，难以割舍分开。只好忍痛先走，不敢再和您见面。迎着晚风，回头眺望，柔肠百结。或许因为有这一份心念，三生石上再结来世良缘也未可知啊！自爱最重要，您不要只因为一个女子伤害了精气。那么只有这样我走了以后心里才会稍稍得到安慰。"

书生拿着信十分悲伤，把信给朋友故旧们看，大家都相对叹息。因为书里曾记载过这样的事情，因此也没有怀疑。一个多月后，那个妾与她的相好北上，半路船上被盗，报官等待捉拿盗贼；因此滞留在淮上几个月，事情就败露了。原来她母亲把她重金卖给别人，她就假冒狐女脱身。周书昌说："这是真正的狐女，怎么能说假的呢？那些志怪小说所记载的，开始遇到的仙女，不久就分手了，其中可能也不乏此类女子吧！"

乘机作巧计

小人之计万变，每乘机而肆其巧。小时，闻村民夜中闻履声，以为盗，秉炬搜捕，了无形迹。知为魅也，不复问。既而箧者知其事，乘夜而往。家人仍以为魅，偃息弗省，遂饱所欲去。此犹因而用之也。

邑有令，颇讲学，恶僧如仇。一日，僧以被盗告。庭斥之曰："尔佛无灵，何以庙食？尔佛有灵，岂不能示报于盗，而转渎官长耶？”挥之使去。语人曰：“使天下守令用此法，僧不沙汰而自散也。”僧固黠甚，乃阳与其徒修忏祝佛，而阴赂丐者，使捧衣物跪门外，状若痴者。皆曰佛有灵，檀施转盛。此更反而用之，使厄我者助我也。人情如是，而区区执一理与之角，乌有幸哉！（《槐西杂志四》）

译文：

小人的计谋千变万化，一有可乘之机就大施巧妙的计策。小时候，听说村民半夜听到脚步声，以为是盗贼，举着火把到处搜捕，却不见踪迹。大家知道这是鬼魅，就不再理会了。不久，小偷知道了这件事，夜里就又到这家去偷窃。家人还以为是鬼魅，就不声不响地不去理会，于是小偷便放心大胆地偷了一次。这件事是顺着人们的心理趁机而做的。

有个县令，很相信理学，视僧人如仇人一般。一天，僧人报告官府说被盗了。县令当堂训斥说：“你供奉的佛不灵验的话，还凭什么让人供养？你供养的佛如有灵的话，难道不让盗贼得到报应，而还反过来需要麻烦长官吗？”说罢，挥手让人将僧人赶出。还对人说：“假如天下的县令都用我的方法，僧人不用淘汰，就会自动解散。”僧人本来十分狡猾，于是表面上和徒弟们做佛事祈祷，暗地里却贿赂乞丐，让他们捧着衣物跪在庙门外，看上去就像痴呆了一样。大家都说这座寺院的佛有灵，布施之人越来越多。这件事反用计谋，把断我生路的人变成帮助我的人。人情就是这样，固执一个道理和小人争斗，又有什么好处呢！

狼子野心

沧州一带海滨煮盐之地，谓之灶泡。袤延数百里，并斥卤不可耕种，荒草粘天，略如塞外，故狼多窟穴于其中。捕之者掘地为阱，深数尺，广三四尺，以板覆其上，中凿圆孔如盂大，略如枷状。人蹲阱中，携犬子或豚子，击使嗥叫。狼闻声而至，必以足探孔中攫之。人即握其足立起，肩以归。狼隔一板，爪牙无所施其利也。然或遇其群行，则亦能搏噬，故见人则以喙据地嗥，众狼毕集，若号令然，亦颇为行客道途患。

有富室偶得二小狼，与家犬杂畜，亦与犬相安。稍长，亦颇驯，竟忘其为狼。一日，主人昼寝厅事，闻群犬呜呜作怒声，惊起周视，无一人。再就枕将寐，犬又如前。乃伪睡以俟，则二狼伺其未觉，将啮其喉，犬阻之不使前也。乃杀而取其革。此事从侄虞惇言。狼子野心，信不诬哉！然野心不过遁逸耳；阳为亲昵，而阴怀不测，更不止于野心矣。兽不足道，此人何取而自贻患耶！（《槐西杂志四》）

译文：

沧州一带海边煮盐的地方，称之为“灶泡”。方圆几百里，都是盐碱地不能耕种，荒草连天，如同塞外，所以狼多在这里打窟造穴。捕狼的人在地上挖一个陷阱，有几尺深，三四尺宽，用板子盖在上面，中间凿一个圆孔有盆子大小，有点像枷锁的样子。人蹲在陷阱中，带上小狗或小猪，打它们，让它们叫。狼听到声音就来了，一定会用爪子伸到木板洞中探查。人马上抓住狼爪子站起来，背上回去。狼隔着一个木板，爪子和牙都无法咬住人。但有时遇到狼群，人也会被咬死，所以，狼一见人，就把嘴靠近地面嗥叫，狼群就集中过来，好像听到号令一样，这也成了赶路人在旅途中的祸患。

有个富人家偶尔得到了两只小狼，将它们和家犬一起养起来，狼与犬相安无事。等狼稍微长大，也很驯良，主人竟然忘了它们是狼。一天，主人白天在客厅睡觉，听到狗群发出“呜呜”的愤怒声，他吃了一惊，起来四处查看却没有一个人。当他靠着枕头又要睡时，狗又像之前那样叫。于是，他假装睡着，静静等待，原来是那两只狼趁主人没有发觉，要咬主人的喉咙，狗群阻止，不让狼靠近主人。于是主人就把两只狼杀了，剥下狼皮。这件事我是从堂侄虞惇那里听到，狼子野心，真是一点不假！不过，所谓野心也不过是说狼想要逃跑；表面亲热，背地里心怀不轨，就不仅仅是野心了。野兽的本性就不说了，这个人为什么给自己制造祸患呢！

木偶成精

先祖光禄公，康熙中于崔庄设质库，司事者沈玉伯也。尝有提傀儡者，质木偶二箱，高皆尺余，制作颇精巧。逾期未赎，又无可转售，遂为弃物，久置废室中。一夕月明，玉伯见木偶跳舞院中，作演剧之状。听之亦咿嘤似度曲。玉伯故有胆，厉声叱之，一时迸散。次日，举火焚之，了无他异。盖物久为妖，焚之则精气烁散，不能复聚。或有所凭亦为妖，焚之则失所依附，亦不能灵。固物理之自然耳。（《姑妄听之一》）

译文：

先祖父光禄公，于康熙年间在崔庄开了一家当铺，管事的是沈玉伯。曾经有个演傀儡戏的人，拿了两箱木偶来当，木偶都有一尺多高，制作颇为精巧。到期也没有赎回去，又转卖不出去，于是便成了弃掉之物，长久地放在一间废弃的屋子里。一天晚上夜色明朗，沈玉伯看见木偶在院中跳舞，好像在演剧。仔细听，也有咿咿呀呀的度曲之声。沈玉伯向来胆大，厉声斥骂，一时间所有木偶都散开消失了。第二天，点火将那些木偶全部烧掉，从此再无怪异之事。大概是物件放久了就成了精，把它烧掉精气也就消散了，不能再聚合成形。也许是别的妖精附在了物体上，把东西烧了依附的妖怪也就失去了依凭，不能显灵了。这就是事物本来的道理。

魔女诱僧

吴僧慧贞言：有浙僧立志精进，誓愿坚苦，胁未尝至席。一夜，有艳女窥户，心知魔至，如不见闻。女蛊惑万状，终不能近禅榻，后夜夜必至，亦终不能使起一念。女技穷，遥语曰："师定力如斯，我固宜断绝妄想。虽然，师忉利天中人也，知近我则必败道，故畏我如虎狼。即努力得到非非想天，亦不过柔肌着体，如抱冰雪；媚姿到眼，如见尘壒，不能离乎色相也。如心到四禅天，则花自照镜，镜不知花；月自映水，水不知月，乃离色相矣。再到诸菩萨天，则花亦无花，镜亦无镜，月亦无月，水亦无水，乃无色无相，无离不离，为自在神通，不可思议。师如敢容我一近，而真空不染，则摩登伽一意皈依，不复再扰阿难矣。"

僧自揣道力足以胜魔，坦然许之。偎倚抚摩，竟毁戒体。懊丧失志，侘傺以终。夫"磨而不磷，涅而不缁"，惟圣人能之，大贤以下弗能也。此僧中于一激，遂开门揖盗。天下自恃可为，遂为人所不敢为，卒至溃败决裂者，皆此僧也哉！（《姑妄听之一》）

译文：

吴地僧人慧贞说：有个浙江僧人立志精进成佛，志向坚定，刻苦修炼，从来没有躺下来两胁靠着席子睡过。一天夜里，有个娇艳的女子在窗户外偷窥，僧人知道是妖魔到了，就好像没听见没看见一样。美女千方百计诱惑，始终没有靠近他坐的蒲团，此后女妖每晚必到，也终究不能让僧人有一丝欲念。女妖伎俩用尽，远远地和僧人说："师父坚守自己意志的能力到了这种地步，我确实应该断绝妄想了。不过，您只是达到了忉利天的境界，知道靠近我一定会败坏您的道行，所以像害怕虎狼一样害怕我。即使您进一步努力修行，能够达到非非想天的境界，也不过只能做到抱着女人柔软肌肤，就如同抱着冰雪；看到娇媚的姿态，就如同看到尘埃，还是不能摆脱色相。如果您修行到四禅天的境界，就如同花自然映照在镜子中，镜不知道花；月自然映照在水中，水不知道月，这样不受外物影响的境界，就摆脱色相了。再进一步达到诸菩萨天的境界，那花也无所谓花，镜也无所谓镜，月也无所谓月，水也无所谓水，没有颜色也没有物相，没有离也没有不离，这就是佛的自在神通，不可思议的神妙境界了。您如果能让我靠近一下，本心却不受影响，那么我就一心一意敬服您，就像摩登伽女后来一意皈依佛门，不再打扰阿难一样。"

僧人估量自己的道力足以战胜妖魔，就坦然答应了。女魔依偎在僧人怀中，百般抚摩，僧人终于控制不住欲念。损坏了自己修行的清净身体。事后悔恨不已，失意恍惚而死。所谓"磨而不磷，涅而不缁"，只有圣人能做到，大贤以下的人都做不到。这个僧人中了魔女的激将法，于是开门请强盗进去。天下凡是以为自己达到了某种境界，于是就去做人们不敢做的事，最终一败涂地的人，都属于这一类僧人啊！

借尸还魂

虞倚帆待诏言：有选人张某，携一妻一婢至京师，僦居海丰寺街。岁余，妻病殁。又岁余，婢亦暴卒。方治榇，忽似有呼吸，既而目睛转动，已复苏。呼选人执手泣曰："一别年余，不意又相见。"选人骇愕，则曰："君勿疑谵语，我是君妇，借婢尸再生也。此婢虽侍君巾栉，恒郁郁不欲居我下。商于妖尼，以术魇我，我遂发病死。魂为术者收瓶中，镇以符咒，埋尼庵墙下。局促昏暗，苦状难言。会尼庵墙圮，掘地重筑，圬者劚土破瓶，我乃得出。茫茫昧昧，莫知所往，伽蓝神指我诉城隍。而行魇法者皆有邪神为城社，辗转撑拄，狱不能成。达于东岳，乃捕逮术者，鞫治得状，拘婢付泥犁。我寿未尽，尸已久朽，故判借婢尸再生也。”

阖家悲喜，仍以主母事之。而所指作魇之尼，则谓选人欲以婢为妻，故诈死片时，造作斯语。不顾陷人于重辟，汹汹欲讦讼。事无实证，惧干妖妄罪，遂讳不敢言。然倚帆尝私叩其僮仆，具道妇再生后，述旧事无纤毫差；其语音行步，亦与妇无纤毫异。又婢拙女红，而妇善刺绣，有旧所制履未竟，补成其半，宛然一手，则似非伪托矣。此雍正末年事也。（《姑妄听之一》）

译文：

虞倚帆待诏说：有个姓张的人，到京城候选官职，带着一妻一婢借住在海丰寺街。一年多后，妻子病死。又一年多后，婢女也暴死。正要打棺材时，婢女忽然好像有了呼吸，过了一会儿眼睛也开始转动，人已经复苏过来。她叫着张某的名字，拉着他的手哭着说：“一别就是一年多，不曾料到我们又相见了。”张某很是吃惊害怕，女子说：“您不要以为我在说胡话，我是你的妻子，借用婢女的尸体再生。这个婢女虽然服侍你，但常常愤愤不平，不愿居我之下。于是买通会兴妖作怪的尼姑，用妖术来镇魇我，我于是发病死了。魂魄被施妖术的尼姑收在瓶子中，用符咒镇压，埋在尼姑庵的墙下。瓶子内局促昏暗，我苦不堪言。正巧碰到尼姑庵的墙倒塌，挖地重建，泥瓦匠挖土的时候打破了瓶子，我才得以出来。但是眼前茫茫昧昧，不知道去哪儿，伽蓝神指示我去城隍告状。而行妖术的人也都有邪神作为靠山，因此辗转僵持着，案子不能了结。最后申告到东岳神那里，才下令逮捕施用妖术的人，审问清楚，将婢女抓起来送到泥犁地狱。我的寿数没有完，但是尸体早就腐烂，所以判我借用婢女的尸体再生。”

一家人又悲又喜，把复生的女子当作女主人来对待。而婢女指认的那个施妖术的尼姑，却认为是张某想要娶婢女为妻，所以让她装一会儿死，然后编造出这些谎话来。她将杀头的罪名栽赃到别人头上，尼姑气势汹汹想要告到官府。张某因为没有确实的证据，害怕官府以编造妖言治罪，于是也就不再提这件事了。但虞倚帆曾经私下里问他家的仆人，都说妇女再生后，讲述旧事没有一点差错；说话声音，走路步态，都和原来的女主人没有差异。又说婢女不会干针线活，而主妇擅长刺绣，有一双以前没有做完的鞋，复生后又补完了剩下的一半，完全像出自一人之手，这样看来，这件事又似乎不是假的。这是雍正末年的事了。

天下惟同类可畏

季沧洲言：有狐居某氏书楼中数十年矣，为整理卷轴，驱除虫鼠，善藏弆者不及也。能与人语，而终不见其形。宾客宴集，或虚置一席，亦出相酬酢，词气恬雅，而谈言微中，往往倾其座人。一日，酒纠宣觞政，约各言所畏，无理者罚，非所独畏者亦罚。有云畏讲学者，有云畏名士者，有云畏富人者，有云畏贵官者，有云畏善谀者，有云畏过谦者，有云畏礼法周密者，有云畏缄默慎重、欲言不言者。最后问狐，则曰：“吾畏狐。”众哗笑曰：“人畏狐可也，君为同类，何所畏？请浮大白。”

狐哂曰：“天下惟同类可畏也，夫瓯、越之人，与奚、狄不争地；江海之人，与车马不争路。类不同也。凡争产者，必同父之子；凡争宠者，必同夫之妻；凡争权者，必同官之士；凡争利者，必同市之贾。势近则相碍，相碍则相轧耳。且射雉者媒以雉，不媒以鸡鹜；捕鹿者由以鹿，不由以羊豕。凡反间内应，亦必以同类；非其同类，不能投其好而入，伺其隙而抵也。由是以思，狐安得不畏狐乎？”座有经历险阻者，多称其中理。独一客酌酒狐前曰：“君言诚确。然此天下所同畏，非君所独畏，仍宜浮大白。”乃一笑而散。余谓狐之罚觞，应减其半。盖相碍相轧，天下皆知之；至伏肘腋之间，而为心腹之大患，托水乳之契，而藏钩距之深谋，则不知者或多矣。（《姑妄听之一》）

译文：

季沧洲说：有个狐精住在某家书楼中已经有几十年了，为主家整理卷轴，驱除虫鼠，即便是善于收藏图书的人也不如他打理得好。他能和主人说话，但始终看不到形体。宴请宾客，有时也为他虚设一席，他也出来和人们应酬，谈吐文雅，说话委婉而切中肯綮，往往让宾客们大为倾倒。一天，监酒令宣布酒令规则，约定好大家都说出一个害怕的东西，不合情理的要罚，如果说的不是自己一个人所畏惧的也要罚。有人说怕道学家，有人说怕名士，有人说怕富人，有人说怕大官，有人说怕善于拍马屁的人，有人说怕过分谦虚的人，有人说怕礼法太多的人，有人说怕谨小慎微欲言不言的人。最后问到狐怕什么，狐说：“我怕狐。”大家哗然大笑说：“人怕狐还说得过去，您和狐是同类，有什么怕的？请喝完一大杯酒。”

狐冷笑道：“天下只有同类才可怕，瓯、越的人与奚、狄的人不争夺土地；江海上的人与车马中的人不争路。他们不是同类。凡是争家产的，必定是同父之子；凡是争宠的，必定是同夫之妻；凡是争权的，必定是同在官场为官的人；凡是争利的，必定是同在一个市场的商人。势力接近就会相互妨碍，相互妨碍就会相互倾轧。猎人射野鸡时，要用野鸡作诱饵，不用鸡鸭；捕鹿的人以鹿为诱饵，而不用猪羊。凡是施用反间计做内应的，也一定是同类；不是同类的话，就不能投其所好，伺机而入。由此可以想见，狐怎么能不怕狐呢？”座中有经历过艰难险阻的人，大多称赞狐精的话合乎情理。只有一个客人到狐精座前敬酒说：“您说的确实对。但这是天下人所共同害怕的，不是您一个人所独怕的，还要罚一大杯。”众人一笑而散。我认为罚狐精的酒，应该减半。同类人相碍相轧是天下人都知道的；至于那些潜伏在身边的心腹大患，假装是挚友亲朋而心藏机谋的，不知道的人也许就很多了。

奸徒败事

同年陈半江言：有道士善符箓，驱鬼缚魅，具有灵应。所至惟蔬食茗饮而已，不受铢金寸帛也。久而术渐不验，十每失四五。后竟为群魅所遮，大见窘辱，狼狈遁走。诉于其师。师至，登坛召将，执群魅鞫状。乃知道士虽不取一物，而其徒往往索人财，乃为行法；又窃其符箓，摄狐女媟狎。狐女因窃污其法器，故神怒不降，而仇之者得以逞也。

师拊髀叹曰：“此非魅败尔，尔徒之败尔也；亦非尔徒之败尔，尔不察尔徒，适以自败也。赖尔持戒清苦，得免幸矣；于魅乎何尤！”拂衣竟去。夫天君泰然，百体从令，此儒者之常谈也。然奸黠之徒，岂能以主人廉介，遂辍贪谋哉！半江此言，盖其官直隶时，与某令相遇于余家，微以相讽。此令不悟，故清风两袖，而卒被恶声，其可惜也已。（《姑妄听之二》）

译文：

同年陈半江说：有个道士擅长画符，驱鬼捉妖，都很灵验。每到一个地方，他只吃粗茶淡饭而已，从不接受主人的丝毫钱财。但是时间长了，他的道术就慢慢地不灵验了，十次有四五次失手。后来竟然被妖怪围住，受到妖怪的戏弄侮辱，狼狈逃走。他去告诉自己的师父。师父赶来，登坛召唤神将，将妖怪全部抓起来审问。才知道道士虽然不收取任何财物，但是他的徒弟往往索要主人钱财，才肯为之行法术；还偷取道士的符箓，抓来狐女淫乐。狐女乘机弄脏了道士的法器，所以惹得神仙发怒不肯降临，而和他有仇的妖怪因此得逞。

师父拍着大腿叹息道："这不是妖怪们败坏你，是你的徒弟败坏你；但也不能怨你的徒弟败坏你，是你管教不严的缘故，自己败坏了自己。好在你清苦持戒，得以幸免；妖怪有什么可责备的呢！"说罢拂袖而去。人的头脑清醒，浑身都听使唤，这是儒者常说的。但奸诈狡猾的徒弟，难道会因为主人清廉耿介，就不贪婪吗！陈半江这些话，是因为他在直隶做官时与某县令在我家相遇，用这个故事暗示他。这个县令没有领悟，结果虽然他两袖清风，却背了个坏名声，真是可惜啊。

人情狙诈

人情狙诈，无过于京师。余尝买罗小华墨十六铤，漆匣黯敝，真旧物也。试之，乃抟泥而染以黑色，其上白霜，亦盦于湿地所生。又丁卯乡试，在小寓买烛，爇之不燃，乃泥质而幂以羊脂。又灯下有唱卖炉鸭者，从兄万周买之。乃尽食其肉，而完其全骨，内傅以泥，外糊以纸，染为炙煿之色，涂以油，惟两掌头颈为真。又奴子赵平以二千钱买得皮靴，甚自喜。一日骤雨，着以出，徒跣而归，盖鞝则乌油高丽纸揉作绉纹，底则糊粘败絮，缘之以布。其他作伪多类此，然犹小物也。

有选人见对门少妇甚端丽，问之，乃其夫游幕，寄家于京师，与母同居。越数月，忽白纸糊门，全家号哭，则其夫讣音至矣。设位祭奠，诵经追荐，亦颇有吊者。既而渐鬻衣物，云乏食，且议嫁，选人因赘其家。又数月，突其夫生还，始知为误传凶问。夫怒甚，将讼官。母女哀吁，乃尽留其囊箧，驱选人出。越半载，选人在巡城御史处，见此妇对簿。则先归者乃妇所欢，合谋挟取选人财，后其夫真归而败也。黎丘之技，不愈出愈奇乎？

又西城有一宅，约四五十楹，月租二十余金，有一人住半载余，恒先期纳租，因不过问。一日，忽闭门去，不告主人。主人往视，则纵横瓦砾，无复寸椽，惟前后临街屋仅在。盖是宅前后有门，居者于后门设木肆，贩鬻屋材，而阴拆宅内之梁柱门窗，间杂卖之。各居一巷，故人不能觉。累栋连甍，搬运无迹，尤神乎技矣。然是五六事，或以取贱值，或以取便易，因贪受饵，其咎亦不尽在人。钱文敏公曰："与京师人作缘，斤斤自守，不入陷阱已幸矣。稍见便宜，必藏机械，神奸巨蠹，百怪千奇，岂有便宜到我辈。"诚哉是言也。（《姑妄听之三》）

译文：

人情狡猾奸诈，伺机骗人，没有比京城更厉害的了。我曾买到罗小华墨十六锭，墨匣漆色暗旧，好像真是个旧物件。一试，原来是用泥巴捏成再染上黑色，表面的白霜也是捂在阴暗潮湿的地方长出来的霉。还有乾隆丁卯年参加乡试，在所住的小寓所买了蜡烛，点不着，原来也是用泥捏的，外面涂了一层羊油。又有夜里听到有吆喝声卖烤鸭的，堂兄万周买了一只。原来肉已经吃光了，只有一副完整的骨头架子，里面塞满泥，外面糊了一层纸，染成了经过烧烤的颜色，再涂上油，只有两只脚掌和头颈是真的。还有我的家奴赵平用两千文钱买了一双皮靴，很是高兴。一天下大雨，穿上这双靴子出去，却光着脚回来，原来鞋鞠是用乌油高丽纸揉出皱纹做成的，鞋底则是用糨糊把烂棉絮粘在一起，再用布包上。其他造假的情况大多与此类似，但还是一些小东西。

有个候选官员看到对门少妇长得很端庄秀丽，一问，才知道她的丈夫远出为人当幕僚，暂时将家眷寄在京城，与母亲同住。过了几个月，她家门口忽然糊上白纸，全家人号哭，原来是她丈夫的讣告送回。家人设起灵堂祭奠，请和尚念经超度，也有不少人来吊唁。之后，她渐渐地变卖衣物，说是没饭吃了，而且准备再嫁，候选官员于是入赘到她家。又过了几个月，她的丈夫突然活着回来了，这才知道是误传了死讯。她丈夫非常愤怒，打算告官。母女俩百般哀求，扣下候选官员所有行李财物，把他赶了出去。过了半年，候选官员在巡城御史处，见到这个妇人对簿公堂。原来先前回家来的那个人是女子的相好，合谋骗取了候选官员的财物，后来女子丈夫真的回来，他们败露被拘。真真假假的诡计，不是越变越奇异吗?

又，西城有一处宅院，约有四五十间房子，月租是二十多两银子，有个人租了半年多，总是在期限前将租金交来，房主也不过问。一天，租客忽然关门离开，并没有通知房主。房主前往察看，院子里瓦砾满地，连一寸椽子也没有留下，只有前后临街的屋子还在。原来是这座宅院前后都有门，租客在后门开了个木材店，贩卖建房木材，而悄悄地拆了这座宅院里的梁柱、门窗，夹杂着卖了。因为前后在不同的街巷，所以人们也没有察觉。院中一间间房屋的木料砖瓦，不动声色地都被搬运一空，这种骗术真可谓是神乎其神了。然而，这五六件事，受骗者或者是看中了低廉的价格，或者是因为方便，都是因为贪图小便宜而上当吃亏，过错也不完全在骗子身上。钱文敏先生说：“与京城人打交道，时时刻刻得注意保护自己，不落入别人设的陷阱，就算走运了。稍微看起来是便宜的事情，其中必有圈套，京城人阴险狡猾，千奇百怪，哪有便宜落在我们身上。”这话说得很对。

人心自召

门人郝瑗，孟县人，余己卯典试所取士也。成进士，授进贤令。菲衣恶食，视民事如家事。仓库出入，月月造一册。预储归途舟车费，扃一笥中，虽窘急不用铢两。囊箧皆结束室中，如治装状，盖无日不为去官计。人见其日日可去官，亦无如之何。后患病乞归，不名一钱，以授徒终于家。

闻其少时，值春社，游人如织，见一媪将二女，村妆野服，而姿致天然，瑗与同行，未尝侧盼。忽见妪与二女，踏乱石横行至绝涧，鹄立树下。怪其不由人径，若有所避，转凝睇视之。媪从容前致词曰：“节物暄妍，率儿辈踏青，各觅眷属。以公正人不敢近，亦乞公毋近儿辈，使刺促不宁。”瑗悟为狐魅，掉臂去之。然则花月之妖，为人心自召明矣。(《姑妄听之四》)

译文：

我的门生郝瑗，孟县人，是我在乾隆己卯年典试中录取的举人。后来他中了进士，被任命为进贤县令。他穿着普通衣服，粗茶淡饭，把老百姓的事看成是自己的家事。仓库物品的进出，每个月都登记造一本册子。他事先准备好回去的车马船费，锁在一个箱子中，即便是生活窘迫时也不动用一文钱。他的行囊箱子，都打包好放在屋里，就像打点行李要走的样子，看来他没有一天不为自己罢官时着想。人们见他天天打算着离任，对他也没有办法。后来他得病请求辞官回乡，一文钱也没有带回家，靠教书维持生活，直到去世。

听说他年轻的时候，有一年正值春社日，游人往来如织，他看见一位老太太带着两个女儿，虽是乡野装束，但女儿天生丽质，郝瑷与她们同行，一路上目不斜视。忽然看见老太太与两个女儿踩着乱石走到一处深涧旁，站在树下张望。郝瑷奇怪她们不走现成的路，好像在躲避什么，就转过头去察看。老太太从容地来到他面前说："节日里景物美好，我带着女儿们踏青，各自寻找对象。因为您是正人君子所以不敢靠近，也请您不要靠近她们，让她们惶恐不安。"郝瑷才知道她们是狐精，转身离开。这样来看就明白了，花月之妖，都是由人自己招来的。

第八编　恩怨之间

一善延三世

景城西偏，有数荒冢，将平矣。小时过之，老仆施祥指曰："是即周某子孙，以一善延三世者也。"盖前明崇祯末，河南、山东大旱蝗，草根木皮皆尽，乃以人为粮，官吏弗能禁。妇女幼孩，反接鬻于市，谓之菜人。屠者买去，如刲羊豕。周氏之祖，自东昌商贩归，至肆午餐。屠者曰："肉尽，请少待。"

俄见曳二女子入厨下，呼曰："客待久，可先取一蹄来。"急出止之，闻长号一声，则一女已生断右臂，宛转地上。一女战栗无人色，见周并哀呼，一求速死，一求救。周恻然心动，并出赀赎之。一无生理，急刺其心死；一携归，因无子，纳为妾。竟生一男，右臂有红丝，自腋下绕肩胛，宛然断臂女也。后传三世乃绝。皆言周本无子，此三世乃一善所延云。(《滦阳消夏录二》)

译文：

景城西郊，有几座荒坟，快要被踏平了。小时候路过这里，老仆人施祥指着荒坟说："这儿埋着周某子孙，因为一件善事而延嗣了三代。"大概在明朝崇祯末年，河南、山东大旱，蝗虫肆虐，草根木皮都被吃光了，就以人为粮食，官吏也不能禁止。妇女小孩，被反绑着在集市交易，称之为"菜人"。屠夫买去，像宰杀羊和猪一样。周氏的祖上，从东昌做生意回来，到店铺吃午餐。屠夫说："肉已经卖完了，请稍等。"

［宋］金大受《十六罗汉图》第五尊者

［宋］金大受《十六罗汉图》第十一尊者

不一会儿看见他拖着两位女子进了厨房，大声喊道："客人久等了，可以先砍个蹄髈来。"周氏先人急忙出去制止，听到一声长嚎，一位女子的右臂被砍下来，疼得在地上打滚。另一女子吓得浑身颤抖，面无人色。见到周氏先人，两女子一起哀叫，一个乞求赶紧杀死自己，一个求救命。周氏先人动了恻隐之心，出钱把她们都赎了下来。一个已经没有生存的希望，只好急忙让人把她刺死；另一个带回去，因为自己没有子嗣，便纳女子为妾。竟然生了个儿子，右臂上有一条红线，从腋下一直绕到肩胛，与断臂女子极像。后来传了三代香火才断了。人们都说周氏祖上命中本无子，这三代香火是因为他做的这件善事而延续的。

捐金拒色

献县史某，佚其名。为人不拘小节，而落落有直气，视龌龊者蔑如也。偶从博场归，见村民夫妇子母相抱泣。其邻人曰："为欠豪家债，鬻妇以偿。夫妇故相得，子又未离乳，当弃之去，故悲耳。"史问："所欠几何？"曰："三十金。""所鬻几何？"曰："五十金，与人为妾。"问："可赎乎？"曰："券甫成，金尚未付，何不可赎！"即出博场所得七十金授之，曰："三十金偿债，四十金持以谋生，勿再鬻也。"

夫妇德史甚，烹鸡留饮。酒酣，夫抱儿出，以目示妇，意令荐枕以报。妇颔之，语稍狎。史正色曰："史某半世为盗，半世为捕役，杀人曾不眨眼。若危急中污人妇女，则实不能为。"饮啖讫，掉臂径去，不更一言。半月后，所居村夜火。时秋获方毕，家家屋上屋下，柴草皆满，茅檐秫篱，斯须四面皆烈焰。度不能出，与妻子瞑坐待死。恍惚闻屋上遥呼曰："东岳有急牒，史某一家并除名。"剨然有声，后壁半圮。乃左挈妻，右抱子，一跃而出，若有翼之者。火熄后，计一村之中，爇死者九。邻里皆合掌曰：“昨尚窃笑汝痴，不意七十金乃赎三命。”余谓此事佑于司命，捐金之功十之四，拒色之功十之六。（《滦阳消夏录四》）

译文：

献县的史某，不知叫什么名字。他为人不拘小节，而且磊落正直，对龌龊之人不屑一顾。有一次他从赌场回来，看到一家村民夫妇和孩子抱头哭泣。村民的邻居说：“因为他欠了富人的债，所以卖妻还债。他们夫妇平时相处恩爱，孩子又没有断奶，就这么扔下走了，所以这般伤心。”史某问：“欠了多少债？”回答说：“三十两银子。”史某又问：“卖了多少钱？”回答说：“五十两银子，卖给人家为妾。”史某问：“可以赎回来吗？”回答说：“卖身契刚刚写好，钱还未付，怎么不能赎！”史某随即拿出在赌场上赢的七十两银子给他，说：“三十两还债，四十两你拿上用以谋生，别再卖妻了。”

夫妇二人对史某感恩戴德，煮鸡做饭留他喝酒。酒微醺，丈夫抱着儿子出去，用眼睛暗示妇人，意思是让她陪史某睡觉作为报答。妇人点头，之后的话就有点挑逗的意思了。史某严肃地说：“史某半辈子为盗，半辈子为捕役，曾杀人不眨眼。要说趁人之危，奸污人家妇女，则实在不能这样做。”饭吃罢，甩开胳膊掉头走了，没有再说一句话。半个月后，史某居住的村子夜里起火。那时秋收刚刚结束，家家屋上屋下，都堆满柴草，屋檐是茅草做的，篱笆是高粱秆做的，转眼间四面都是烈火。史某估摸着出不了屋，和妻子孩子闭上眼睛坐着等死。恍恍惚惚听到屋上远远呼喊：“东岳神有火急文书，史某一家除名免死。”接着一声轰响，后墙塌了一半。于是史某左手拉着妻子，右手抱着孩子，一跃而出，好像有人在后面推了他一把。火熄灭后，统计一村之中烧死的一共有九人。邻里都合掌对他说：“昨天还笑你傻，不曾想七十两银子买了三条人命。”我认为史某得到司命神的保佑，捐金的功德占四成，拒色的功德占六成。

恩怨之间

临清李名儒言：其乡屠者买一牛，牛知为屠也，缒不肯前，鞭之则横逸。气力殆竭，始强曳以行。牛过一钱肆，忽向门屈两膝跪，泪涔涔下。钱肆悯之，问知价钱八千，如数乞赎。屠者恨其狞，坚不肯卖，加以子钱亦不许，曰：“此牛可恶，必剚刃而甘心，虽万贯不易也。”牛闻是言，蹶然自起随之去。屠者煮其肉于釜，然后就寝。五更自起开釜，妻子怪不回，疑而趋视，则已自投釜中，腰以上与牛俱糜矣。

凡属含生，无不畏死，不以其畏而悯恻，反以其畏而恚愤，牛之怨毒，加寻常数等矣。厉气所凭，报不旋踵，宜哉。先叔仪南公，尝见屠者许学牵一牛。牛见先叔，跪不起。先叔赎之，以与佃户张存。存豢之数年，其驾耒服辕，力作较他牛为倍。然则恩怨之间，物犹如此矣，人可不深长思哉！（《槐西杂志三》）

译文：

临清人李名儒说：他的家乡有一个屠户买了一头牛，牛知道自己要被屠宰，怎么拉缰绳也不肯往前走，鞭打它就横冲直撞。一直闹到精疲力尽，才勉强被拉着往前走。经过一家钱庄门前，牛忽然向门口屈膝跪下，眼泪刷刷往下流。钱庄老板可怜它，问明牛价是八千钱，就想按原价赎牛。屠户恨这头牛犟，坚决不肯卖，再加钱也仍然不卖，屠户说：“这头牛实在可恶，非要亲手宰了它才解恨，即使给万贯钱也不卖。”牛听到这些话，猛然站起来跟着屠户走了。屠户把牛杀了，放入锅里煮，就去睡觉了。五更的时候屠户起来去开锅捞肉，妻子惊怪他为什么久久不回来，到锅前一看，才发现屠户自己也掉进锅里，上半身已经跟牛肉一起被煮烂了。

凡是有生命的，没有不怕死的，屠户不但不因为牛怕死而怜悯它，反而因为它怕死而产生愤恨，这让牛的怨恨远远超出平常的好几倍。凭着报复的厉气，让屠户转眼间遭到报应，也是必然的。我的先叔父仪南公，曾见到一个叫许学的屠户牵着一头牛。牛见到仪南公，跪下不起。仪南公把它赎了回来，送给了佃户张存。张存饲养它的几年里，拉犁驾辕，干活比别的牛加倍卖力。恩怨之间，动物也是如此分明，人怎么能不深思呢！

自污救人

农夫陈四，夏夜在团焦守瓜田，遥见老柳树下，隐隐有数人影，疑盗瓜者，假寐听之。中一人曰："不知陈四已睡未？"又一人曰："陈四不过数日，即来从我辈游，何畏之有？昨上直土神祠，见城隍牒矣。"又一人曰："君不知耶？陈四延寿矣。"众问："何故？"曰："某家失钱二千文，其婢鞭棰数百未承。婢之父亦愤曰：'生女如是，不如无。倘果盗，吾必缢杀之。'婢曰：'是不承死，承亦死也。'呼天泣。陈四之母怜之，阴典衣得钱二千，捧还主人曰：'老妇昏愦，一时见利，取此钱，意谓主人积钱多，未必遽算出。不料累此婢，心实惶愧。钱尚未用，谨冒死自首，免结来世冤。老妇亦无颜居此，请从此辞。'婢因得免，土神嘉其不辞自污以救人，达城隍，城隍达东岳。东岳检籍，此妇当老而丧子，冻饿死。以是功德，判陈四借来生之寿于今生，俾养其母。尔昨下直，未知也。"陈四方窃愤母以盗钱见逐，至是乃释然。后九年母死，葬事毕，无疾而逝。(《滦阳消夏录四》)

译文：

农夫陈四，夏夜在草棚中守瓜田，远远看见老柳树下，隐隐有几个人影，怀疑是盗瓜的人，就假装睡着听着。其中一人说："不知道陈四睡着没？"又一人说："陈四过不了几天就和我们在一起了，怕什么？昨天我去土神祠值班，看见城隍的公牒了。"又一人说："你不知道吗？陈四延寿了。"大家问："什么原因？"回答说："某家丢了两千文钱，婢女挨了几百鞭子也没有承认。婢女的父亲也生气地说：'生下这样的女儿，还不如不生。如果真的盗了主人的钱，我非勒死她不可。'婢女说：'我承认也是死，不承认也是死。'呼天抢地大哭。陈四的母亲同情她，偷偷地把衣服当掉换来两千文钱，捧着还给主人说：'老妇糊涂，一时见利偷了这些钱，以为主人钱多，未必能够马上发现。不料连累这个婢女，心中实在惶恐惭愧。钱还没有花掉，我冒死自首，以免结下来世的冤恨。老妇我也无颜在此居住下去，从此请求离开。'婢女因此得救，土神嘉奖老妇不惜坏了自己的名声来救人，上报于城隍，城隍又上报给东岳。东岳查阅名册，这个老妇人本来应当老年丧子，冻饿而死。因为有这个功德，判决借陈四来生的寿命，让他在今生赡养老母。你昨天下班后走了，不知道这个变化。"陈四本来心中怨恨母亲因盗钱而被驱逐，听到这番议论后才知道是怎么回事。又过了九年，母亲去世，料理完后事，陈四也无疾而终。

恶仆转生为蟹

宋人咏蟹诗曰："水清讵免双螯黑，秋老难逃一背红。"借寓朱勔之贪婪必败也。然他物供庖厨，一死焉而已，惟蟹则生投釜甑，徐受蒸煮，由初沸至熟，至速亦逾数刻，其楚毒有求死不得者。意非夙业深重，不堕是中。

相传赵公宏燮官直隶巡抚时，时直隶尚未设总督。一夜，梦家中已死僮仆媪婢数十人，环跪阶下，皆叩额乞命，曰：“奴辈生受豢养恩，而互结朋党，蒙蔽主人，久而枝蔓牵缠，根柢胶固，成牢不可破之局。即稍有败露，亦众口一音，巧为解结，使心知之而无如何。又久而阴相掣肘，使不如众人之意，则不能行一事。坐是罪恶，堕入水族，使世世罹汤镬之苦。明日主人供膳蟹，即奴辈后身，乞见赦宥。”

公故仁慈，天曙，以梦告司庖，饬举蟹投水，且为礼忏作功德。时霜蟹肥美，使宅所供，尤精选膏腴。奴辈皆窃笑曰：“老翁狡狯，造此语怖人耶！吾辈岂受汝绐者。”竟效校人之烹，而以已放告；又干没其功德钱，而以佛事已毕告。赵公竟终不知也。此辈作奸，固其常态；要亦此数十僮仆婢媪者，留此锢习，适以自戕。“请君入瓮”，此之谓欤。（《姑妄听之一》）

译文：

宋人咏蟹诗说：“水清讵免双螯黑，秋老难逃一背红。”用来借寓朱勔贪婪腐败必定垮台。然而别的动物用来做菜，不过是刀下一死而已，只有螃蟹是放在蒸笼里慢慢蒸死，从刚开锅到蒸熟，最快也得几刻钟，所遭受的惨烈痛苦，真是求死不得。我想，若不是罪孽深重，是不会投生为螃蟹的。

相传赵宏燮先生任直隶巡抚的时候，当时直隶还没有设总督。一天夜里，梦见家中已死的书童、仆人、老妈子、婢女几十个人，在台阶下跪了一圈，都叩头求饶，他们说：“奴辈活着的时候受到您的豢养之恩，而我们却互结朋党，蒙蔽主人，时间一长这种朋党关系牵枝扯蔓，根深蒂固，成了牢不可破的局面。即便稍有败露，也都众口一词，巧妙逃脱，即使主人心里明白是怎么一回事，也无可奈何。对主人的事，长久以来一直暗中作梗，如果不如我们的意，就一件事也办不成。因为这些罪恶，我们投生为水族，让我们世世代代遭受蒸煮的苦难。明天主人吃的螃蟹，就是我们的化身，请求宽宥。”

赵宏燮本来就仁慈，天刚亮，就把这个梦告诉厨师，叫他把螃蟹扔到水里，并且要为这些奴仆设道场超度。当时正是秋蟹肥美的时节，供应给巡抚的螃蟹更是精选膏满肉肥的。家奴们都偷偷地笑着说：“这个老头子狡猾，编出这些话来吓唬人！我们怎么能上当受骗。”于是就仿效校人那样，把螃蟹都煮来吃了，然后报告说放掉了；又私吞了设道场的钱，回报说做完道场了。赵宏燮始终被蒙在鼓里。这些奴仆们作奸，当然是他们的本性；那几十个已死的僮仆婢媪，留下的这种恶习，恰恰害了自己。“请君入瓮”，就是这个意思吧。

鸡报恩

昌平有老妪，蓄鸡至多，惟卖其卵。有买鸡充馔者，虽十倍其价不肯售。所居依山麓，日久滋衍，殆以谷量。将曙时，唱声竞作，如传呼之相应也。会刈麦暴于门外，群鸡忽千百齐至，围绕啄食。媪持杖驱之不开，遍呼男女，交手扑击，东散西聚，莫可如何。

方喧哄间，住屋五楹，訇然摧圮，鸡乃俱惊飞入山去。此与《宣室志》所载李甲家鼠报恩事相类。夫鹤知夜半，鸡知将旦，气之相感而精神动焉，非其能自知时也。故邵子曰：“禽鸟得气之先。”至万物成毁之数，断非禽鸟所先知，何以聚族而来，脱主人于厄乎？此必有凭之者矣。（《姑妄听之三》）

译文：

昌平有个老太太，养了很多鸡，但只卖鸡蛋。有人想买鸡做菜，即便是出十倍的价钱也不肯出售。她住的地方靠近山麓，时间长了，鸡群不断繁衍，几乎遍及山谷。天快亮时，群鸡唱晓，叫声此起彼伏，仿佛互相呼唤。正好割下来的麦子晾在屋外，忽然千百只鸡成群结队蜂拥而来，围绕着麦子啄食。老太太拿拐杖打也打不走，把全家男男女女全叫出来，大家一起扑击驱赶，东边散来西边又聚，不知道该怎么办。

正在喧闹之时，一家人所住的五间房，“訇”的一声全部坍塌，鸡都受了惊飞到山里去了。这和唐代《宣室志》所记载的李甲家鼠报恩的事相类似。鹤在夜半的时候尖叫，鸡在天将明的时候报晓，这是气的感应使它们精神变化，并不是它们自己能知道。所以邵雍说：“禽鸟可以最早感受到气息的变化。”至于世间万物成败的定数，绝不是禽鸟能最先知道的，那么鸡为什么聚集而来，让主人摆脱危险？这一定是有鬼神附体吧。

忏悔须及未死时

飞万又言：一书生最有胆，每求见鬼不可得。一夕，雨霁月明，命小奴携罂酒诣丛冢间，四顾呼曰：“良夜独游，殊为寂寞。泉下诸友，有肯来共酌者乎？”俄见磷光荧荧，出没草际。再呼之，呜呜环集，相距丈许，皆止不进。数其影约十余，以巨杯挹酒洒之，皆俯嗅其气。

有一鬼称酒绝佳，请再赐。因且洒且问曰：“公等何故不轮回？”曰：“善根在者转生矣，恶贯盈者堕狱矣。我辈十三人，罪根未满，待轮回者四；业报沉沦，不得轮回者九也。”问：“何不忏悔求解脱？”曰：“忏悔须及未死时，死后无着力处矣。”洒酒既尽，举罂视之，各踉跄去。中一鬼回首丁宁曰：“饿魂得沃壶觞，无以报德。谨以一语奉赠，忏悔须及未

死时也。”（《如是我闻四》）

译文：

刁飞万又说：有一个书生最为胆大，常常想见鬼，但一直没见到。一天晚上，雨过天晴，月光明朗，叫小奴带上一罐酒来到坟地，四面大喊道：“美好的夜晚我独自一人游玩，非常寂寞。九泉之下的诸位朋友，有没有愿意来与我共饮的呢？”不一会儿看见荧荧磷光出没在草间。再次呼喊，听到鬼“呜呜”地围过来，相距一丈来远，都不肯前来。数了数这些影子大约有十来个，书生用大杯子倒上酒洒在地上，这些鬼都俯地嗅闻酒气。

有一个鬼称赞酒好，请求再赏。书生一边洒酒一边问：“你们为什么不轮回呢？”鬼回答说：“善心未泯的转生，恶贯满盈的下地狱。我们十三个人，服罪期没满，等待轮回的有四个；被判沉入地狱不得轮回的有九个。”书生问：“为何不忏悔以求解脱呢？”鬼回答说：“忏悔须在没死的时候，死了以后便无从努力了。”书生把酒洒尽，举起酒罐让它们看，鬼各自踉跄而去。其中有一个鬼回头叮咛说：“我们这些饿鬼喝了您的酒，无以报答。谨以一句话赠奉您，忏悔一定要在没死的时候。”

邻叟滑稽

先姚安公言：雍正初，李家洼佃户董某父死，遗一牛，老且跛，将鬻于屠肆。牛逸，至其父墓前，伏地僵卧，牵挽鞭棰皆不起，惟掉尾长鸣。村人闻是事，络绎来视。忽邻叟刘某愤然至，以杖击牛曰：“渠父堕河，何预于汝？使随波漂没，充鱼鳖食，岂不大善？汝无故多事，引之使出，多活十余年。致渠生奉养，病医药，死棺敛，且留此一坟，岁需祭扫，为董氏子孙无穷累。汝罪大矣。就死汝分，牟牟者何为？”盖其父尝堕深水中，牛随之跃入，牵其尾得出也。董初不知此事，闻之大惭，自批其颊曰：“我乃非人！”急引归。数月后，病死，泣而埋之。此叟殊有滑稽风，与东方朔救汉武帝乳母事竟暗合也。（《如是我闻一》）

译文：

先父姚安公说：雍正初年，李家洼佃户董某的父亲死了，留下一头牛，又老又跛，董某打算卖给屠宰场。牛逃到他父亲墓前，趴在地上一动不动地卧着，牵拉鞭打都不起，只是摇着尾巴长叫。村民听说了这件事，纷纷来看。忽然邻居刘某气愤地来了，用拐杖打着牛说：“他父亲掉进河里，与你有什么关系？让他随波漂流，喂了虾蟹鱼鳖，岂不是大好事？你无缘无故多事，把他拉上了岸，让他多活了十几年。让他儿子奉养活着的父亲，病了还要医治，死了还要殓棺，还留下了这座坟，每年需要祭扫，成为董氏子孙没完没了的累赘。你罪孽深重啊。死是应当的，你还‘牟牟’地乱叫个什么？”原来当年董某的父亲掉进深水里，牛跟着跳进水，董父牵着牛尾巴才上了岸。董某开始不知道这件事，听到后非常惭愧，自己打着嘴巴说：“我不是人！”匆忙把牛牵回去。几个月过后，牛病死了，董某哭着把它埋了。这个邻家老翁很有些滑稽风格，和东方朔救汉武帝乳母的事情竟暗暗相合。

原心与诛心之法

《春秋》有原心之法，有诛心之法。青县有人陷大辟，县令好外宠，其子年十四五，颇秀丽。乘其赴省宿馆舍，邀之于途，托言牒诉而自献焉，狱竟解。实为娈童，人不以娈童贱之，原其心也。里有少妇与其夫狎昵无度，夫病瘵死，姑察其性佚荡，恒自监之，眠食必共，出入必偕，五六年未尝离一步，竟郁郁以终。实为节妇，人不以节妇许之，诛其心也。

余谓此童与郭六事相类，惟欠一死耳。语详《滦阳消夏录》。此妇心不可知，而身则无玷。《大车》之诗所谓"畏子不奔，畏子不敢"者。在上犹为有刑政，则在下犹为守礼法。君子与人为善，盖棺之后，固应仍以节许之。(《姑妄听之三》)

译文：

《春秋》有推究心迹而原谅犯罪者的原则，也有追究心迹而声讨那些表面看来没有犯罪的人的原则。青县有个人因犯罪被判死刑，县令喜欢娈童，罪犯的儿子当时十四五岁，长得很是秀美。这个儿子乘着县令前往省城中途住宿的机会，假称诉讼而献身给县令，死刑犯因此被释放。这个少年实际上相当于出卖色相的娈童，但是人们并不因此而鄙视他，这是因为他的动机是救父。村里有个少妇和丈夫淫乐无节制，丈夫因此得痨病死了，婆婆发现她性情淫荡，一直亲自监视她，睡觉吃饭必定都在一起，出入也都跟着她，五六年没有离开过一步，少妇后来郁郁而终。她其实是个节妇，但人们并不认为她是节妇，这是因为追究她的本心。

我认为这个娈童和郭六的行为相似，不同的是这个娈童最后没有死。郭六的故事详见《滦阳消夏录》。这个少妇的本心怎样不知道，但是身体没有被玷污。《诗经·大车》中所谓"畏子不奔，畏子不敢"。如果当官的人和普通老百姓都能够有所畏惧，就还算是遵守礼法。君子应该宽以待人，盖棺论定，这个少妇应该还是被认定为节妇。

第九编　世有不可解事

事皆前定

事皆前定，岂不信然？戊子春，余为人题《蕃骑射猎图》曰："白草粘天野兽肥，弯弧爱尔马如飞，何当快饮黄羊血，一上天山雪打围。"是年八月，竟从军于西域。又，董文恪公尝为余作《秋林觅句图》。余至乌鲁木齐，城西有深林，老木参云，弥亘数十里。前将军伍公弥泰建一亭于中，题曰"秀野"。散步其间，宛然前画之景。辛卯还京，因自题一绝句曰："霜叶微黄石骨青，孤吟自怪太零丁，谁知早作西行谶，老木寒云秀野亭。"（《滦阳消夏录一》）

译文：

凡事都是命里注定的，难道不是这样吗？乾隆三十三年春天，我为人作《蕃骑射猎图》题画诗云："白草粘天野兽肥，弯弧爱尔马如飞，何当快饮黄羊血，一上天山雪打围。"这年八月，我竟然从军到了西域。又，董文恪公曾经为我作《秋林觅句图》。我到了乌鲁木齐，城西有一片茂密的树林，老木高耸入云，绵延几十里。以前伍弥泰将军在这里建了一座亭子，题名为"秀野"。散步在其间，宛然就像《秋林觅句图》画中的景色。乾隆三十六年我回到京城，因为这件事自题了一首绝句："霜叶微黄石骨青，孤吟自怪太零丁，谁知早作西行谶，老木寒云秀野亭。"

扶乩问寿

宋按察蒙泉言：某公在明为谏官，尝扶乩问寿数，仙判某年某月某日当死。计期不远，恒悒悒。届期乃无恙。后入本朝，至九列。适同僚家扶乩，前仙又降，某公叩以所判无验。又判曰："君不死我奈何？"某公俯仰沉思，忽命驾去。盖所判正甲申三月十九日也。(《滦阳消夏录二》)

译文：

按察使宋蒙泉说：某公在明朝为谏官，曾扶乩求问自己的寿命，神仙判定他在某年某月某日死。他离计算去世的时间不远了，因此时常闷闷不乐。但到了日期却安然无恙。后来他归顺了清朝，官至九卿。正好遇到同僚家扶乩，之前给它算过寿命的神仙再次降临，某公问当年判断没有应验的原因。神仙再次给他判语说："你不死我有什么办法？"某公俯首沉思，忽然大悟，急忙备车离去。原来，当年所判的死期正是甲申三月十九日，正是明朝覆亡的日子。

世有不可解事

沧州张铉耳先生，梦中作一绝句曰："江上秋潮拍岸生，孤舟夜泊近三更。朱楼十二垂杨遍，何处吹箫伴月明。"自跋云："梦如非想，如何成诗；梦如是想，平生未到江南，何以落想至此？莫明其故，姑录存之。"桐城姚别峰，初不相识。新自江南来，晤于李锐巅家。所刻近作，乃有此诗。问其年月，则在余梦后岁余。开箧出旧稿示之，共相骇异。

世间真有不可解事，宋儒事事言理，此理从何处推求耶？

又，海阳李潄六名承芳，余丁卯同年也。余厅事挂《渊明采菊图》，是蓝田叔画。董曲江曰："一何神似李潄六！"余审视信然。后潄六公车入都，乞此画去，云平生所作小照，都不及此。此事亦不可解。(《滦阳消夏录二》)

译文：

沧州张铉耳先生，说他在梦中作了一首绝句，诗云："江上秋潮拍岸生，孤舟夜泊近三更。朱楼十二垂杨遍，何处吹箫伴月明。"自己写跋语说："梦到的假如不是想到的，怎么能够成诗；梦到的假如是曾经想到的，那么平生从未到过江南，怎么能够想到这些呢？不知道这是什么原因，姑且记录下来。"他说：桐城人姚别峰我一开始并不认识。刚从江南来，在李锐巅家与我碰面。他说新刻印的近作中，就有此诗。问他写作的时间，则在我做梦后的一年多。我便打开书箧拿出旧稿给他看，大家都觉得可怕怪异。

世间真有不能解释的事，宋儒事事都推究义理，这个理不知该如何推求？又，海阳李潄六，名叫承芳，是我乾隆丁卯年乡试的同年。我厅堂上挂了一幅《渊明采菊图》，是蓝田叔画的。董曲江说："画中人像极了李潄六！"我仔细看，确实如此。后来李潄六入京会试，把这幅画要走了，说平生所作的小照，都不如这张画像他本人。这件事也不能够解释。

乌鲁木齐

乌鲁木齐，译言好围场也。余在是地时，有笔帖式，名乌鲁木齐。计其命名之日，在平定西域前二十余年。自言初生时，父梦其祖语曰："尔所生子，当名乌鲁木齐。"并指画其字以示。觉而不省为何语；然梦甚了了，姑以名之。不意今果至此，意将终

此乎？后迁印房主事，果卒于官。计其自从征至卒，始终未尝离此地。事皆前定，岂不信夫？（《滦阳消夏录三》）

译文：

乌鲁木齐，翻译成汉语是好围场的意思。我在这个地方时，有位笔帖式名叫乌鲁木齐。算起来起这个名字时，是在平定西域前二十多年。他说自己刚出生时，父亲梦见祖父对他说："你的儿子，应该叫乌鲁木齐。"并用指头写出这几个字给他父亲看。醒来后他父亲不明白这几个字的意思；但是梦境却记得清清楚楚，就姑且给儿子起了这个名字。没有料到如今果然到了乌鲁木齐，我想难道他要终老于此地？后来乌鲁木齐升迁任印房主事，最终死在官职上。合计他从军来这儿直到他死去，始终没有离开乌鲁木齐。事情都是前定的，怎么能不相信呢？

关帝祠马

乌鲁木齐关帝祠有马，市贾所施以供神者也。尝自啮草山林中，不归皂枥。每至朔望祭神，必昧爽先立祠门外，屹如泥塑。所立之地不失尺寸。遇月小建，其来亦不失期。祭毕，仍莫知所往。余谓道士先引至祠外，神其说耳。庚寅二月朔，余到祠稍早，实见其由雪碛缓步而来，弭耳竟立祠门外。雪中绝无人迹，是亦奇矣。（《滦阳消夏录三》）

译文：

乌鲁木齐关帝祠有一匹马，是市场上的商人布施给祠里供神的。这匹马曾自己到山林里吃草，而不回马厩。每当初一、十五祭神，黎明前马必定先回到祠门外，屹立着如泥塑一般。每次站立在同一个地方，尺寸都不差。遇到小的月份，也不会延误回祠的时间。祭罢神，又不知道到哪儿去了。我认为是道士先将马牵到祠外，故意神化那种说法罢了。乾隆庚寅年二月初一，我到关帝祠稍早了一些，真的看见那匹马踏着雪缓步而来，耷拉着耳朵站在祠门外。雪地上绝没有人的脚印，这也够奇怪了。

屠牛者以牛败

姚安公官刑部日，德胜门外有七人同行劫，就捕者五矣，惟王五、金大牙二人未获。王五逃至漷县，路阻深沟，惟小桥可通一人。有健牛怒目当道卧，近辄奋触，退觅别途，乃猝与逻者遇。金大牙逃至清河桥北，有牧童驱二牛挤仆泥中，怒而角斗。清河去京近，有识之者，告里胥，缚送官。二人皆回民，皆业屠牛，而皆以牛败。岂非宰割惨酷，虽畜兽亦含怨毒，厉气所凭，借其同类以报哉？不然，遇牛触仆，犹事理之常；无故而当桥，谁使之也？（《滦阳消夏录四》）

译文：

姚安公在刑部做官时，德胜门外有七个人合伙抢劫，捉到五个人，只有王五、金大牙两人没有被捉到。王五逃到漷县，面前一道深沟阻挡去路，只有一座小桥可通过一人。有一头健壮的牛瞪着眼睛当道卧着，王五走近了就奋力顶撞，退回去另找别的路，却突然碰上了巡逻的人。金大牙逃到清河桥北，有牧童赶着两头牛过来，把他挤倒在泥里，金大牙发火和牧童打起来。清河离京城很近，有认识金大牙的人，告诉了里长，里长把他绑了送官。王五、金大牙二人都是回民，都从事屠宰牛的行业却都因为牛而败露。莫非牛遭到残酷屠宰，即使是兽类也怀着怨恨，凭着怨气，借助同类来报复？不然的话，碰到牛顶撞扑倒，这是常事；而牛无缘无故挡在桥上，又是谁指使的呢？

明 器

明器，古之葬礼也，后世复造纸车、纸马，孟云卿《古挽歌》曰：“冥冥何所须？尽我生人意。”盖姑以缓恸云耳。然长儿汝佶病革时，其女为焚一纸马，汝佶绝而复苏，曰：“吾魂出门，茫茫然不知所向。遇老仆王连升牵一马来，送我归。恨其足跛，颇颠簸不适。”焚马之奴泫然曰：“是奴罪也。举火时实误折其足。”又，六从舅母常氏弥留时，喃喃自语曰：“适往看新宅颇佳，但东壁损坏，可奈何？”侍疾者往视其棺，果左侧朽穿一小孔，匠与督工者尚均未觉也。(《滦阳消夏录五》)

译文：

明器，是古代丧葬用的礼器，后世又造了纸车、纸马，唐人孟云卿《古挽歌》云：“冥冥何所须？尽我生人意。”大概是说，这些做法不过是姑且安慰生者的悲痛罢了。但我的长子汝佶病危时，他的女儿为他烧了一匹纸马，汝佶咽气后又醒过来，说：“我的魂魄出了门，茫茫然不知道该去哪儿。遇到老仆人王连升牵着一匹马过来送我走。遗憾的是马跛足，颠簸得很不舒服。”烧纸马的仆人哭着说：“是我的罪过。点火的时候确实不小心折了一条马腿。”又有六堂舅的母亲常氏在弥留时，喃喃自语说：“刚才去看了新屋很不错，但东边墙壁损坏了，可怎么办呢？”守在一旁的人去查看她的棺材，果真左侧朽坏了，有一个小孔，木匠与监工都还没有发现。

井水之疑

虎坊桥西一宅，南皮张公子畏故居也，今刘云房副宪居之。中有一井，子、午二时汲则甘，余时则否，其理莫明。或曰："阴起午中，阳生子半，与地气应也。"然元气昆仑，充满天地，何他井不与地气应，此井独应乎？西士最讲格物学，《职方外纪》载其地有水，一日十二潮，与晷漏不差秒忽。有欲穷其理者，构庐水侧，昼夜测之，迄不能喻，至恚而自沉。此井抑亦是类耳。（《如是我闻一》）

译文：

虎坊桥西有一处宅院，是南皮张子畏的故居，如今由副宪刘云房居住。院中有一口井，在子、午两个时辰打出来的水是甜的，其他时间则不甜，不知是什么缘故。有人说："阴气正午时升起，阳气在夜间十二点左右升起，这是阴阳二气与地气相感应的缘故。"但是天地间的元气自昆仑始充满天地间，为什么其他的井没有和地气相感应，只有这口井有感应呢？西洋人讲物理学，《职方外纪》一书记载，有一个地方的水一天中有十二次涨潮，其时间与十二时辰分秒不差。有人想弄清楚其中的道理，在水边搭了棚子，日夜观测，始终也没搞明白，他于是怨愤至极，跳水而死。这口井或许也属于这一类吧。

拆字奇验

"亥"有"二"首"六"身，是拆字之权舆矣。汉代图谶，多离合点画。至宋谢石辈，始以是术专门，然亦往往有奇验。乾隆甲戌，余殿试后，尚未传胪，在董文恪公家，偶遇一浙士，能测字。余书一“墨”字，浙士曰：“龙头竟不属君矣。‘里’字拆之，为二甲，下作四点，其二甲第四乎？然必入翰林。四点‘庶’字脚、‘士’‘吉’字头，是庶吉士矣。”后果然。

又，戊子秋，余以漏言获谴，狱颇急，日以一军官伴守。一董姓军官云能拆字。余书“董”字使拆。董曰：“公远戍矣。是千里万里也。”余又书“名”字，董曰：“下为‘口’字，上为‘外’字偏旁，是‘口外’矣；日在西为‘夕’，其西域乎？”问：“将来得归否？”曰：“字形类‘君’，亦类‘召’，必赐环也。”问：“在何年？”曰：“‘口’为‘四’字之外围，而中缺两笔，其不足四年乎？今年戊子，至四年为辛卯，‘夕’字‘卯’之偏旁，亦相合也。”果从军乌鲁木齐，以辛卯六月还京。盖精神所动，鬼神通之；气机所萌，形象兆之。与揲蓍灼龟，事同一理，似神异而非神异也。（《如是我闻一》）

译文：

“亥”字以“二”为字首，“六”为字身，是拆字占卜的萌芽。汉代是图谶，多是分离合并字的笔画。到了晋宋谢石生活的时期，才开始形成一种专门的术数，但往往有奇异的灵验。乾隆甲戌年，我参加殿试后，还没有张榜，住在董文恪家，偶然遇到一位能测字的浙江人。我写下一个“墨”字，那个浙江人说：“状元不会属于您了。‘里’字拆开是二甲，下面的四点是二甲第四吗？但是肯定会拜入翰林。四点是‘庶’字脚、‘士’是‘吉’字头，您应该会做庶吉士。”后来果真应验了。

又，乾隆戊子秋天，我因泄露消息而遭遇问责，案情很严重，每天都有军官看守我。一位姓董的军官说能拆字。我写了个“董”字让他拆。他说：“您要远戍边陲了，是千万里之远。”我又写了个“名”字，他说：“下边是‘口’字，上边是‘外’字的偏旁，是

‘口外’的意思；日在西边为‘夕’，是西域吗?”我问：“将来能回来吗?”他说：“字形像‘君’，也像‘召’，一定会让您回来的。”我问：“哪年回来?”他说：“‘口’是‘四’字的外围，而中间缺两笔，是不足四年吗？今年是戊子年，到四年是辛卯年，‘夕’字是‘卯’字的偏旁，也相合。”果然，我从军到乌鲁木齐，在辛卯年六月回京城。大概精神有所动，鬼神便相通；气机萌发，形象便有了预兆。这与分蓍草、烧龟甲来占卜凶吉是一个道理，看起来神秘而并不神秘。

生死各有其地

张鷟《朝野佥载》曰：“唐青州刺史刘仁轨，以海运失船过多，除名为民，遂辽东效力。遇病，卧平壤城下，褰幕看兵士攻城。有一兵直来前头背坐，叱之不去。须臾，城头放箭，正中心而死。微此兵，仁轨几为流矢所中。”

大学士温公征乌什时，为领队大臣。方督兵攻城，渴甚，归帐饮。适一侍卫亦来求饮，因让茵与坐。甫拈碗，贼突发巨炮，一铅丸洞其胸死。使此人缓来顷刻，则必不免矣。此公自为余言，与刘仁轨事绝相似。后公征大金川，卒战殁于木果木。知人之生死，各有其地，虽命当阵殒者，苟非其地，亦遇险而得全。然畏缩求免者，不徒多一趋避乎哉！（《如是我闻四》）

译文：

张在《朝野佥载》记载说：“唐代青州刺史刘仁轨，因为海运船只失事过多，被革职为民，流放到辽东效力。因为生病躺在平壤城下，揭开帐帘看士兵攻城。有一个士兵径直来到他面前，背对着他坐下，呵斥他也不离开。过了一会儿，城上放箭，士兵正好被射中胸口而死。如果不是这个士兵，刘仁轨差点就被流箭射中。”

大学士温公出征乌什时是领队大臣。正在督兵攻城，非常口渴，回到帐中喝水。正好一个侍卫也来喝水，于是温公就把垫子让给他坐。侍卫刚刚端起碗，敌阵突然发射大炮，一枚铅弹击穿侍卫胸膛。假如这个侍卫迟来片刻，温公就难免一死了。这是温公亲自和我说的，与刘仁轨的故事很相似。后来温公出征大金川，战死在木果木。可知人的生死，各有自己的地方，虽然命当阵亡，不是该死的地方，即便遇险也能安然无恙。但是那些畏缩不前、贪生怕死的人，不是徒劳而多此一举吗！

受贿之罚

献县刑房吏王瑾，初作吏时，受贿欲出一杀人罪，方濡笔起草，纸忽飞着承尘上，旋舞不下。自是不敢枉法取钱，恒举以戒其曹偶，不自讳也。后一生温饱，以老寿终。又一吏恒得贿舞文，亦一生无祸，然殁后三女皆为娼，其次女事发当杖，伍伯夙戒其徒曰：“此某师傅女，土俗呼吏曰师傅。宜从轻。”女受杖讫，语鸨母曰：“微我父曾为吏，我今日其殆矣。”嗟乎！乌知其父不为吏，今日原不受杖哉！（《槐西杂志三》）

译文：

献县的刑房小吏王瑾，最初任职时，接受贿赂，想要开脱一件杀人案，毛笔刚刚沾了墨水要起草文书，纸忽然飞到屋顶天花板上，旋转飞舞不下来。从此以后王瑾再不敢贪赃枉法，也常常举这件事告诫他的同事，而不自我避讳。后来他一生温饱，寿终正寝。又有一个小吏常常受贿，舞弄文笔做坏事，也一辈子没有灾祸，但他的三个女儿都沦为娼妓，其中第二个女儿因为事发被判杖刑，伍长私下对手下人说："这是某师傅的女儿，当地风俗称县吏为师傅。轻点打。"女子挨完板子，和老鸨说："要不是我父亲曾经是县吏，我今天就差点被打死。"可叹啊！要是她父亲没做过县吏，她今天本来也不会挨板子啊！

扶乩判词

景州方夔典言：少尝患心气不宁，稍作劳则似簌簌动。服枣仁、远志之属，时作时止，不甚验也。偶遇友人家扶乩，云是纯阳真人。因拜乞方。乩判曰："此证现于心，而其原出于脾，脾虚则子食母气故也。可炒白术常服之。"试之果验。夔典又言：尝向乩仙问科第。乩判曰："场屋文字，只笔酣墨饱，书味盎然，即中式矣，何必预问乎！"后至乾隆丙辰登进士。本房同考官出阅卷簿视之，所注批词即此八字也。然则科名前定，并批词亦前定乎？（《槐西杂志四》）

译文：

景州方夔典说：小时候曾经总是觉得心神不宁，稍微劳累心就扑通扑通地加速跳。服食枣仁、远志之类安神的药，还是时好时发，不是很灵验。偶然遇到朋友家扶乩，说是降仙为纯阳真人。就趁便拜求仙人给个药方。乩判说："这个病症表现为心脏不舒服，但病根在脾的问题上，脾虚就损伤元气的缘故。可以经常服用炒制的白术。"试了之后果然有效。方夔典又说：曾经向乩仙问科举考试的事情。乩判说："考场上写的文章，只要能笔酣墨饱，书味盎然，就能考上，何必事先问明白呢！"后来到了乾隆丙辰年考中进士。他所在的考场同考官拿出阅卷簿来看，试卷上注批的话就是这八个字。这么说来科举功名是前定的，难道连卷子的批语也是早就定好了吗？

羊骨卜

蒙古以羊骨卜，烧而观其坼兆，犹蛮峒鸡卜也。霍丈易书在葵苏图军台时，有老妇解此术。使卜归期，妇侧睨良久，曰："马未鞍，人未冠，是不行也；然鞍与冠皆已具，行有兆矣。"越数月，又使卜。妇一视即拜曰："马已鞍，人已冠矣，公不久其归乎！"既而果赐环。

又，大学士温公言：曩征乌什，俘回部十余人，禁地窖中。一日，指口诉饥。投以杏，众分食讫，一年老者握其核，喃喃密祝，掷于地上，观其纵横奇偶，忽失声哭。其党环视，亦皆哭。既而骈诛之牒至。疑其法如《火珠林》钱卜也。是与蓍龟虽不同，然以骨取象者，龟之变；以物取数者，蓍之变。其借人精神以有灵，理则一耳。（《姑妄听之三》）

译文：

蒙古人用羊骨头占卜，用火烧羊骨，看裂开的纹路来预测吉凶，如同南方少数民族用鸡占卜一样。霍易书老先生在葵苏图军台的时候，有位老妇人懂得这种占卜术。霍先生让她来卜算归期，老妇人斜着眼将烧过的骨头端详了很久，说："马没有备鞍，人没有戴帽子，还回不去；如果鞍和帽子都有了，就有了回去的征兆。"过了几个月，霍先生又找她占卜。老妇人一看骨纹就下拜说："马已经有了鞍，人也已经戴上帽子，您不久就要回去了！"不久后果然接到了调回的公文。

又，大学士温公说：从前征讨乌什时，俘虏了十多个回族人，关在地窖中。一天，他们指着嘴巴说肚子饿。给他们扔了些杏，众人分吃完，一位年老的人握着杏核，喃喃地悄悄念咒，然后把杏核扔在地上，察看杏核的横竖排列及单双数，忽然失声痛哭。其他人都围过来看，也都哭了。不久处死他们的公文就到了。我怀疑这种占卜法就像《火珠林》中的钱卜法。这与蓍草、龟甲的占卜法虽然不同，但是观察骨头裂缝来取象的方法是从龟甲占卜法变化过来；而观察物体的奇偶数是从蓍草法变化过来。凭借人的精神才能灵验，道理都是一样的。

第十编　三教九流

长生猪

胡御史牧亭言，其里有人畜一猪，见邻叟辄瞋目狂吼，奔突欲噬，见他人则否。邻叟初甚怒之，欲买而啖其肉。既而憬然省曰："此殆佛经所谓夙冤耶！世无不可解之冤。"乃以善价赎得，送佛寺为长生猪。后再见之，弭耳昵就，非复曩态矣。尝见孙重画伏虎应真，有巴西李衍题曰："至人骑猛虎，驭之犹骐骥。岂伊本驯良，道力消其鸷。乃知天地间，有情皆可契。共保金石心，无为多畏忌。"可为此事作解也。(《滦阳消夏录一》)

译文：

御史胡牧亭说：他的老家有人养了一头猪，见到邻居老翁便瞪着眼睛狂叫，横冲直撞地想要咬他，而它见到别人却不这样。老翁起初非常恼火，想要把它买下来杀掉吃肉。过后忽然醒悟道："莫非这就是佛经中所谓的宿冤吗？世间没有解不开的冤仇。"于是以高价将猪买下来，送到佛寺中作为长生猪养起来。此后，猪再见到老翁，就耷拉着耳朵亲昵地靠近他，不像从前那副凶恶的样子了。我曾经见到过孙重画的伏虎罗汉图，巴西人李衍题诗云："至人骑猛虎，驭之犹骐骥。岂伊本驯良，道力消其鸷。乃知天地间，有情皆可契。共保金石心，无为多畏忌。"这首诗可以作为对这个故事的解释。

道士幻术

德州宋清远先生言：吕道士，不知何许人，善幻术，尝客田山薑司农家。值朱藤盛开，宾客会赏。一俗士言辞猥鄙，喋喋不休，殊败人意。一少年性轻脱，厌薄尤甚，斥勿多言。二人几攘臂，一老儒和解之，俱不听，亦愠形于色。满座为之不乐。道士耳语小童取纸笔，画三符焚之，三人忽皆起，在院中旋折数四。俗客趋东南隅坐，喃喃自语。听之，乃与妻妾谈家事。俄左右回顾若和解，俄怡色自辩，俄作引罪状，俄屈一膝，俄两膝并屈，俄叩首不已。视少年，则坐西南隅花栏上，流目送盼，妮妮软语。俄嬉笑，俄谦谢，俄低唱《浣纱记》，呦呦不已。手自按拍，备诸冶荡之态。老儒则端坐石凳上讲《孟子》"齐桓、晋文之事"一章。字剖句析，指挥顾盼，如与四五人对语。忽摇首曰"不是"，忽瞋目曰"尚不解耶"，咯咯痨嗽仍不止。

众骇笑，道士摇手止之。比酒阑，道士又焚三符，三人乃惘惘痴坐，少选始醒，自称不觉醉眠，谢无礼。众匿笑散。道士曰："此小术，不足道。叶法善引唐明皇入月宫，即用此符。当时误以为真仙，迂儒又以为妄语，皆井底蛙耳。"后在旅馆，符摄一过往贵人妾魂，妾苏后，登车识其路径门户，语贵人急捕之，已遁去。此《周礼》所以禁怪民欤！（《滦阳消夏录一》）

译文：

德州的宋清远先生说：吕道士不知是什么来历，擅长幻术，曾经借住在户部尚书田山的家中。那时正值紫藤盛开，宾客集会游赏。有一位鄙俗的士人言谈猥琐，喋喋不休，很扫大家的兴。还有一位年轻人举止轻薄，更令人厌恶，他斥责俗士不要多说话。二人撸袖伸胳膊几乎要动手，一位老儒生劝解他们，他们也不听，老儒生也怒形于色。满座宾客都因他们而不愉快。道士与小童耳语几句，取出纸笔，画了三道符焚烧，这三人忽然都站起来，在院中转了好几圈。俗士奔向东南角坐下，喃喃自语。仔细听，是在与妻妾谈论家事。一会儿左顾右盼地似在劝解，一会儿和颜悦色地为自己辩解，一会儿做出承认错误的样子，一会儿单膝跪地，一会儿两条腿都跪下了，一会儿叩头不已。看那个年轻人，则坐在西南角的花栏上，飞着眼波调情，卿卿我我，细语软声。一会儿嬉笑，一会儿谦逊地推谢，一会儿低唱《浣纱记》，咿呀不已。手打着拍子，极尽放荡之态。老儒生则端端正正地坐在石凳上讲《孟子》中“齐桓、晋文之事”一章。剖析字句，指尖挥舞，神情顾盼，好像在与四五个人对话。忽然摇头说“不是”，忽然瞪着眼说“还不明白么”，并且“咯咯”地咳嗽个不停。

大家又惊又笑，道士摇手不让大家笑。等到酒宴快结束时，道士又焚烧了三道符，于是那三个人怅惘地呆坐着，过了一会儿才醒来，他们自称酒醉不自觉地睡着了，向大家道歉说失礼了。大家憋着笑散了。道士说：“这个小法术，不值称道。唐代叶法善带引唐明皇进入月宫用的就是这种符。当时误认为是真的仙人，迂腐的儒生又认为是荒诞之语，都是些井底之蛙罢了。”后来道士在旅馆用符摄住一位过往的贵人之妾的魂魄，这个妾苏醒后，坐车去标记她魂魄路过的道路门户，告诉贵人迅速去搜捕，道士已经逃走了。这就是《周礼》禁止会旁门左道的人的原因吧！

泥塑判官

颍州吴明经跃鸣言：其乡老儒林生，端人也。尝读书神庙中，庙故宏阔，僦居者多。林生性孤峭，卒不相闻问。一日，夜半不寐，散步月下，忽一客来叙寒温。林生方寂寞，因邀入室共谈，甚有理致。偶及因果之事，林生曰：“圣贤之为善，皆无所为而为者也。有所为而为，其事虽合天理，其心已纯乎人欲矣。故佛氏福田之说，君子弗道也。”

客曰：“先生之言，粹然儒者之言也。然用以律己则可，用以律人则不可；用以律君子犹可，用以律天下之人则断不可。圣人之立教，欲人为善而已。其不能为者，则诱掖以成之；不肯为者，则驱策以迫之。于是乎刑赏生焉。能因慕赏而为善，圣人但与其善，必不责其为求赏而然也；能因畏刑而为善，圣人亦与其善，必不责其为避刑而然也。苟以刑赏使之循天理，而又责慕赏畏刑之为人欲，是不激劝于刑赏，谓之不善；激劝于刑赏，又谓之不善，人且无所措手足矣。况慕赏避刑，既谓之人欲，而又激劝以刑赏，人且谓圣人实以人欲导民矣，有是理欤？盖天下上智少而凡民多，故圣人之刑赏，为中人以下设教。佛氏之因果，亦为中人以下说法。儒释之宗虽殊，至其教人为善，则意归一辙。先生执董子谋利计功之说，以驳佛氏之因果，将并圣人之刑赏而驳之乎？先生徒见缁流诱人布施，谓之行善，谓之得福；见愚民持斋烧香，谓之行善，谓可得福；不如是者，谓之不行善，谓必获罪。遂谓佛氏因果，适以惑众。而不知佛氏所谓善恶，与儒无异；所谓善恶之报，亦与儒无异也。”林生意不谓然，尚欲更申己意。俯仰之顷，天已将曙。客起欲去，固挽留之。忽挺然不动，乃庙中一泥塑判官。（《滦阳消夏录二》）

译文：

颍州人明经吴跃鸣说：他的同乡老儒生林生，是个正直的人。曾在神庙中读书，庙很宽阔，租住的人也很多。林生性格孤僻，与庙里其他人一概不来往。一天，他半夜睡不着，在月下散步，忽然有一位客人来和他寒暄。林生正好寂寞，就邀请他进屋闲谈，客人说话很有理致。偶然谈到因果报应的事情，林生说：“圣贤做善事，都是无所求而做成的。如果是为了功利去做，即便所做之事合乎天理，他的用心也就纯粹是为了人欲。所以佛家福田的说法，君子是不谈的。”

客人说：“先生说的话，纯粹是儒生的言辞。用来要求自己是可以的，用来约束别人就不行了；用来要求君子是可以的，用来约束普天下的人就断然行不通了。圣人设置教化，无非是想要人做善事。不能做善事的人，就引导扶持他去做；不肯做善事的人，则驱赶鞭策迫使他去做。于是也产生刑罚与赏赐。对于为了赏赐而做善事的人，圣人只肯定他是善人，必定不会责怪他为了求赏而做善事；对于因为畏惧刑罚而做善事的人，圣人也肯定他是善人，也必定不会责备他为了避免刑罚而去做善事。如果以刑罚、赏赐驱使人们遵循天理，却又指责人们贪图赏赐畏惧刑罚出于欲望，那么不被激励劝诫的去遵循刑赏，会被说成是不善；被激励劝诫的去遵循刑赏，也会被说成不善，那样人们就手足无措，不知该怎么做了。况且追求赏赐避免刑罚，既然称之为人欲，而又使用刑赏手段，人就会说圣人实际上是以人欲来引导大众，有这个道理吗？因为普天下有大智慧的人少而普通老百姓多，所以圣人的刑赏，也是为普通人设置的。佛教的因果，也是为普通人来说法。儒、释两家的宗尚虽不一样，至于他们教人做善事的方面，则意旨完全相同。先生用董仲舒谋利计功的说法，来驳斥佛教的因果之说，是要将圣人的刑赏主张一同批驳吗？先生只看到僧人诱导人布施，称之为做善事，认为可得福；看到愚民持斋烧香，称之为做善事，认为可得福；不这样的话，就称之为不行善，必定要获罪。由此就认为佛家因果之论，完全是迷惑民众。而完全不知道佛家所谓善恶的观念与儒家没有不同；所谓的善恶报应，也与儒家没有差异。”林生对客人的这套理论不以为然，还想进一步申述自己的见解。互相讨论之时，天快要亮了。客人起身想走，林生执意挽留。客人忽然挺直不动了，林生仔细一看，原来是庙中的一尊泥塑判官。

剧盗有道

齐大，献县剧盗也。尝与众行劫，一盗见其妇美，逼污之。刃胁不从，反接其手，缚于凳，已褫下衣，呼两盗左右挟其足矣。齐大方看庄，盗语谓屋上了望以防救者为看庄。闻妇呼号，自屋脊跃下，挺刃突入曰："谁敢如是，吾不与俱生！"汹汹欲斗，目光如饿虎。间不容发之顷，竟赖以免。后群盗并就捕骈诛，惟齐大终不能弋获。群盗云，官来捕时，齐大实伏马槽下。兵役皆云："往来搜数过，惟见槽下朽竹一束，约十余竿，积尘污秽，似弃置多年者。"(《滦阳消夏录三》)

译文：

齐大，是献县的大盗。曾和一伙强盗出去抢劫，一个强盗看到那家妇人貌美，想奸污她。强盗拿刀子威胁，女人誓死不从，强盗反绑妇人双手，将她捆在凳子上，已经扒掉了裤子，叫另外两个强盗左右各拉住妇人的脚。齐大这时正在屋顶看庄，强盗行话，把在屋顶上放哨的人称之为"看庄"。听到妇人呼号，从屋脊上一跃而下，挺着刀子闯到屋里说："谁敢这样，我就和你们拼命！"气势汹汹一副将要打斗的样子，眼神如饿虎一般。在千钧一发之间，妇人因为他的阻止免除灾祸。后来这群强盗都被抓捕，一同被官府处死，只有齐大始终没有被抓到。强盗们说，官府来抓捕的时候，齐大其实就趴在马槽下。兵役们都说："来来回回搜过数次，只见槽下有一束朽竹，约有十几根，积满了尘土污秽，好像是放了多年没有人动过。”

三教异同

东光马大还，尝夏夜裸卧资胜寺藏经阁，觉有人曳其臂曰：“起起，勿亵佛经。”醒见一老人在旁，问：“汝为谁？”曰：“我守藏神也。”大还天性疏旷，亦不恐怖。时月明如昼，因呼坐对谈。曰：“君何故守此藏？”曰：“天所命也。”问：“儒书汗牛充栋，不闻有神为之守，天其偏重佛经耶？”曰：“佛以神道设教，众生或信或不信，故守之以神；儒以人道设教，凡人皆当敬守之，亦凡人皆知敬守之，故不烦神力，非偏重佛经也。”

问：“然则天视三教如一乎？”曰：“儒以修己为体，以治人为用；道以静为体，以柔为用；佛以定为体，以慈为用。其宗旨各别，不能一也。至教人为善，则无异；于物有济，亦无异。其归宿则略同，天固不能不并存也。然儒为生民立命，而操其本于身；释道皆自为之学，而以余力及于物。故以明人道者为主，明神道者则辅之，亦不能专以释道治天下，此其不一而一，一而不一者也。盖儒如五谷，一日不食则饥，数日则必死；释道如药饵，死生得失之关，喜怒哀乐之感，用以解释冤愆，消除怫郁，较儒家为最捷；其祸福因果之说，用以悚动下愚，亦较儒家为易入。特中病则止，不可专服常服，致偏胜为患耳。儒者或空谈心性，与瞿昙、老聃混而为一，或排击二氏，如御寇仇，皆一隅之见也。”问：“黄冠缁徒，恣为妖妄，不力攻之，不贻患于世道乎？”曰：“此论其本原耳。若其末流，岂特释道贻患，儒之贻患岂少哉？即公醉而裸眠，恐亦未必周公、孔子之礼法也。”大还愧谢，因纵谈至晓，乃别去，竟不知为何神，或曰狐也。（《滦阳

消夏录四》）

译文：

东光的马大还，曾在夏天的一个夜晚光着身子躺在资胜寺的藏经阁里，感觉有人拽他的胳膊说：“起来，起来，不要亵渎佛经。”马大还醒来后看见一位老人在旁边，问道：“你是谁？”回答说：“我是守藏神。”马大还天性豁达，也不害怕。当时月明如昼，请老人坐下对谈。马大还说：“您为什么来守藏经阁？”老人说：“这是上天的命令。”马大还问：“儒家书籍汗牛充栋，也不听说有神来守，上天为什么这样偏重佛经呢？”老人说：“佛家以神道来实施教化，百姓或信或不信，所以安排神灵来看守；儒家以人道来实施教化，一般人都应该恭敬地守护它，一般人也都知道要恭敬地守护它，所以不劳烦神力，这并不是偏重佛经。”

马大还问：“那么上天看待三教都一样吗？”老人说：“儒家以修养自身为本位，以治人为功用；道家以清静为本位，以柔和为功用；佛家以安定为本位，以慈悲为功用。他们的宗旨各有区别，不能一概而论。至于教导人们做善事，则三教没有区别；对于万物都有所助益，也是没有区别的。他们的归宿大致相同，上天自然不能不让三教并存。但是儒家为生民立命，而强调修炼自身德行；释、道都注重修炼自身，而以余力惠及万物。所以上天以彰显人道的儒教为主，阐明神道的佛教、道教为辅，也不能专以佛教、道教来治理天下，这就是三教不一致而一致，一致而又不一致的原因。大致来说，儒家好比五谷，一天不吃就会饥饿，几天不吃就会死亡；佛教、道教好比药饵，用于生死得失的关头，喜怒哀乐的情感，用来宽解冤仇罪过，消除愤恨，比儒家更为快速有效，他们祸福因果的说法，用来打动无知之人，也比儒家更容易。只是要适可而止，不能把药当饭吃，以致偏于一方反成祸患。儒者有时空谈心性，将其主张与佛教、道教混为一谈，有时排斥打击佛、道两家，如同对付敌寇仇家，都是一隅的偏见。”马大还问：“道士僧侣，往往恣意兴妖作怪，如果不强力攻击，不是在人间留下祸患了吗？”老人说：“我刚才谈论的是三教的根本。若是从细枝末节来说，怎么会是只有释道会遗留祸患，儒家遗留的祸患还少吗？就是您醉酒裸睡，也恐怕未必是周公、孔子所言的礼法吧。”马大还惭愧谢罪，两人又畅谈到天亮，老人才离开，究竟不知老人为何方神圣，有人说是狐精。

司禄神语

星士虞春潭，为人推算，多奇中。偶薄游襄、汉，与一士人同舟，论颇款洽。久而怪其不眠不食，疑为仙鬼。夜中密诘之。士人曰：“我非仙非鬼，文昌司禄之神也。有事诣南岳。与君有缘，故得数日周旋耳。”虞因问之曰：“吾于命理，自谓颇深，尝推某当大贵，而竟无验。君司禄籍，当知其由。”士人曰：“是命本贵，以热中，削减十之七矣。”虞曰：“仕宦热中，是亦常情，何冥谪若是之重？”

士人曰：“仕宦热中，其强悍者必怙权，怙权者必狠而愎；其孱弱者必固位，固位者必险而深。且怙权固位，是必躁竞，躁竞相轧，是必排挤。至于排挤，则不问人之贤否，而问党之异同；不计事之可否，而计己之胜负。流弊不可胜言矣。是其恶在贪酷上，寿且削减，何止于禄乎！”虞阴记其语，越两岁余，某果卒。（《滦阳消夏录五》）

译文：

算命先生虞春潭，给人算命，大多都很灵验。有一次他去襄阳、汉阳游历，与一位读书人同在一条船上，两人谈得很投机。时间一长，他发现这个读书人不睡不吃，怀疑是仙鬼之类。夜里悄悄问他。读书人说：“我不是仙也不是鬼，是文昌司禄之神。有事要到南岳去。和您有缘，所以在一起盘桓了几日。”虞春潭于是问他：“我认为自己对算命之事很有造诣，曾推算某人应当大贵，最后竟然没有灵验。你掌管人间禄籍，应该知道其中的缘由吧。”读书人说：“他的命本应当富贵，只是因为他太热衷于做官，结果被减了十分之七。”虞春潭说：“热衷于做官，也是人之常情，为什么神明要罚得这么重呢？”

读书人说：“热衷于做官的人中，那些强悍的人肯定会借助权力作威作福，一心仗势谋权者一定是狠毒且刚愎自用的人；软弱的人必然要保护自己的官位，这样的人必然阴险狡诈且深藏不露。况且倚仗权势，保护官位，一定会争宠争斗，相互倾轧、排挤。到了这种地步，则不管人贤良与否，只能是党同伐异；不管事情能做与否，只论对自己有没有好处。这样的流弊一时也讲不完。这种罪恶比贪婪残酷更加严重，并且那个人还要减寿，又何止于福禄呢！”虞春潭偷偷地记下这些话，过了两年多，某某果然死了。

木妖畏匠人

奴子王廷佐，夜自沧州乘马归。至常家砖河，马忽辟易。黑暗中见大树阻去路，素所未有也。勒马旁过，此树四面旋转，当其前。盘绕数刻，马渐疲，人亦渐迷。俄所识木工国姓、韩姓从东来，见廷佐痴立，怪之。廷佐指以告。时二人已醉，齐呼曰：“佛殿少一梁，正觅大树。今幸而得此，不可失也。”各持斧锯奔赴之，树倏化旋风去。《阴符经》曰：“禽之制在气。”木妖畏匠人，正如狐怪畏猎户。积威所劫，其气焰足以慑伏之，不必其力

之相胜也。(《滦阳消夏录五》)

译文:

奴仆王廷佐，晚上从沧州乘马回家。走到常家砖河，马忽然退避。黑暗之中只见大树挡住去路，这条路上此前从来没有大树。勒住马从旁边过，这棵树四面旋转，挡在前面。就这样转了几刻钟，马渐渐地累了，人也渐渐地绕晕了。过了一会儿，他所认识的姓国、姓韩两个木工从东边过来，见到王廷佐痴痴地站在那里，很是奇怪。王廷佐指点着述说原委。当时二人已经喝醉，齐声叫道：“佛殿里少一根木梁，正在寻找大树。今天幸亏找见了这棵，不能失去了。”各自拿起斧子、锯子跑过去，树突然化为一阵旋风跑了。《阴符经》中说：“制服邪恶在于气势。”木妖害怕木匠，正如狐怪害怕猎户。在积威的压迫下，气势足以震慑制服对方，不必以力量取胜。

鬼有中外

人死者，魂隶冥籍矣。然地球圆九万里，径三万里，国土不可以数计，其人当百倍中土，鬼亦当百倍中土，何游冥司者，所见皆中土之鬼，无一徼外之鬼耶？其在在各有阎罗王耶？顾郎中德懋，摄阴官者也。尝以问之，弗能答。人不死者，名列仙籍矣。然赤松、广成，闻于上古，何后代所遇之仙，皆出近世？刘向以下之所记，悉无闻耶？岂终归于尽，如朱子之论魏伯阳耶？娄真人近垣，领道教者也。尝以问之，亦弗能答。(《如是我闻一》)

译文:

人死了，魂魄隶属于阴间名册。但是地球圆周九万里，直径三万里，各国疆土不可以用数量来计算，各地的人口应当是中原的百倍，各地的鬼也应当是中原的百倍，为何游历过阴司的，见到的都是中原的鬼，没有一个外国的鬼呢？其所在的地方各有阎罗王吗？郎中顾德懋，兼任阴间的官职。我曾经问过他，他也答不上来。不死的那些人，名字列在仙籍中。但是赤松子、广成子这些仙人，他们的名传于上古，为何后代所遇到的仙人，都出于近世？刘向以后所记载的，都没有听到过吗？难道最终归于消失，就像朱熹所说的魏伯阳那样的人一样吗？真人娄近垣，是统领道教的。我曾经问过他，他也答不上来。

盗 句

有歌童扇上画鸡冠，于筵上求李露园题。露园戏书绝句曰：“紫紫红红胜晚霞，临风亦自弄夭斜。枉教蝴蝶飞千遍，此种原来不是花。”皆叹其运意双关之巧。露园赴任湖南后，有扶乩者，或以鸡冠请题，即大书此诗。余骇曰：“此非李露园作耶？”乩忽不动，扶乩者狼狈去。颜介子叹曰：“仙亦盗句。”或曰：“是扶乩者本伪托，已屡以盗句败矣。”（《如是我闻一》）

译文：

有个歌童在扇面上画了朵鸡冠花，在宴席上请李露园题诗。李露园戏题了一首绝句云：“紫紫红红胜晚霞，临风亦自弄夭斜。枉教蝴蝶飞千遍，此种原来不是花。”都赞叹这首诗运意双关的巧妙。李露园到湖南赴任后，有个扶乩的人，有人以“鸡冠”为题请扶乩者写诗，随即就用大字写了这首鸡冠诗。我惊异地说：“这不是李露园作的诗吗？”乩忽然不动了，扶乩的人狼狈而去。颜介子感叹说：“仙也盗人诗句。”有人说：“这个扶乩的人本来是假托的，经常因为盗人诗句而败露。”

孝与淫

旭升又言：县吏李懋华，尝以事诣张家口。于居庸关外，夜失道，暂憩山畔神祠。俄灯光晃耀，遥见车骑杂遝，将至祠门。意是神灵，伏匿庑下。见数贵官并入祠，坐左侧似是城隍，中四五座则不识何神。数吏抱簿陈案上，一一检视。窃听其语，则勘验一郡善恶也。一神曰："某妇事亲无失礼，然文至而情不至；某妇亦能得姑舅欢，然退与其夫有怨言。"一神曰："风俗日偷，神道亦与人为善。阴律孝妇延一纪，此二妇减半可也。"佥曰："善。"

俄一神又曰："某妇至孝而至淫，何以处之？"一神曰："阳律犯淫罪止杖，而不孝则当诛。是不孝之罪，重于淫也。不孝之罪重，则能孝者福亦重，轻罪不可削重福，宜舍淫而论其孝。"一神曰："服劳奉养，孝之小者；亏行辱亲，不孝之大者。小孝难赎大不孝，宜舍孝而科其淫。"一神曰："孝，大德也，非他恶所能掩；淫，大罚也，非他善所能赎。宜罪福各受其报。"侧坐者罄折请曰："罪福相抵可乎？"

神掉首曰："以淫而削孝之福，是使人疑孝无福也；以孝而免淫之罪，是使人疑淫无罪也。相抵恐不可。"一神隔坐言曰："以孝之故，虽至淫而不加罪，不使人愈知孝乎？以淫之故，虽孝而不获福，不使人愈戒淫乎？相抵是。"一神沉思良久曰："此事出入颇重大，请命于天曹可矣。"语讫俱起，各命驾而散。李故老吏，娴案牍，阴记其语，反复思之，不能决。不知天曹作何判断也。（《如是我闻二》）

译文：

旭升又说：县吏李懋华，曾经有事到张家口去。在居庸关外，夜里迷了路，就暂时在山旁边的神祠里休息。不一会儿，灯光耀眼，远远看见车马拥挤杂乱，眼看就要到了祠门。他心想是神灵到了，便藏在廊庑下面。看到几个达官贵人模样的人一起走进祠堂落座，坐在左侧的好像是城隍，中间四五位则不认识是什么神。几个小吏抱着册簿放在桌案上，请神一一查看。李懋华偷听他们说什么，原来是勘验某郡百姓的善恶。一位神说："某妇女侍奉公婆从不失礼，但是只是礼节上做到了，却不是出自真心；某妇女也能讨得公婆欢心，但是背地里就向丈夫发泄怨恨。"一位神说："世风日下，人情日薄，神道也讲究与人为善。阴间律法孝妇能延长十二年寿命，这两位妇女可以减一半。"大家都说："好。"

不一会儿，一位神又说："某妇女极孝顺也极淫荡，该如何处置？"一位神说："阳间律法犯淫罪只是打板子，而不孝之罪是要杀头的。应该是不孝之罪重于淫罪。不孝之罪重，所以能孝顺公婆的人福分也大，轻罪不可以削减大福，应该免去她的淫罪，只按照她的行孝增加福分。"一位神说："奉养老人，只是孝的小节；品行不端辱没公婆名声，是不孝的大节。孝道的小节不能抵消不孝的大节，应该不论她的孝道而处罚她的淫罪。"一位神说："孝是大德，不是其他罪行所能掩盖的；淫是大罪恶，也不是其他善行所能救赎的。应该罚罪与加福各有所报。"坐在旁边的神恭敬地请示："罪过与福分相抵消怎么样呢？"

一位神转过头来说："用淫罪而削减孝道的福分，容易让人怀疑行孝没有福分；用孝道来免除淫荡之罪，容易让人怀疑淫荡无罪。相抵消恐怕不可行。"一位神隔着座位说："因为孝的缘故，就是达到至淫的地位也不加罪，这不就使人更加懂得应该孝顺了吗？因为淫荡的缘故，即便是行孝也不增加福分，这不就使人更加知道应该戒除淫荡吗？互相抵消是对的。”一位神沉思了很久说：“这件事的处理关系重大，还是请示上天后再做决断吧。”话音刚落，众神站起，各自登车离开神祠。李懋华是一位阅历很深的老吏，娴熟于案牍，偷偷地记下了这些话，反复思考掂量，不能做出判断。不知道上天作何判决。

养生之道

冯巨源官赤城教谕时，言赤城山中一老翁，相传元代人也。巨源往见之，呼为仙人。曰：“我非仙，但吐纳导引，得不死耳。”叩其术。曰：“不离乎《丹经》，而非《丹经》所能尽。其分刌节度，妙极微芒。苟无口诀真传，但依法运用，如检谱对弈，弈必败；如拘方治病，病必殆。缓急先后，稍一失调，或结为痈疽，或滞为拘挛；甚或精气瞀乱，神不归舍，竟至于颠痫。是非徒无益已也。”

问：“容成、彭祖之术，可延年乎？”曰：“此邪道也，不得法者，祸不旋踵；真得法者，亦仅使人壮盛。壮盛之极，必有决裂横溃之患。譬如悖理聚财，非不骤富，而断无终享之理。公毋为所惑也。”又问：“服食延年，其法如何？”曰：“药所以攻伐疾病，调补气血，而非所以养生。方士所饵，不过草木金石。草木不能不朽腐，金石不能不消化。彼且不能自存，而谓借其余气，反长存乎？”

又问：“得仙者，果不死欤？”曰：“神仙可不死，而亦时时可死。夫生必有死，物理之常。炼气存神，皆逆而制之者也。逆制之力不懈，则气聚而神亦聚；逆制之力或疏，则气消而神亦消。消则死矣。如多财之家，俭勤则常富，不勤不俭则渐贫；再加以奢荡，则贫立至。彼神仙者，固亦兢兢然，恐不自保，非内丹一成，即万劫不坏也。”巨源请执弟子礼。曰：“公于此道无缘，何必徒荒其本业？不如其已。”巨源怅然而返。景州戈鲁斋为余述之，称其言皆笃实，不类方士之炫惑云。(《如是我闻二》)

译文：

冯巨源在赤城任教谕时，说赤城山中有一老翁，相传是元代人。冯巨源前去看他，称他为仙人。老翁说：“我不是仙人，只是知道些吐纳导引的技巧，才得以不死。”询问他方法。老翁说：“按照《丹经》，但又不完全依靠《丹经》。根据自己需要分解内容把握节奏，极为微妙。假如没有口诀真传，只是按照说明来运用，就像检索棋谱来下棋，必败无疑；又如拘泥于药方治病，病人必定病危。其中的缓急先后，稍有一丝失调，有的就郁结为毒疮，有的凝滞了导致痉挛；甚至还会导致精气紊乱，神不守舍，以至疯癫。这不仅仅是没有好处的问题了。”

冯巨源问：“容成、彭祖的术数，可以延年益寿吗？”老翁说：“这是邪道，人的修炼不得其法，立即身受其害；果真得了法，也仅是使人壮盛。壮盛到极点，必然有意想不到的大祸患。比如悖逆天理聚敛钱财，不是不能迅速致富，但最终一定不能享受长久。您不要被这些迷惑。”冯巨源又问：“服食丹药来延年益寿，这种方法怎么样呢？”老翁说：“丹药是用来治病调补气血的，而并不是用来养生的。方士们服食的，不过是草木金石。草木不能不腐朽，金石不能不消熔。它们尚且不能长存，又怎能借助它们的余气来长存呢？”

冯巨源又问：“成仙的人果真不死吗？”老翁说：“神仙可以不死，而又时时会死。有生必有死，这是万物之常理。修炼精气而保存神，都是逆向控制死亡的办法。控制的力量不松懈，那么精气凝聚，精神也凝聚；控制的力量一旦松懈，那么精气消失，精神也消失。精神消失就死了。如同有钱人家，勤俭就能常常富裕，不勤不俭就会慢慢贫穷；如果再加上奢侈放荡，很快就会贫穷。那些神仙们，也都是战战兢兢唯恐不能自保，并不是说内丹一经炼成，就可以经万劫而不坏。”冯巨源请求做他的弟子。老翁说：“您于此道无缘，又何必因涉足此间而荒废本业呢？还是不学的好。”冯巨源怅然而返。景州人戈鲁斋为我讲述了这个故事，称那个老翁说的话都很实在，不像方士们的迷惑之词。

李老人治病

李老人，不知何许人，自称年已数百岁，无可考也。其言支离荒杳，殆前明醒神之流。曩客先师钱文敏公家，余曾见之。符药治病，亦时有小验。文敏次子寓京师水月庵，夜饮醉归，见数十厉鬼遮路，因发狂自劙其腹。余偕陈裕斋、倪余疆往视，血肉淋漓，仅存一息，似万万无生理。李忽自来舁去，疗半月而创合。人颇以为异。然文敏公误信祝由，割指上疣赘，创发病卒，李疗之，竟无验。盖符箓烧炼之术，有时而效，有时而不效也。先师刘文正公曰：“神仙必有，然非今之卖药道士；佛菩萨必有，然非今之说法禅僧。”斯真千古持平之论矣。（《如是我闻二》）

译文：

李老人，不知其来历，自称年龄已经有几百岁，也没法考证。他说话支离玄妙，不着边际，大概就是明代所谓的“醒神”之类的人。从前我在先师钱文敏公家做客，曾见过他。用符咒之术治病，也时常有些效果。钱文敏的次子住在京城水月庵，夜里喝醉了回家，碰到几十个厉鬼拦路，于是发狂地割开自己的肚子。我和陈裕斋、倪余疆一同去看望，见他血肉模糊，只留下一口气，看样子万万不可救了。李老人忽然径自过来将他抬走，治疗了半个月伤口愈合。人们都觉得十分怪异。但是钱文敏误信祝由科治病，割掉了手指上的疮毒赘肉，伤口感染最后去世，李老人为他治疗竟没有效果。大概符箓烧炼这些术数，有时生效，有时也不起作用。先师刘文正公说："神仙是一定有的，但并不是如今的卖药道士；佛和菩萨也是一定有的，但并不是如今的说法禅僧。"这真是千古持平的评论了。

狐鬼谈痴

裘文达公言：尝闻诸石东村曰，有骁骑校，颇读书，喜谈文义。一夜寓直宣武门城上，乘凉散步。至丽谯之东，见二人倚堞相对语。心知为狐鬼，屏息伺之。其一举手北指曰："此故明首善书院，今为西洋天主堂矣。其推步星象，制作器物，实巧不可阶。其教则变换佛经，而附会以儒理。吾曩往窃听，每谈至无归宿处，辄以天主解结，故迄不能行。然观其作事，心计亦殊黠。"

其一曰："君谓其黠，我则怪其太痴。彼奉其国王之命，航海而来，不过欲化中国为彼教，揆度事势，宁有是理！而自利玛窦以后，源源续至，不偿其所愿终不止，不亦颠欤？"其一又曰："岂但此辈痴，即彼建首善书院者，亦复大痴。奸珰柄国，方阴伺君子之隙，肆其诋排，而群聚清谈，反予以钩党之题目，一网打尽，亦复何尤！且三千弟子，惟孔子则可，孟子揣不及孔子，所与讲肄者，公孙丑、万章等数人而已。洛、闽诸儒，无孔子之道德，而亦招聚生徒，盈千累百，枭鸾并集，门户交争，遂酿为朋党，而国随以亡。东林诸儒不鉴覆辙，又骛虚名而受实祸。今凭吊遗踪，能无责备于贤者哉！"方相对叹息，忽回顾见人，翳

然而灭。东村曰："天下趋之如鹜，而世外之狐鬼，乃窃窃不满也。人误耶？狐鬼误耶？"（《如是我闻四》）

译文：

裘文达公说：曾听石东村说，有个骁骑校，读了不少书，喜欢谈文义。一天夜里在宣武门城上值班，散步乘凉。走到城楼东侧，看见两个人倚靠着城堞互相说话。骁骑校心里知道这两个人是狐鬼，屏住呼吸观察他们。其中一个人举手指向北边说："这就是明朝的首善书院，现如今是西洋天主教堂。这些西洋人观察天体推算月历，制作器物，实在是精巧无法学来。他们的教义则是变换佛经，又附会了儒家学说。我以前偷偷地听过，每谈到不能解释的地方，就以天主作结，因此他们的教义至今推广不开。但是观察他们做事，心计也十分狡猾。"

其中一个说："您说他们狡猾，我则认为他们太过痴迷。他们奉自己国王之命，航海而来，不过是想用他们的宗教来同化中国，分析形势，哪里有这样的道理！但从利玛窦来中国后，这些传教士陆陆续续来到中国，不达目的决不罢休，这不就是有点痴癫吗？"先前说话的那个又说："岂止是这些人痴，即便是建首善书院的人，也是太痴癫了。奸臣宦官当国，偷偷地乘君子有所闪失之隙，大肆诋毁他们，而那些书生聚在一起清谈，反而被宦官抓住了他们拉帮结派的把柄，被一网打尽，这又去怨谁呢！况且收三千弟子，只有孔子可以，孟子自认为不及孔子，听他讲学的不过公孙丑、万章等几人而已。宋代洛、闽学派的诸学者，没有孔子的德行，却也招揽弟子，成百上千，鱼龙混杂，良莠不齐，门户相争，于是结成朋党，而国家也随之灭亡。明代东林党人不重视前车之鉴，又一味追求虚名，以致遭受灾祸。如今凭吊遗迹，对这种贤者能不责备吗！"两个人正在相对叹息时，忽然回头看到有人，一下消失了。石东村说："天下人趋之如鹜的事，世外狐鬼却窃窃私语表示不满。是人错了呢？还是狐鬼错了呢？”

伪仙伪佛

陈裕斋言：有僦居道观者，与一狐女狎，靡夕不至。忽数日不见，莫测何故。一夜，搴帘含笑入。问其旷隔之由。曰：“观中新来一道士，众目曰仙。虑其或有神术，姑暂避之。今夜化形为小鼠，自壁隙潜窥，直大言欺世者耳。故复来也。”

问：“何以知其无道力？”曰：“伪仙伪佛，技止二端：其一故为静默，使人不测；其一故为颠狂，使人疑其有所托。然真静默者，必淳穆安恬，凡矜持者伪也；真托于颠狂者，必游行自在，凡张皇者伪也。此如君辈文士，故为名高，或迂僻冷峭，使人疑为狷；或纵酒骂座，使人疑为狂，同一术耳。此道士张皇甚矣，足知其无能为也。”时共饮钱稼轩先生家。先生曰：“此狐眼光如镜，然词锋太利，未免不留余地矣。”（《槐西杂志一》）

译文：

陈裕斋说：有个人借居在道观中，和一个狐女相好，狐女没有一夜不来。忽然有几天不见狐女，不知道是为什么。一天夜里，狐女掀开门帘含笑而入。问她几天没来的缘故。狐女说：“观中新来了一个道士，众人都将他看作神仙。我担心他真有道术，就姑且暂避一时。今夜我变幻成小鼠，从墙壁间隙偷偷地观察，原来这个道士不过是骗人而已。所以我又来了。”

那人问：“怎么就知道那个道士没有道术？”狐女说：“伪仙伪佛，只有两套伎俩：一种是假装静默，让人捉摸不定；一种是假装癫狂，让人觉得他有所依仗。但是真正静默的人，必定表现为淳朴、肃穆、安静、恬适，凡是装腔作势的矜持者就是假的；真正依托于癫狂的人，必定是语言行动真实自然，凡是东张西望神情不定的都是假的。这就像你们这些文士，故作高名，或者迂僻冷峭，让人觉得他耿直；或者纵酒骂人，让人觉得他是狂士，都是一种把戏。这个道士东张西望，太过明显，足以知道他没有什么本事。”当时几个人一起在钱稼轩先生家饮酒。钱稼轩先生说：“这个狐女眼光如镜，但词锋太过尖刻，未免不给别人留有余地。”

灶神

古者大夫祭五祀，今人家惟祭灶神。若门神，若井神，若厕神，若中霤神，或祭或不祭矣。但不识天下一灶神欤？一城一乡一灶神欤？抑一家一灶神欤？如天下一灶神，如火神之类，必在祀典，今无此祀典也。如一城一乡一灶神，如城隍社公之类，必有专祀，今未见处处有专祀也。然则一家一灶神耳，又不识天下人家，如恒河沙数，天下灶神，亦当如恒河沙数？此恒河沙数之灶神，何人为之？何人命之？神不太多耶？人家迁徙不常，兴废亦不常，灶神之闲旷者何所归？灶神之新增者何自来？日日铨除移改，神不又太烦耶？此诚不可以理解。

然而遇灶神者，乃时有之。余小时，见外祖雪峰张公家一司爨妪，好以秽物扫入灶，夜梦乌衣人呵之，且批其颊。觉而颊肿成痈，数日巨如杯，脓液内溃，从口吐出；稍一呼吸辄入喉，呕哕欲死。立誓虔祷，乃愈。是又何说欤？或曰：“人家立一祀，必有一鬼凭之。祀在则神在，祀废则神废，不必一一帝所命也。”是或然矣。（《槐西杂志三》）

译文：

古代的士大夫要祭祀五种神灵，现在人们只祭灶神。像门神、井神、厕神、中霤神，有祭有不祭的。但不知道天下只有一个灶神？还是一城一乡有一个神？抑或一家就有一个灶神？如果天下只有一个灶神，像火神之类的那样，那么祭祀灶神也必定有一定的礼仪和制度，但是如今没有这样的礼仪制度。如果是一城一乡有一个灶神，那么如同城隍社公之类的神，也必定有专门的庙祠，但如今也没有见到每个地方都有一个这样专门的庙祠。假如说一家就有一个灶神的话，又不知天下的人家如恒河里的沙粒，天下灶神也有如恒河沙粒那么多吗？这些有如恒河沙粒那么多的灶神，是什么人来担任呢？又是谁任命的呢？这样的话神是不是太多了呢？人的家庭迁徙无常，兴废也无常，留下的那些无事可做的灶神又去哪里了呢？新增的灶神又从哪里来？灶神每天都要任选迁移，这样的神是不是又太烦乱了呢？这个问题真难以理解。

但是遇到灶神的事，却又经常发生。我小时候见到外祖父张雪峰公家的一个生火做饭的老太太，喜欢将杂物扫入灶坑，夜里梦见穿着黑衣服的人呵斥她，并且打了她嘴巴。睡醒后，她的脸颊肿成一个大脓包，几天就胀得像茶杯那么大，脓液从里溃烂，从嘴中吐出；稍微一呼气吸气就进到嗓子里，呕吐难受得想死。发誓愿虔诚祈祷后才愈合。这又怎么来解释呢？有人说："人们在家中立一个神龛，必定有一个鬼神来占据。祀在则神在，祀废则神走，不需要天帝一一来任命。"也许是这样吧。

信佛不信僧

河间有游僧，卖药于市。以一铜佛置案上，而盘贮药丸，佛作引手取物状。有买者，先祷于佛，而捧盘进之。病可治者，则丸跃入佛手；其难治者，则丸不跃。举国信之。后有人于所寓寺内，见其闭户研铁屑。乃悟其盘中之丸，必半有铁屑，半无铁屑；其佛手必磁石为之，而装金于外。验之信然，其术乃败。会有讲学者，阴作讼牒，为人所讦。到官昂然不介意，侃侃而争。取所批《性理大全》核对，笔迹皆相符，乃叩额伏罪。太守徐公，讳景曾，通儒也。闻之笑曰："吾平生信佛不信僧，信圣贤不信道学。今日观之，灼然不谬。"(《姑妄听之三》)

译文：

河间有个游僧，在集市上卖药。他拿一尊铜佛放在几案上，铜佛前面放一个盛药丸的盘子，佛像一只手前伸做取物状。有买药的人，先在佛前祈祷，然后捧起盘子靠近铜佛。如果病能治好，那么药丸就自己跳到佛手中；如果是难以治愈的，药丸便不动。这种药整个河间的人都很相信。后来有人在僧人所住的寺庙内看见他关着门窗研磨铁屑。才知道盘中的药丸，一定有一半是掺有铁屑一半不掺的；铜佛的佛手也一定是用磁石做的，外面包装上金粉。经过验证果然是这样的，僧人的骗术于是败露。正好有个讲学的人，私下为他人写诉状，被人揭露。到了官府大堂上，他昂首挺胸，毫不介意，侃侃而谈，为自己辩解。官府取出他批注的《性理大全》来核对，笔迹与他写的诉状完全一样，于是他才磕头服罪。河间太守叫徐景曾，是个学识渊博的儒者。听到后笑着说："我平生相信佛不相信僧，相信圣贤不相信道学。如今来看，真是一点儿也不错。"

第十一编　博物百科

巴蜡虫

戊子夏，京师传言有飞虫夜伤人。然实无受虫伤者，亦未见虫，徒以图相示而已。其状似蚕蛾而大，有钳距，好事者或指为射工。按，短蜮含沙射影，不云飞而螫人。其说尤谬。余至西域，乃知所画，即辟展之巴蜡虫。此虫秉炎炽之气而生，见人飞逐。以水噀之，则软而伏。或噀不及，为所中，急嚼茜草根，敷疮则瘥。否则毒气贯心死。乌鲁木齐多茜草，山南辟展诸屯，每以官牒取移，为刈获者备此虫云。（《滦阳消夏录四》）

译文：

乾隆戊子年夏天，京城里传说有一种飞虫晚上伤人。但实际上并没有受虫伤的人，也没有见到这种虫子，人们只是相互传看虫子的图片而已。虫子的形状像蚕蛾而稍大，有带倒刺的勾钳，好事者指称为射工。按，射工即短蜮，传说能含沙射人影，但并没有说它能飞能螫人。说是射工是一种误解。我到西域后，才知道所画的飞虫就是辟展的巴蜡虫。这种虫子秉受炎热之气生长出来，见人就会飞着追逐。用水去喷它，就软软地趴下了。如果来不及喷水，让它伤了，要立即嚼食茜草根，敷在疮口上就能治好。否则毒气贯心，导致死亡。乌鲁木齐有很多茜草，南山辟展一带的屯垦区，每年都发来官牒要这种草，为从事耕作的人防备虫伤。

点　穴

俗传鹊蛇斗处为吉壤，就斗处点穴，当大富贵，谓之龙凤地。余十一二岁时，淮镇孔氏田中，尝有是事，舅氏安公实斋亲见之。孔用以为坟，亦无他验。余谓鹊以虫蚁为食，或见小蛇啄取；蛇蜿蜒拒争，有似乎斗，此亦物态之常。必当日曾有地师为人卜葬，指蛇鹊斗处是穴，如陶侃葬母，仙人指牛眠处为穴耳。后人见其有验，遂传闻失实，为鹊蛇斗处必吉。然则因陶侃事，谓凡牛眠处吉乎？(《如是我闻一》)

译文：

民间传说鹊蛇争斗处是吉祥的地方，在争斗处安坟，子孙会大富大贵，因此这样的地方称之为“龙凤地”。我十一二岁的时候，淮镇的孔氏田中曾有这样的事，舅舅安实斋公亲眼见到过。孔家用这块地安坟，也没有什么应验的。我认为鹊以虫蚁为食物，有时见到小蛇就去啄；蛇游动着挣扎，有点像争斗，这也是常见的情况。所谓龙凤地的说法，必定是当时曾有看风水的人为人选择墓地，指着蛇鹊争斗的地方说就是那儿了，就像陶侃葬母，仙人指着牛睡卧的地方来作为墓地。后人见到有应验，于是就传闻失实，说凡是鹊蛇争斗的地方必定是吉祥之地。这样说来，那么依照陶侃葬母的事情，就可以说凡是牛睡卧的地方也都是吉祥之地了？

巴尔库尔石碑

嘉峪关外有阔石图岭，为哈密、巴尔库尔界，阔石图，译言碑也。有唐太宗时侯君集平高昌碑在山脊。守将砌以砖石，不使人读，云读之则风雪立至，屡试皆不爽。盖山有神，木石有精，示怪异以要血食，理固有之。巴尔库尔又有汉顺帝时裴岑破呼衍王碑，在城西十里海子上，则随人拓摹，了无他异。惟云海子为冷龙所居，城中不得鸣夜炮，鸣夜炮则冷龙震动，天必奇寒。是则不可以理推也。(《如是我闻二》)

译文:

嘉峪关外有一座阔石图岭，是哈密、巴尔库尔的界山，阔石图，译作“碑”。山脊上有唐太宗时侯君集平定高昌的石碑。守将用砖石把碑砌起来，不让人读，说是读了后风雪就会立马到来，每次试都很灵验。大概是因为山有山神，木石也有精气，显示怪异来向人们索要祭祀，这个道理原本就有。巴尔库尔又有汉顺帝时候裴岑攻破呼衍王的石碑，在城西十里的大湖边上，任人拓摹，并没有任何异常。只是听说大湖是冷龙呆的地方，城中晚上不能鸣炮，晚上鸣炮就会惊动冷龙，天气必定特别寒冷。这就不知道是怎么回事了。

柴窑片磁

有客携柴窑片磁，索数百金。云嵌于胄，临阵可以辟火器。然无由知确否。余曰:“何不绳悬此物，以铳发铅丸击之。如果辟火，必不碎，价数百金不为多;如碎，则辟火之说不确，理不能索价数百金也。”鬻者不肯，曰:“公于赏鉴非当行，殊杀风景。”急怀之去。

后闻鬻于贵家，竟得百金。夫君子可欺以其方，难罔以非其道。炮火横冲，如雷霆下击，岂区区片瓦所能御?且雨过天晴，不过泑色精妙耳，究由人造，非出神功，何断裂之余，尚有灵如是耶?余作《旧瓦砚歌》有云:“铜雀台址颓无遗，何乃剩瓦多

如斯？文士例有好奇癖，心知其妄姑自欺。”柴片亦此类而已矣。（《如是我闻二》）

译文：

有人带着一片柴窑的瓷片，要卖几百两银子。他说是嵌在盔甲里，临阵打仗时可以避开火器。但无法得知是否是这样。我说：“为什么不用绳子把它悬挂起来，用火铳发射铅弹来打。如果能避开火，必定不会碎，要价几百两银子也不算多；如果碎了，那么辟火的说法就不真实，按道理不能索价数百两银子。”卖瓷片的人不肯这样做，说：“您不是赏鉴的行家，这话真煞风景。”急忙揣在怀里离开了。

后来听说他把瓷片卖给了一个富贵人家，最终得了一百两银子。君子可能被冠冕堂皇的道理骗了，却不会被没有道理的事情欺骗。炮火横冲，就像雷霆下击，怎么能是区区一片瓦片就能抵挡的？况且柴窑的瓷器有雨过天晴的色彩，不过是釉色精妙而已，终究是人造的，不是出自神力，为何在断裂之后，还有如此威力呢？我作《旧瓦砚歌》说：“铜雀台址颓无遗，何乃剩瓦多如斯？文士例有好奇癖，心知其妄姑自欺。”柴窑瓷片也属于这类情况。

百兽之王

康熙十四年，西洋贡狮，馆阁前辈多有赋咏。相传不久即逸去，其行如风，巳刻绝锁，午刻即出嘉峪关，此齐东语也。圣祖南巡，由卫河回銮，尚以船载此狮，先外祖母曹太夫人，曾于度帆楼窗罅窥之，其身如黄犬，尾如虎而稍长，面圆如人，不似他兽之狭削。系船头将军柱上，缚一豕饲之。豕在岸犹号叫，近船即噤不出声，及置狮前，狮俯首一嗅，已怖而死。

临解缆时，忽一震吼声，如无数铜钲陡然合击，外祖家厩马十余，隔垣闻之，皆战栗伏枥下，船去移时，尚不敢动。信其为百兽王矣。狮初至，时吏部侍郎阿公礼稗，画为当代顾、陆，曾橐笔对写一图，笔意精妙。旧藏博晰斋前辈家，阿公手赠其祖者也。后售于余，尝乞一赏鉴家题签。阿公原未署名，以元代曾有献狮事，遂题曰“元人狮子真形图”。晰斋曰：“少宰丹青，原不在元人下。此赏鉴未为谬也。”（《如是我闻四》）

译文：

康熙十四年，西洋进贡了一头狮子，馆阁中的前辈多写了赋咏之作。相传这头狮子不久就逃走了，跑起来像风一样，巳刻时分挣开锁链，午刻就出了嘉峪关，这只是齐东野语罢了。圣祖康熙皇帝南巡，由卫河回京，还用船运载过这头狮子，先外祖母曹太夫人当时还在度帆楼窗缝里偷偷看过，狮身像黄犬，狮尾像虎尾但稍长，狮面圆圆的像人，不像其他兽类那样尖长。狮子被拴在船头的将军柱上，有人捆了一头猪来喂它。猪在岸边时还在嚎叫，靠近船就吓得不出声了，等放到狮子跟前，狮子低下头一闻，猪已经被吓死了。

临开船时，狮子忽然一声震吼，就像无数铜钲猛然合击，外祖父家马厩中的十多匹马，隔着墙听到后，都战栗着伏在槽下，船离开好久，都不敢动。这让人相信狮子真是百兽王。狮子刚到时，当时绘画成就号称当代顾、陆的吏部侍郎阿礼稗公曾为狮子画过一幅图，笔意十分精妙。这幅图以前藏在博晰斋前辈的家中，因为阿公当初将这幅画亲手赠给他的祖父。后来卖给了我，我曾请一位鉴赏家题签。阿公原未署名，鉴赏家因为元代曾经有过献狮子的事，于是题为“元人狮子真形图”。博晰斋说：“阿公的丹青技艺，原也不在元人之下。这种赏鉴也不能算错。”

怪鸟似“杀”

海淀人捕得一巨鸟，状类苍鹅，而长喙利吻，目睛突出，眈眈可畏。非鹜非鹳，非鸨非鸬鹚，莫能名之，无敢买者。金海住先生时寓直澄怀园，独买而烹之，味不甚佳。甫食一二脔，觉胸膈间冷如冰雪，坚如铁石；沃以烧春，亦无暖气。委顿数日，乃愈。或曰：“张读《宣室志》载，俗传人死数日后，当有禽自柩中出，曰‘杀’。有郑生者，尝在隰川，与郡官猎于野，网得巨鸟，色苍，高五尺余；解而视之，忽然不见。里中人言有人死且数日，卜者言此日‘杀’当去，其家伺而视之，果有巨鸟苍色自柩中出。”又《原化记》载，韦滂借宿人家，射落“杀”鬼，烹而食之，味极甘美。先生所食，或即“杀”鬼所化，故阴凝之气如是欤？倪余疆时方同直，闻之笑曰：“是又一终南进士矣。”（《槐西杂志一》）

译文：

海淀的人捕到一只大鸟，样子像灰鹅，嘴巴又长又尖，眼睛突出，眼神凶恶可怕。它不是鹜也不是鹳，不是鸨也不是鸬鹚，没人能说出它的名字，也没人敢买它。当时金海住先生正在澄怀园值班，自己买来宰杀烹煮，味道不怎么样。刚吃下去一两块肉，就觉得胸膈之间冷如冰雪，坚硬如铁石；喝了两杯烧春酒，也没有暖和过来。就这样不舒服了好几天才好。有人说：“张读《宣室志》记载，民间传说人死了几天之后，就有鸟从棺材里飞出来，这种鸟叫‘杀’。有个姓郑的人，曾在隰川与郡官到郊外打猎，网住一只大鸟，灰色，有五尺多高；把大鸟从网中取出一看，大鸟忽然不见了。乡里有人说某人死了好几天，卜者说这一天‘杀’要离去，家属等在旁边看，果真有只灰色的大鸟从棺材中飞出。”又有《原化记》记载，韦滂借宿人家，用箭射落了“杀”鬼，煮熟后吃了，味道极美。先生吃的那只大鸟，或许就是“杀”鬼所化的，所以阴冷之气凝结就出现这种情况吧？倪余疆当时也在那里值班，听到这个说法后笑着说：“又出现了一个钟馗啊。”

乌鲁木齐野畜

乌鲁木齐多野牛，似常牛而高大，千百为群，角利如矛矟。其行以强壮者居前，弱小者居后。自前击之，则驰突奋触，铳炮不能御，虽百练健卒，不能成列合围也；自后掠之，则绝不反顾。中推一最巨者，如蜂之有王，随之行止。尝有一为首者，失足落深涧，群牛俱随之投入，重叠殪焉。

又有野骡野马，亦作队行，而不似野牛之悍暴，见人辄奔。其状真骡真马也，惟被以鞍勒，则伏不能起。然时有背带鞍花者，鞍所磨伤之处，创愈则毛作白色，谓之鞍花。又有蹄嵌踣铁者，或曰山神之所乘，莫测其故。久而知为家畜骡马，逸入山中，久而化为野物，与之同群耳。骡肉肥脆可食，马则未见食之者。

又有野羊，《汉书·西域传》所谓羱羊也，食之与常羊无异。又有野猪，猛鸷亚于野牛，毛革至坚，枪矢弗能入。其牙铦于利刃，马足触之皆中断。吉木萨山中有老猪，其巨如牛，人近之辄被伤。常率其族数百，夜出暴禾稼。参领额尔赫图牵七犬入山猎，猝与遇，七犬立为所啖，复厉齿向人。鞭马狂奔，乃免。余拟植木为栅，伏巨炮其中，伺其出击之。或曰：“倘击不中，则其牙拔栅如拉朽，栅中人危矣。”余乃止。又有野驼，止一峰，脔之极肥美。杜甫《丽人行》所谓“紫驼之峰出翠釜”，当即指此。今人以双峰之驼为八珍之一，失其实矣。（《槐西杂志二》）

译文：

乌鲁木齐有很多野牛，像平常的牛，但是比平常的牛高大，成群结队，牛角锋利像长矛。它们行动时，强壮的牛在前面领头，弱小的牛跟在后面。如果从前面来攻击它们，野牛们就会狂奔冲撞，火铳火炮也不能抵御它们，即便是身经百战的强兵健卒，也不能包围它们；如果从牛群后面攻击它们，它们则狂奔而去绝不回头。野牛群中有一头个头最大的，就好像蜜蜂有蜂王一样，牛群跟着它行动。曾有一头为首的野牛，失足掉进深沟，一群野牛也跟着一个个跳下去，重重叠叠一起摔死。

又有野骡野马，也是成群结队地行动，但是它们不像野牛那么凶悍暴烈，见到人就跑。他们的样子和真骡真马一样，只是给它们戴上鞍子或拴上缰绳后就卧下不起。但也时而见到背上有鞍花的骡马，鞍子磨伤的地方，创伤愈合后毛便变成白色，叫作鞍花。也有蹄子上嵌有铁掌的，有人说是山神的坐骑，不知道其中的缘故。时间长了知道这是家畜骡马，逃到山中，久而久之成了野畜，和野骡野马结成一群。骡肉肥脆可口，但没有看到有人吃马的。

又有野羊，就是《汉书·西域传》所载的羱羊，吃起来和平常的羊肉没有区别。又有野猪，凶猛程度仅次于野牛，毛皮坚韧，枪击箭射都打不穿。野猪的牙齿比快刀还要锋利，马蹄子被它咬住，也会折断。吉木萨山中有老猪，大如牛，人靠近它就会被咬伤。老猪经常带领着数百头野猪，晚上出来糟蹋庄稼。参领额尔赫图牵着七条狗入山打猎，突然碰到老野猪，七条狗立马让它给吃了，又回头冲过来咬人。额尔赫图快马加鞭地狂奔才避免伤亡。我打算把大木头打进土里做栅栏，在栅栏中埋伏下大炮，等老野猪出来时用炮轰它。有人说："如果打不中它，那么老野猪用牙拔栅栏就如同拔烂木头，栅栏中的人就危险了。"我于是就放弃了这种想法。又有野驼，只有一个驼峰，吃起来味道极其肥美。杜甫《丽人行》所谓

“紫驼之峰出翠釜”，指的就是这种食物。现在人们把双峰驼的驼峰视为八珍之一，便失实了。

万年松

田丈耕野官凉州镇时，携回万年松一片，性温而活血，煎之，色如琥珀。妇女血枯血闭诸证，服之多验。亲串家递相乞取，久而遂尽。后余至西域，乃见其树，直古松之皮，非别一种也。土人煮以代茶，亦微有香气。其最大者，根在千仞深涧底，枝干亭苕，直出山脊，尚高二三十丈，皮厚者二尺有余。奴子吴玉保尝取其一片为床。余谓闽广芭蕉叶，可容一二人卧，再得一片作席，亦一奇观。

又尝见一人家，即树孔施门窗，以梯上下；入之，俨然一屋。余与呼延化州名华国，长安人，己未进士，前化州知州。同登视，化州曰：“此家以巢居兼穴处矣。”盖天山以北，如乌孙、突厥，古多行国，不需梁柱之材，故斧斤不至。意其真盘古时物，万年之名，殆不虚矣。（《槐西杂志三》）

译文：

田耕野老先生在凉州镇做官时，带回一片万年松，药性温和，能活血化瘀，煎出的汤水颜色如同琥珀。治疗妇女经血稀少、闭经等病症很有疗效。亲戚都相互传递消息到家来讨取，时间一久，就分光了。后来我到了西域，才见到这种树，只是古松的皮，而并不是另外一种树。当地人煮来以代茶水，也有微微的香气。最大的古松树，树根在千丈深的山涧底，树干耸立，超出山脊还有二三十丈，树皮有二尺多厚。仆人吴玉保曾剥下一片来做床。我说，福建、广东一带的芭蕉叶，可容得下一两个人睡，要再拿一片芭蕉叶来做席子配这张床，也算是一种奇观了。

又曾见过一户人家，在大树洞上装有门窗，用梯子上下；进去后，俨然就是一间房子。我和呼延化州名叫华国，是长安人，乾隆己未年的进士，前任化州知州。一同上去观察，呼延化州说：“这户人家既是住在巢中，也是住在洞穴里了。”原来天山以北，如乌孙、突厥，在古代多是游牧国家，不需要梁柱等材料，所以也不来砍伐这些树。想来这些树都是盘古开天地时代的植物，称之为万年，真是名不虚传。

神星峰古迹

余尝惜西域汉画，毁于烟煤，而稍疑一二千年笔迹，何以能在？从侄虞惇曰：“朱墨着石，苟风雨所不及，苔藓所不生，则历久能存。易州、满城接壤处，有村曰神星。大河北来，复折而东南，有两峰对峙河南北，相传为落星所结，故以名村。其峰上哆下敛，如云朵之出地，险峻无路。好事者攀踏其孔穴，可至山腰。多有旧人题名，最古者有北魏人、五代人，皆手迹宛然可辨。然则洞中汉画之存于今，不为怪矣。”惜其姓名虞惇未暇一一记也。易州、满城皆近地，当访其土人问之。（《槐西杂志四》）

译文：

我曾惋惜西域的汉代壁画，毁于兵火，但是稍稍又感到奇怪，一两千年的笔迹，为什么能保存到现在？堂侄虞惇说：“用朱砂和黑墨画在石壁上，如果是风刮不到雨打不到，也不生苔藓的地方，就能长期保存下来。易州与满城接壤的地方，有个村子叫神星。黄河从北而来，又在这里折向东南，有两座山峰对峙在黄河的南北两岸，相传是流星所生成，故以此来命名村落。山峰上面张开下面收敛，就像云朵拔地而出，山势险峻，无路可寻。那些好事的人踩着山崖上的孔穴攀缘而上，可到达山腰。山腰上有不少古人的题名，最古老的有北魏人和五代人，字迹都仍然清晰可辨。这么说西域山洞中的汉画能保存到今天，也就不足为怪了。”可惜的是那些古人的姓名虞惇没有来得及一一记下。易州、满城都不算远，应该走访当地人去问问。

物价与好尚

金重牛鱼，即沈阳鲟鳇鱼，今尚重之。又重天鹅，今则不重矣。辽重毗离，亦曰毗令邦，即宣化黄鼠，明人尚重之，今亦不重矣。明重消熊、栈鹿，栈鹿当是以栈饲养，今尚重之；消熊则不知为何物，虽极富贵家，问此名亦云未睹。盖物之轻重，各以其时之好尚，无定准也。

记余幼时，人参、珊瑚、青金石价皆不贵，今则日昂。绿松石、碧鸦犀价皆至贵，今则日减。云南翡翠玉，当时不以玉视之，不过如蓝田乾黄，强名以玉耳；今则以为珍玩，价远出真玉上矣。又灰鼠旧贵白，今贵黑。貂旧贵长毳，故曰丰貂，今贵短毳。银鼠旧比灰鼠价略贵，远不及天马，今则贵几如貂。珊瑚旧贵鲜红如榴花，今则贵淡红如樱桃，且有以白类车渠为至贵者。盖相距五六十年，物价不同已如此，况隔越数百年乎？儒者读《周礼》蚳酱，窃窃疑之，由未达古今异尚耳。（《姑妄听之一》）

译文：

金朝时人们看重牛鱼，就是沈阳的鲟鳇鱼，现在的人还很看重。金朝时又看重天鹅肉，如今却不看重了。辽代看重毗离，也称作毗令邦，就是宣化黄鼠，明代人也还看重，现在人们也不重视了。明代人看重消熊、栈鹿，栈鹿应该是在圈内饲养的，如今仍然十分珍视；至于消熊就不知道是什么东西了，即便是极其富贵的人家，提到这个名字，也都说没见过。大概东西的贵贱，是按照当时人的喜好不断变化，没有固定的标准。

记得我小时候，人参、珊瑚、青金石都不贵，如今价格却一天比一天高。绿松石、碧鸦犀当时都很贵，现在却越来越便宜了。云南翡翠玉石，当时没有人把它当作玉看，认为不过是蓝田乾黄一类的东西，只不过勉强用了玉的名字；如今人们却把它看作是珍贵的玩物，价格远远超过真玉。再如灰鼠皮，以前以白色为贵，如今却以黑色为贵。貂皮以前长毛的价格高，所以叫丰貂，如今却以短毛的为贵。以前银鼠皮要比灰鼠皮价格稍贵，远不如天马皮，而今几乎与貂皮同价了。珊瑚，以前人们喜欢如榴花一样的鲜红色，现在喜欢如樱桃一样的淡红色，还有人把像砗磲一样白的看作是最为珍贵的。不过相隔了五六十年，物价的变化已经如此明显，更何况是隔了几百年呢？儒生们读《周礼》，对有关蚳酱的说法表示怀疑，这是不明白古今风俗不断变迁的缘故啊。

兰　虫

李又聃先生言：东光毕公偶忘其名，官贵州通判，征苗时运饷遇寇，血战阵亡者也。尝奉檄勘苗峒地界，土官盛宴款接。宾主各一磁盖杯置面前，土官手捧启视，则贮一虫如蜈蚣，蠕蠕旋动。译者云：此虫兰开则生，兰谢则死，惟以兰蕊为食，至不易得。今喜值兰时，搜岩剔穴，得其二。故必献生，表至敬也。旋以盐末少许洒杯中，覆之以盖，须臾启视，已化为水，湛然净绿，莹澈如琉璃，兰气扑鼻。用以代醯，香沁齿颊，半日后尚留余味，惜未问其何名也。（《姑妄听之一》）

译文：

李又聃先生说：东光人毕公偶尔忘记他的名字，官任贵州通判，征讨苗民时运送粮饷遇到强盗，血战阵亡。曾奉命勘定苗族人居住的地界，当地酋长盛宴接待。宾主前面各放一个瓷盖杯，酋长手捧杯子打开来看，里面装着一条像蜈蚣一样的虫子，在杯中蠕蠕翻动。翻译说：这种虫子在兰花开的时候生，兰花谢后就死了，它只吃兰花蕊，非常不容易抓到。现在正好时值兰花盛开，在岩穴中搜讨，才得到这两条。所以一定要活着献给您，表示我们最深的敬意。接着他们洒了一点盐末在杯子中，盖上盖子，过了一会儿打开一看，虫子已经化为了水，水色碧绿清澈，透明得像玻璃一样，兰花香气扑鼻。用它来代替酒，香味满口，半天后嘴里还有余香，可惜没有问这种虫子叫什么名字。

哈密瓜

西域之果，蒲桃莫盛于土鲁番，瓜莫盛于哈密。蒲桃京师贵绿者，取其色耳。实则绿色乃微熟，不能甚甘；渐熟则黄，再熟则红，熟十分则紫，甘亦十分矣。此福松岩额驸名福增格，怡府婿也。镇辟展时为余言。瓜则充贡品者，真出哈密；馈赠之瓜，皆金塔寺产。然贡品亦只熟至六分有奇，途间封闭包束，瓜气自相郁蒸，至京可熟至八分。如以熟八九分者贮运，则蒸而霉烂矣。

余尝问哈密国王苏来满额敏和卓之子。："京师园户，以瓜子种植者，一年形味并存；二年味已改，惟形粗近；三年则形味俱变尽。岂地气不同欤？"苏来满曰："此地土暖泉甘而无雨，故瓜味浓厚。种于内地，固应少减，然亦养子不得法。如以今年瓜子，明年种之，虽此地味亦不美，得气薄也。其法当以灰培瓜子，贮于不湿不燥之空仓，三五年后乃可用。年愈久则愈佳，得

［宋］陈荣《九龙图》（局部）

［宋］陈荣《九龙图》（局部）

气足也。若培至十四五年者，国王之圃乃有之，民间不能待，亦不能久而不坏也。”其语似为近理。然其灰培之法，必有节度，亦必有宜忌，恐中国以意为之，亦未必能如所说耳。（《姑妄听之一》）

译文：

西域的水果，葡萄莫过于吐鲁番，瓜莫过于哈密。葡萄在京城以绿色为贵，是看重颜色罢了。实际上绿色是刚有些成熟，不怎么甜；熟一点就会变成黄色，再熟一点就变成红色，熟透了就成了紫色，也甜到了极点。这是福松岩额驸名叫福增格，怡府的女婿镇守辟展的时候对我说的。作为贡品的瓜，真的是哈密所产；用于馈赠的瓜，都是金塔寺产的。但贡品的瓜也只有六分多熟，运输途中把瓜封闭包装，包装好的瓜在途中以气相蒸，到了京城可熟至八分。如果拿熟了八九分的瓜来储藏运输，途中就会发热霉烂。

我曾问过哈密的国王苏来满额敏和卓的儿子：“京城瓜农用哈密瓜种子种出的瓜，第一年形状味道没变；第二年味道变了，只有形状相近；第三年形状味道就都变了。这难道是因为地域气候不同吗？”苏来满说：“哈密这个地方气候温暖，泉水甘甜，降雨量少，所以瓜味浓厚。在内地种植，味道自然会差些，但也在于种子养护不得法。比如用今年的种子，明年去种，就在当地味道也不会太好，因为它得到的培育之气少。种子养护的方法是用灰埋起来，贮藏在不湿不燥的空仓里，三五年后才可以用。埋的时间越久种出来的瓜就越好，这是得到了充足的培育之气。如果是埋了十四五年的种子，只有在国王的园子里有，老百姓等不了那么久，也不能放那么久而不坏。”他的话好像有道理。但是灰培的方法，也必须有节度规定，也一定有些讲究，如果内地随意来操作，也未必能达到他说的那个效果。

藤花与青桐

京师花木最古者，首给孤寺吕氏藤花，次则余家之青桐，皆数百年物也。桐身横径尺五寸，耸峙高秀，夏月庭院皆碧色。惜虫蛀一孔，雨渍其内，久而中朽至根，竟以枯槁。吕氏宅后售与高太守兆煌，又转售程主事振甲。

藤今犹在，其架用梁栋之材，始能支拄。其阴覆厅事一院，其蔓旁引，又覆西偏书室一院。花时如紫云垂地，香气袭衣。慕堂孝廉在日，慕堂名元龙，庚午举人，朱石君之妹婿也。与余同受业于董文恪公。或自宴客，或友人借宴客，觞咏殆无虚夕。迄今四十余年，再到曾游，已非旧主，殊深邻笛之悲。倪穟畴年丈尝为题一联曰："一庭芳草围新绿，十亩藤花落古香。"书法精妙，如渴骥怒猊。今亦不知所在矣。（《姑妄听之一》）

译文：

京城最古老的花木，首推给孤寺的吕家藤花，第二就是我家的青桐，都是几百年的东西。青桐树干直径一尺五寸，清秀挺拔，每到夏天，庭院就在绿荫之下。可惜这棵青桐被虫子蛀了一个孔，雨水常年浸在树中，久而久之树干腐坏直到树根，竟因此枯死。吕家宅院后来卖给了太守高兆煌，高太守又转卖给主事程振甲。

藤花现在还在，架子是用栋梁之材，才能支撑得住它。庭前的院子都被它繁盛的枝叶覆盖，枝蔓在旁边延伸，又把西面书房的一个院子盖住。开花时节藤花就像紫云垂地一样，香气沾衣。慕堂举人在世的时候，慕堂名叫元龙，是乾隆庚午年的举人，朱石君的妹夫。与我一同受业于董文恪先生。有时自己宴请客人，有时朋友借这个地方宴请客人，饮酒赋诗，没有空过一个夜晚。到现在已经有四十多年，旧地重游，已经不是旧主人，不禁让我想起"邻笛之悲"的故事。

倪瓒畴老先生曾为藤花题写一联：“一庭芳草围新绿，十亩藤花落古香。”书法精妙，笔势遒劲奔放。如今这副对联也不知落于何处了。

珊瑚钩

《宋书·符瑞志》曰：珊瑚钩，王者恭信则见。然不言其形状，盖自然之宝也。杜工部诗曰：“飘飘青琐郎，文采珊瑚钩。”似即指此。萧铨诗曰：“珠帘半上珊瑚钩。”则以珊瑚为钩耳。余见故大学士杨公一带钩，长约四寸余，围约一寸六七分。其钩就倒垂丫杈，截去附枝，作一螭头。其系绦缳柱，亦就一横出之瘿瘤，作一芝草。其干天然弯曲，脉理分明，无一毫斧凿迹，色亦纯作樱桃红，殆为奇绝。其挂钩之环，则以交柯连理之枝，去其外歧，而存其周围相属者，亦似天成。然珊瑚连理者多，佩环似此者亦多，不为异也。云以千四百金得诸洋舶。此在壬午、癸未间，其时珊瑚易致，价尚未昂云。（《姑妄听之三》）

译文：

《宋书·符瑞志》记载：珊瑚钩，王者恭敬信用，它就出现。但是没有说它的形状，大概是自然生成的宝物。杜甫诗云：“飘飘青琐郎，文采珊瑚钩。”似乎指的就是这种东西。萧铨诗说：“珠帘半上珊瑚钩。”则认为是用珊瑚做成的钩。我见过已故大学士杨公的一只带钩，长约四寸多，粗约一寸六七分。它的钩就是倒垂枝杈截去旁边的小枝，做成一个螭头的形状。它上面系丝绳的圆环柱子，也就是用一个横着长出来的瘿瘤做成一株灵芝的形状。它的主干天然弯曲，脉络纹理分明，没有一丝一毫人工雕刻的痕迹，颜色也是纯正的樱桃红，很是奇绝。挂钩的环是用孪生树木的连理枝，去掉外面的分杈，留下连成一体的一段，也好像是自然生成的。但珊瑚连理枝很多，佩环像这样的也不少，不足为奇。这只带钩据说是用一千四百两银子从西洋商船上买来的。这件事在乾隆壬午、癸未年间，那时候珊瑚还容易得到，价格也还不贵。

琢玉之术

世谓古玉皆昆吾刀刻，不尽然也。魏文帝《典论》已不信世有昆吾刀，是汉时已无此器。李义山诗“玉集胡沙割”，是唐已沙碾矣。今琢玉之巧，以痕都斯坦为第一。其地即佛经之印度、《汉书》之身毒；精是技者，相传犹汉武时玉工之裔，故所雕物象，颇有中国花草，非西域所有者，沿旧谱也。

又云别有奇药能软玉，故细入毫芒，曲折如意。余尝见玛少宰兴阿自西域买来梅花一枝，虬干夭矫，殆可以插瓶；而开之则上盖下底成一盒，虽细条碎瓣亦皆空中。又尝见一钵，内外两重，可以转而不可出，中间隙缝，仅如一发，摇之无声，断无容刀之理。刀亦断无屈曲三折，透至钵底之理。疑其又有粘合无迹之药，不但能软也。此在前代，偶然一见，谓之鬼工。今则纳赆输琛，有如域内，亦寻常视之矣。（《姑妄听之三》）

译文：

人们说古代的玉器都是用昆吾刀雕刻的，不完全是这样。魏文帝《典论》已经不相信世上有昆吾刀，可见汉代时已经没有这种工具了。李商隐诗“玉集胡沙割”，可见唐代已经用沙碾法来雕刻玉器。如今雕刻玉器的技巧，以痕都斯坦为第一。痕都斯坦就是佛经中的印度、《汉书》中的身毒；精于雕玉工艺的，相传还是汉武时期玉工的后裔，所以雕刻的形象，有很多中国的花草，不是西域特有的形象，他们还是按照以前传下来的图样来刻。

又有人说，有一种奇药能让玉变软，所以玉雕的图案能细致入微，曲折随意。我曾见过吏部侍郎玛兴阿从西域买来的一枝玉梅花，枝杈虬结弯曲，简直可以看作是真梅花来插瓶；而一打开，这枝花的上面是盖，下面是底，成了一个盒子，即使是细枝条、碎花瓣中间也都是空的。我又曾见过一个玉钵，有里外两层，里面那层可以转动但拿不出来，中间缝隙也就头发丝那么大，摇动起来没有声音，这么细小的空间肯定容不下刀。刀也不可能弯成几道深入到钵底。估计是有一种黏合后没有痕迹的药，而不仅仅能让玉变软。前代人偶然见到这些玉器，认为是鬼斧神工。如今外国向朝廷进贡的宝物，就像地方向朝廷进贡一样，所以这些东西也就不足为奇了。

通犀与大理石

唐宋人最重通犀，所云“种种人物，形至奇巧者。唐武后之简，作双龙对立状。宋孝宗之带，作南极老人扶杖像”。见于诸书者不一，当非妄语。今惟有黑白二色，未闻有肖人物形者，此何以故欤？惟大理石往往似画，至今尚然。

尝见梁少司马铁幢家一插屏，作一鹰立老树斜柯上，觜距翼尾，一一酷似；侧身旁睨，似欲下搏，神气亦极生动。朱运使子颖，尝以大理石镇纸赠亡儿汝佶，长约二寸，广约一寸，厚约五六分。一面悬崖对峙，中有二人乘一舟顺流下；一面作双松欹立，针鬣分明，下有水纹，一月在松梢，一月在水，宛然两水墨小幅。上有刻字，一题曰“轻舟出峡”，一题曰“松溪印月”，左侧题“十岳山人”，字皆八分书。盖明王寅故物也。汝佶以献余，余于器玩不甚留意，后为人取去。烟云过眼矣，偶然忆及，因并

记之。(《姑妄听之三》)

译文:

唐宋人最看重通犀，所说“上面种种人和物，形状有的特别奇怪巧妙。唐代武后的手板，上面有双龙对立的图案。宋孝宗的犀带，上面有南极老人拄杖的图像”。类似的记载在各种书中说法有很多，应当不是胡言乱语。如今只有黑白两种颜色，没有听说有人和物肖形的图案，这是什么缘故呢？只有大理石往往有类似于画一样的图案，现在还能见到。

我曾经见到过兵部侍郎梁铁幢家的一扇插屏，上面是一只老鹰站立在老树斜枝上的图案，嘴、爪子、翅膀、尾巴都一一极其相似；老鹰侧身斜视，好像是要飞下来搏击的样子，神气也极为生动。朱子颖运使曾将一块大理石镇纸赠送给我已故大儿子汝佶，这块镇纸长约二寸，宽约一寸，厚约五六分。一面是悬崖对峙的图案，中间有两个人乘一小舟顺流而下；一面是双松欹立的图案，连松针也清晰可见，下有水波纹，一个月亮在松树枝头，一个月亮在水中，宛然是两幅水墨小画。上面刻有字，一面题作“轻舟出峡”，一面题作“松溪印月”，左侧题作“十岳山人”，字都是八分书。大概是明代王寅的旧东西。汝佶把它们献给我，我对于器物玩艺不太感兴趣，后来就被人拿走了。这些东西对我来说如过眼烟云，偶然回忆起来，就一并记下来。

雪莲之功不补患

塞外有雪莲，生崇山积雪中，状如今之洋菊，名以莲耳。其生必双，雄者差大，雌者小。然不并生，亦不同根，相去必一两丈，见其一，再觅其一，无不得者。盖如菟丝、茯苓，一气所化，气相属也。凡望见此花，默往探之则获。如指以相告，则缩入雪中，杳无痕迹，即劚雪求之，亦不获。草木有知，理不可解。土人曰："山神惜之。"其或然欤？

此花生极寒之地，而性极热。盖二气有偏胜，无偏绝，积阴外凝，则纯阳内结。坎卦以一阳陷二阴之中，剥、复二卦，以一阳居五阴之上下，是其象也。然浸酒为补剂，多血热妄行。或用合媚药，其祸尤烈。盖天地之阴阳均调，万物乃生；人身之阴阳均调，百脉乃和。故《素问》曰："亢则害，承乃制。"自丹溪立"阳常有余，阴常不足"之说，医家失其本旨，往往以苦寒伐生气。张介宾辈矫枉过直，遂偏于补阳。而参蓍桂附，流弊亦至于杀人。是未知《易》道扶阳，而乾之上九，亦戒以"亢龙有悔"也。

嗜欲日盛，羸弱者多，温补之剂易见小效，坚信者遂众。故余谓偏伐阳者，韩非刑名之学；偏补阳者，商鞅富强之术。初用皆有功，积重不返。其损伤根本，则一也。雪莲之功不补患，亦此理矣。(《滦阳消夏录三》)

译文：

塞外有雪莲，生长在高山的积雪中，形状像现在的洋菊，以莲为名而已。它必定是成双成对生长，雄株稍大，雌株较小。但是不并生，也不同根，雌雄间距必定是一两丈远，看到一株，就能再找到另外一株，没有找不到的。大概如同菟丝、茯苓一类，都是在同样的环境中生长出来，所以雌雄两株气息相同。凡是望见这种花，悄悄不做声地就能采获。如果指着它告诉别人，那么花就缩入雪中，一点痕迹也留不下，就是挖开雪也找不到。草木有灵知，其中的秘密是无法解释的。当地人说："这是山神爱惜雪莲。"也许是这样吧？

这种花生长在极寒的地方，性却极热。大概是阴阳二气有一方偏胜，却没有偏到极点，阴气在外凝聚，那么纯阳就在内蕴结。坎卦是一个阳爻夹在两个阴爻的中间，剥、复二卦，一个阳爻居于五个阴爻的上方或下方，这即是雪莲的卦象。然而用雪莲泡酒作为补剂，服用后多发生血热和机能紊乱。有人用雪莲做春药，害处更严重。因此天地之间阴阳二气协调，万物生长；人身上的阴阳二气协调，血脉畅通。所以《素问》中说："过分则有害，持续发展则能控制。"自从元代朱震亨提出"阳常有余，阴常不足"的说法，医家没有理解这句话的本义，往往以苦寒药来杀伐生气。明代张介宾等人矫枉过正，于是偏重于补阳。大量用人参、蓍草、肉桂、附子，这种用药方法的弊端几近杀人。这是不懂《周易》的扶阳之道，乾卦中的上九一爻，就有"亢龙有悔"的告诫。

人们的嗜欲日益强烈，身体羸弱的人居多，而温补的药方容易见到效果，所以坚信的人就越来越多。因此我认为偏重杀伐阳气，就像韩非的刑名之学；偏重于补阳气，好似商鞅的富强之术。最初使用都有效果，但积重不返。二者都会损伤根本，在这一点上是相同的。雪莲不能用来补亏，也是这个道理。

小儿吞铁物方

蔡葛山先生曰："吾校《四库》书，坐讹字夺俸者数矣，惟一事深得校书力。吾一幼孙，偶吞铁钉，医以朴硝等药攻之，不下，日渐尪弱。后校《苏沈良方》，见有小儿吞铁物方，云剥新炭皮，研为末，调粥三碗，与小儿食，其铁自下。依方试之，果炭屑裹铁钉而出。乃知杂书亦有用也。此书世无传本，惟《永乐大典》收其全部。余领书局时，属王史亭排纂成帙。苏沈者，苏东坡、沈存中也。二公皆好讲医。宋人集其所论，为此书云。"（《槐西杂志二》）

译文：

蔡葛山先生说："我校勘《四库全书》时，因为校错文字而几次被罚俸禄，只有一件事是因为校书获得意外收获。我的一个小孙子，偶然误吞了铁钉，医生用朴硝等药物催泻，铁钉没有泻下来，人却一天天地虚弱下去。后来在校《苏沈良方》时，看到有小儿吞铁物的药方，说是剥取新炭的皮，磨成粉末，用它调三碗粥，给小孩吃下，铁钉自然便会泻出。我照着方子来试，果然炭屑裹着铁钉泻出。于是知道杂书也有用处。这本书没有传世之本，只有《永乐大典》收录全书。我在主持书局公所时，嘱咐王史亭编排成册。苏沈就是苏东坡、沈存中。两位先生都喜欢谈论医药。宋代人收集他们有关医药的论述，编成此书。"

弈 棋

《象经》始见《庾开府集》，然所言与今法不相符。《太平广记》载棋子为怪事，所言略近今法，而亦不同。北人喜为此戏，或有耽之忘寝食者。景城真武祠未圮时，中一道士酷好此，因共以"棋道士"呼之，其本姓名乃转隐。一日，从兄方洲入所居，见几上置一局，止三十一子，疑其外出，坐以相待。忽闻窗外喘息声，视之，乃二人四手相持，共夺一子，力竭并踣也。癖嗜乃至于此！

南人则多嗜弈，亦颇有废时失事者。从兄坦居言：丁卯乡试，见场中有二士，画号板为局，拾碎炭为黑子，剔碎石灰块为白子，对着不止，竟俱曳白而出。夫消闲遣日，原不妨偶一为之；以此为得失喜怒，则可以不必。东坡诗曰："胜固欣然，败亦可喜。"荆公诗曰："战罢两奁收白黑，一枰何处有亏成？"二公皆有胜心者，迹其生平，未能自践此言，然其言则可深思矣。

辛卯冬，有以《八仙对弈图》求题者，画为韩湘、何仙姑对局，五仙旁观，而铁拐李枕一壶卢睡。余为题曰：“十八年来阅宦途，此心久似水中凫。如何才踏春明路，又看《仙人对弈图》。”“局中局外两沉吟，犹是人间胜负心。那似顽仙痴不省，春风蝴蝶睡乡深。”今老矣，自迹生平，亦未能践斯言，盖言则易耳。(《槐西杂志二》)

译文：

《象经》一书，最早见于《庾开府集》，但所讲下棋方法与现在不同。《太平广记》记载棋子作怪的事，所讲下棋方法与现在略同，但也有所不同。北方人喜欢这种游戏，有人甚至着迷到废寝忘食的地步。景城真武祠没有坍塌的时候，祠中有一个道士酷好下棋，所以人们称呼他为“棋道士”，他本来的名字倒不为人们所知。一天，堂兄方洲到道士住的地方，看到几案上放着棋局，只有三十一颗棋子，怀疑他外出，就坐在那里等他。忽然听到窗外有喘息的声音，出去一看，是两个人四只手拉扯在一起抢一颗棋子，争得筋疲力竭，都倒在地上。癖好竟然到了这种地步！

南方人则多半嗜好围棋，也有很多因下棋而耽误事情的。堂兄坦居说：他参加丁卯年的乡试，看到考场中有两个读书人，在号板上画了棋盘，拣碎炭作为黑子，用碎石灰块作为白子，不停地对局，最后居然都交了白卷。为了消遣度日，偶尔下下棋原也无妨；但因此而牵连到人的得失喜怒，就大可不必了。苏东坡诗云：“胜固欣然，败亦可喜。”王荆公诗曰：“战罢两奁收白黑，一枰何处有亏成？”两位先生都有好胜之心，看看他们一生所为，并没有实践自己的诗意，但是他们的话还是值得深思的。辛卯年冬天，有人画了幅《八仙对弈图》来求我题画，画中所画为韩湘子、何仙姑对局下棋，其他五位神仙在旁观看，而铁拐李枕着一个葫芦大睡。我为他的画题诗两首："十八年来阅宦途，此心久似水中凫。如何才踏春明路，又看《仙人对弈图》。""局中局外两沉吟，犹是人间胜负心。那似顽仙痴不省，春风蝴蝶睡乡深。"我现在老了，回顾生平，也没能实践诗中之意，真是说比做要容易啊。

毒鱼法

虞惇又言：落星石北有渔梁，土人世擅其利，岁时以特牲祀梁神。偶有人教以毒鱼法，用芫花于上流挼渍，则下流鱼虾皆自死浮出，所得十倍于网罟。试之良验。因结团焦于上流，日施此术。一日，天方午，黑云自龙潭暴涌出，狂风骤雨，雷火赫然，燔其庐为烬。众惧，乃止。夫佃渔之法，肇自庖羲；然数罟不入，仁政存焉。绝流而渔，圣人尚恶；况残忍暴殄，聚族而坑哉！干神怒也宜矣。（《槐西杂志四》）

译文：

虞惇又说：落星石北面有道渔梁，当地人世代独享捕鱼的好处，每年捕鱼时就用牲畜祭祀渔梁神。偶尔有人教当地人毒鱼的方法，用芫花在上流揉搓浸泡，下流的鱼虾就都被毒死漂浮在水面，收获的鱼虾要比网捕多十倍。经过试验，十分有效。于是就在上游搭起草棚，每天都用这种方法毒鱼。一天，正当中午，有黑云从龙潭突然汹涌而出，狂风暴雨，雷电交加，把草棚子烧成灰烬。大家都害怕了，于是才停止毒鱼。捕鱼的方法，从伏羲时就有了；不过，细密的网不入鱼池，这种仁政一直存在。截断河流捕鱼，圣人都反感；何况是用残忍的手段摧残生命，一下子消灭鱼群呢！惹怒神仙，也是必然之事。

烧灰除积食

里媪遇饭食凝滞者，即以其物烧灰存性，调水服之。余初斥其妄，然亦往往验。审思其故，此皆油腻凝滞者也。盖油腻先凝，物稍过多，则遇之必滞。凡药物入胃，必凑其同气，故某物之灰，能自到某物凝滞处。凡油腻得灰即解散，故灰到其处，滞者自行，犹之以灰浣垢而已。若脾弱之凝滞，胃满之凝滞，气郁之凝滞，血瘀痰结之凝滞，则非灰所能除矣。(《姑妄听之一》)

译文：

村里有个老太太，遇到积食的人，就用患者吃过的东西烧到不太焦的时候，保存食物的本质，再研成末，调水让患者喝下去。我开始以为这种方法没有道理，但是却常常有效。仔细琢磨其中的缘故，才领悟到这些病人都是吃了油腻的食物而导致积食。大概是油腻的东西先凝固，然后其他的食物稍吃多了，遇到已经凝结的油腻就会积起来。凡药物进入胃中，必定接近与它性质相同的食物，所以某种东西的灰，能自动到某种食物的凝滞处。凡是油腻遇到灰就会自行解散，所以灰到了积食的地方，就会自动复原通畅，这就像用灰擦洗污垢一样。如果是脾弱的凝滞，胃满的凝滞，气郁的凝滞，血瘀痰结的凝滞，就不是灰能治好的了。

第十二编　逸趣杂闻

君子用心

太原折生遇兰言：其乡有扶乩者，降坛大书一诗曰："一代英雄付逝波，壮怀空握鲁阳戈。庙堂有策军书急，天地无情战骨多。故垒春滋新草木，游魂夜览旧山河。陈涛十郡良家子，杜老酸吟意若何。"署名曰"柿园败将"。皆悚然，知为白谷孙公也。柿园之役，败于中旨之促战，罪不在公。诗乃以房琯车战自比，引为己过。正人君子之用心，视王化贞辈偾辕误国，犹百计卸责于人者，真三光之于九泉矣。大同杜生宜滋，亦录有此诗，"空握"作"辜负"，"春滋"作"春添"，"意若何"作"竟若何"，凡四字不同。盖传写偶异，大旨则无殊也。(《如是我闻一》)

译文：

太原书生折遇兰说：他的家乡有人扶乩，降临乩坛的神仙用大字写诗道："一代英雄付逝波，壮怀空握鲁阳戈。庙堂有策军书急，天地无情战骨多。故垒春滋新草木，游魂夜览旧山河。陈涛十郡良家子，杜老酸吟意若何。"署名为"柿园败将"。大家都很惊恐，知道是孙传庭显灵。柿园这一战，败在皇帝催促作战，罪责不在孙公。诗中以房琯车战自比，引为自己的过错。这就是正人君子的用心，再看看王化贞之流战败误国，还千方百计把责任推卸给别人，差距真好比日月星辰的光辉和地府的阴暗了。大同的书生杜宜滋，也抄录了这首诗，只是"空握"写作"辜负"，"春滋"写作"春添”，“意若何”写作“竟若何”，共有四个字不同。大概是传写中偶有差异，大意没有什么区别。

达观

钱遵王《读书敏求记》载：赵清常殁，子孙鬻其遗书，武康山中，白昼鬼哭。聚必有散，何所见之不达耶？明寿宁侯故第在兴济，斥卖略尽，惟厅事仅存。后鬻其木于先祖。拆卸之日，匠者亦闻柱中有泣声。千古痴魂，殆同一辙。余尝与董曲江言：“大地山河，佛氏尚以为泡影，区区者复何足云。我百年后，倘图书器玩，散落人间，使赏鉴家指点摩挲曰：‘此纪晓岚故物。’是亦佳话，何所恨哉！”

曲江曰：“君作是言，名心尚在。余则谓消闲遣日，不能不借此自娱。至我已弗存，其他何有？任其饱虫鼠，委泥沙耳。故我书无印记，砚无铭识，正如好花朗月，胜水名山，偶与我逢，便为我有，迨云烟过眼，不复问为谁家物矣。何必镌号题名，为后人作计哉！”所见尤洒脱也。（《如是我闻一》）

译文：

钱曾《读书敏求记》记载：赵清常死后，子孙将他的遗书卖掉，在武康山中，白天就能听到鬼哭。有聚必有散，怎么就这么不达观呢？明代寿宁侯的旧宅子在兴济，被拆卖得差不多了，只有厅堂留下。后来厅堂的木料卖给了我的先祖。拆卸木料那天，工匠们也听到了柱子里有哭泣声。千古的痴魂，都是这样。我曾和董曲江说：“山河大地，佛家都将之当作泡影，区区一点东西又何足牵挂。我死后，倘若那些图书器物古玩，散落于人间，让后世的赏鉴家们指点抚摸着说：‘这是纪晓岚的遗物。’也是一段佳话，有什么可遗恨的呢！”

董曲江说：“您说的这些话，功名心还在。我则认为消闲遣日，不能不借用这些来自娱自乐。等我死后，我都不在了它们还有什么意义呢？那些东西可以任其喂虫子喂老鼠，丢在泥沙里。所以我的书没有印记，我的砚没有铭识，正好像好花明月，名山胜水，偶然与我相逢，便属于我，等云烟过眼，不再问是属于谁家的。何必要刻上名号题上名字，让后人知道呢！”他的见识更加洒脱。

烧 海

余家距海仅百里，故河间古谓之瀛州。地势趋东，以渐而高，故海岸绝陡，潮不能出，水亦不能入。九河皆在河间，而大禹导河，不直使入海，引之北行数百里，自碣石乃入。职是故也。海中每数岁或数十岁，遥见水云滿面澒洞中，红光烛天，谓之烧海。辄有断椽折栋，随潮而上，人取以为薪。越数日，必互言某匠某匠，为神召去营龙宫，然无亲睹其人，话鲛室贝阙之状者，第传闻而已。余谓是殆重洋巨舶，弗戒于火，水光映射，空无障翳，故千百里外皆可见；梁柱之类，舶上皆有，亦不必定属殿材也。（《如是我闻三》）

译文：

我家离海仅有百里，所以河间古代称为瀛洲。这里的地势越往东越高，靠近海岸线的地势非常陡峭，所以潮不能涌出来，海水也进不来。九河都在河间，大禹治水时，不是让河水直接流入海，而是引水北上几百里，从碣石入海，就是地势的原因。海中每隔几年或几十年，就会远远地望见在弥漫无际的水云间，红光照亮天空，人们称之为烧海。此后就会有折断的椽子和梁栋，随着潮水漂到海边，人们拿回去当作柴火。过几天，必定会互相传言某匠某匠被神召唤去营建龙宫了，但是并没有谁目睹修建龙宫的工匠，听他们讲述龙宫的样子，只是互相传闻罢了。我认为这大概是远渡重洋的巨大船舶，不慎失火，在水光映射下，天际间又没有遮掩，所以千百里外都可以看见大火；至于梁柱之类的东西，船舶上都有，也未必就是建筑宫殿的木材。

炼丹术

李芍亭家扶乩，其仙自称邱长春。悬笔而书，疾于风雨，字如颠、素之狂草。客或拜求丹方，乩判曰："神仙有丹诀，无丹方，丹方是烧炼金石之术也。《参同契》炉鼎铅汞，皆是寓名，非言烧炼。方士转相附会，遂贻害无穷。夫金石燥烈，益以火力，亢阳鼓荡，血脉偾张，故筋力似倍加强壮；而消铄真气，伏祸亦深。观艺花者，培以硫磺，则冒寒吐蕊；然盛开之后，其树必枯。盖郁热蒸于下，则精华涌于上，涌尽则立槁耳。何必纵数年之欲，掷千金之躯乎？"其人悚然而起。后芍亭以告田白岩，白岩曰："乩仙大抵皆托名，此仙能作此语，或真是邱长春欤！"（《如是我闻三》）

译文：

李芍亭家扶乩降仙，乩仙自称是丘处机。悬笔写字，比风雨还快，字体如同张旭、怀素的狂草。有客人拜求丹方，乩词说："神仙有丹诀，没有丹方，丹方是烧炼金石的术数。《周易参同契》所谓的炉鼎铅汞，都是托名，并非真讲烧炼。方士们传言附会，于是便贻害无穷。因为金石本身燥烈，再增加火力，阳气激荡，血脉偾张，所以筋骨力气好像倍加强壮；但这是消耗真气，其中的祸害也很大。看那些养花的人，用硫黄培在树的根部，在严寒时便能吐蕊开花；但是在盛开之后，这棵树必定会枯败。因为热气在下面蒸腾，其精华就从上面涌出，涌尽了就立刻枯萎了。你何必为了放纵数年的欲望，而抛弃千金之躯呢？”这个人吓得赶紧起身。后来李芍亭把这件事告诉了田白岩，田白岩说：“乩仙大多是托名，这位仙能说出这样的话，或许真是丘处机吧！”

献王墓

河间献王墓，在献县城东八十里。墓前有祠，祠前二柏树，传为汉物，未知其审，疑后人所补种。左右陪葬二墓，县志称左毛苌，右贯长卿。然任邱又有毛苌墓，亦莫能详也。或曰：“苌宋代追封乐寿伯，献县正古乐寿地。任邱毛公墓，乃毛亨也。”理或然欤！

从舅安公五占言：康熙中，有群盗觊觎玉鱼之藏，乃种瓜墓旁，阴于团焦中穿地道。将近墓，探以长锥，有白气随锥射出，声若雷霆，冲诸盗皆仆，乃不敢掘。论者谓王墓封闭二千载，地气久郁，故遇隙涌出，非有神灵。余谓王功在六经，自当有神呵护。穿古冢者多矣，何他处地气不久郁而涌乎？（《如是我闻三》）

译文：

河间献王墓，在献县城东八十里。墓前有座祠堂，祠堂前有两棵柏树，相传为汉代栽种，不知真假，怀疑是后人补种的。左右有两座陪葬墓，县志上说左边的是毛苌，右边的是贯长卿。但任丘也有毛苌墓，也没有人能说得清楚。有人说：“毛苌在宋代被追封为乐寿伯，献县正是古代乐寿所辖之地。任丘的毛公墓，乃是毛亨的墓。”按道理或许是这样吧！

堂舅安五占公说：康熙年间有一伙盗墓贼觊觎墓中的珠宝玉器，就在墓旁种瓜，偷偷地在瓜棚中开挖地道。地道快接近墓的时候，又用长锥来打探，突然有白气随着长锥射出，声音像雷霆一般，把盗贼们全冲倒了，于是不敢再挖下去。有人议论说献王墓封闭了两千多年，地气长久郁积，碰到缝隙便涌了出来，并非是有神灵。我认为献王的功绩在于保存六经，自然应该有神灵保护。盗古墓的事情多了，为什么别处的地气长久郁积没有白气喷涌而出呢？

糊涂神祠

山西太谷县西南十五里白城村，有糊涂神祠，土人奉事之甚严。云稍不敬辄致风雹，然不知神何代人，亦不知其何以得此号。后检《通志》，乃知为狐突祠，元中统三年敕建，本名利应狐突神庙。狐、糊同音，北人读入皆似平，故“突”转为“涂”也，是又一杜十姨矣。（《槐西杂志一》）

译文：

山西太谷县西南十五里有个村子叫白城村，白城村有糊涂神祠，乡人敬奉这位神仙极为虔诚。传说稍有不敬就会遭受大风冰雹的灾祸，但是不知道这位神是什么时代的人，也不知道为什么会得到这样一个名号。后来检索《通志》，才知道这座神祠叫狐突祠，是元代中统三年奉皇帝之命建造的，本名“利应狐突神庙”。狐与糊同音，北方人读入声都像平声，所以“突”也就转读为“涂”了，这也又是一个“杜十姨”式的笑话了。

高西园痴爱印

朱青雷言：高西园尝梦一客来谒，名刺为司马相如。惊怪而寤，莫悟何祥。越数日，无意得司马相如一玉印。古泽斑驳，篆法精妙，真昆吾刀刻也。恒佩之不去身，非至亲昵者不能一见。官盐场时，德州卢丈雅雨为两淮运使，闻有是印，燕见时偶索观之。

西园离席半跪，正色启曰："凤翰一生结客，所有皆可与朋友共，其不可共者惟二物，此印及山妻也。"卢丈笑遣之曰："谁夺尔物者，何痴乃尔耶！"西园画品绝高，晚得末疾，右臂偏枯，乃以左臂挥毫。虽生硬倔强，乃弥有别趣。诗格亦脱洒，虽托迹微官，蹉跎以殁，在近时士大夫间，犹能追前辈风流也。（《槐西杂志一》）

译文：

朱青雷说：高西园曾梦见一个客人来拜访他，名片上写着司马相如。他惊怪地醒来，不知道预示着什么。等过了几天，无意间得到司马相如的一方玉印。玉印色泽斑驳，极有古韵，篆刻之法十分精妙，真是昆吾刀刻的。高西园经常佩戴不离身，不是至亲好友是不让人看的。他出任盐场官职时，德州的卢雅雨老先生为两淮运使，听说有这样一方印，宴席间偶然向他索要观看。

高西园离开座位半跪着严肃地说："我一生结交很多朋友，所有东西都可以和朋友分享，不能分享的只有两件东西，这方玉印和我的妻子。"卢老先生笑着赶他说："谁想抢你东西了，怎么痴心到这个样子！"高西园的画艺极高，晚年得了偏瘫，右臂残废，于是就用左臂画画。虽然画出的画生硬不流畅，但也别有一番趣味。他的诗风格也洒脱，虽然他官职低微，最终因为坎坷潦倒而亡，在现在的士大夫间，也称得上是比肩前辈风流的人物了。

杨铁崖鞋杯

杨铁崖词章奇丽，虽被文妖之目，不损其名。惟鞋杯一事，猥亵淫秽，可谓不韵之极，而见诸赋咏，传为佳话。后来狂诞少年，竞相依仿，以为名士风流，殊不可解。闻一巨室，中元家祭，方举酒置案上，忽一杯声如爆竹，剨然中裂。莫解何故。久而知数日前其子邀妓，以此杯效铁崖故事也。(《槐西杂志一》)

译文:

杨维桢词章奇绝绚丽，虽然被骂作文妖，但不影响他在文学史上的名声地位。只有鞋杯一件事，猥亵淫秽，可以说是不雅到极点，却被人吟诗作赋来赞叹，传为佳话美谈。后来那些放荡的年轻人竞相模仿，认为这是名人的风流雅事，真是太不可理解了。听说有家富豪，中元节在家祭祀，刚刚把酒放在几案上，忽然听到一个杯子如爆竹般声响，剨地从中裂开。不知道这是因为什么。过了一段时间才知道富家公子曾召妓饮酒，拿这个杯子来效仿杨维桢鞋杯的故事。

饮酒宜及未为鬼时

房师孙端人先生，文章淹雅，而性嗜酒。醉后所作，与醒时无异。馆阁诸公，以为斗酒百篇之亚也。督学云南时，月夜独饮竹丛下，恍惚见一人注视壶盏，状若朵颐。心知鬼物，亦不恐怖，但以手按盏曰:“今日酒无多，不能相让。”其人瑟缩而隐。

醒而悔之，曰:“能来猎酒，定非俗鬼。肯向我猎酒，视我亦不薄。奈何辜其相访意!”市佳酿三巨碗，夜以小几陈竹间。次日视之，酒如故。叹曰:“此公非但风雅，兼亦狷介。稍与相戏，便涓滴不尝。”幕客或曰：“鬼神但歆其气，岂真能饮？”先生慨然曰：“然则饮酒宜及未为鬼时，勿将来徒歆其气。”先生侄渔珊，在福建学幕，为余述之。觉魏晋诸贤，去人不远也。（《槐西杂志一》）

译文：

我考科举时的房师孙端人先生，文章高雅，天性喜欢喝酒。喝醉后所作诗文，与清醒时没有区别。馆阁诸公，都认为他是斗酒百篇李白的承续。他在督学云南的时候，晚上独自一人在月色下竹丛中饮酒，恍恍惚惚看见一个人盯着自己的酒壶和酒杯，嘴巴一动一动的。他心里知道这是鬼，也不害怕，只是用手按住酒杯说：“今天的酒不多，不能请你喝了。”那人听后就退缩着消失了。

孙先生醒来后非常后悔，说：“能来和我讨酒，一定不是俗鬼。肯来向我讨酒，是看得起我。怎么当时就辜负了他前来相访的好意了呢！”于是买来三大碗酒，夜里放在竹间的小桌子上。第二天去看，酒还在那里丝毫未动。他于是叹息说：“这位先生不但风雅，也性情正直。稍微和他开了一个玩笑，他就一滴酒也不肯尝了。”有位幕客说：“鬼神只是吸食酒气，怎么会真的喝呢？”孙先生慨然说：“这么看来，应该在成为鬼之前抓紧时间痛饮，不要等将来做了鬼徒闻酒气。”孙先生的侄子渔珊在福建学幕为我讲述了这个故事。我认为孙先生的风度与魏晋诸贤的风度相差不远。

小说附会之词

《桂苑丛谈》记李卫公以方竹杖赠甘露寺僧，云此竹出大宛国，坚实而正方，节眼须牙，四面对出云云。案，方竹今闽、粤多有，不为异物。大宛即今哈萨克，已隶职方，其地从不产竹，乌有所谓方者哉！又《古今注》载，乌孙有青田核，大如六升瓠。空之以盛水，俄而成酒。

案，乌孙即今伊犁地，问之额鲁特，皆云无此。又《杜阳杂编》载元载造芸晖堂于私第，芸香，草名也，出于阗国，其香洁白如玉，入土不朽烂；舂之为屑，以涂其壁，故号曰芸晖。于阗即今和阗地，亦未闻此物。惟西域有草名玛努，根似苍术，番僧焚以供佛，颇为珍贵。然色不白，亦不可泥壁，均小说附会之词也。（《槐西杂志一》）

译文：

《桂苑丛谈》记载李德裕把方竹杖赠给甘露寺的僧人，说这种竹子出自大宛国，质地坚实，形状正方，竹节枝杈四面都是对应的。按，方竹在今天福建、广东一带很多，不是什么稀奇的东西。大宛即现在的哈萨克，已经归入国家版图，那里从不产竹子，又哪里来的方竹！又有《古今注》记载，乌孙国出产青田核，有盛六升水的瓠瓢那么大。把核挖空来灌水，不一会儿就变成酒。

按，乌孙国即现在的伊犁地区，询问当地的额鲁特人，都说没有这个东西。又有《杜阳杂编》记载唐代大臣元载在他的院子里建造了芸晖堂，芸香是草名，出产自于阗国，它洁白如玉，埋入土中不会腐烂；把它捣成碎末，涂在墙上，所以叫芸晖。于阗即现在的和阗地区，也没有听说这种东西。只有一种从西域而来的玛努草，草根像苍术，番地僧侣焚烧它来供佛，很是珍贵。但它不是白色，也不可以用来涂墙，这些都是小说附会之词。

避暑山庄规矩草

余校勘秘籍，凡四至避暑山庄：丁未以冬、戊申以秋、己酉以夏、壬子以春，四时之胜胥览焉。每泛舟至文津阁，山容水意，皆出天然，树色泉声，都非尘境；阴晴朝暮，千态万状，虽一鸟一花，亦皆入画。其尤异者，细草沿坡带谷，皆茸茸如绿罽，高不数寸，齐如裁剪，无一茎参差长短者。苑丁谓之规矩草。出宫墙才数步，即鬖髿滋蔓矣。岂非天生嘉卉，以等宸游哉！（《槐西杂志二》）

译文：

我校勘皇家典籍，四次到避暑山庄：丁未年冬天、戊申年秋天、己酉年夏天、壬子年春天，四季的风景都游赏过了。每次泛舟到文津阁，山姿水态，都是天然模样，树色泉声，都不是尘世的境界；阴晴朝暮，千态万状，即便一鸟一花，也都能入画。其中特别奇怪的是，沿坡连谷的细草，都绿茸茸的像绿地毯，这些细草只有几寸高，整齐得像裁剪过似的，没有一根是与其他参差不齐的。园丁叫它们规矩草。出了山庄才几步，这种草便参差不齐随意生长了。这难道不是天生美好的草木，等待皇上来游玩吗！

唐都护府故城

特纳格尔为唐金满县地，尚有残碑。吉木萨有唐北庭都护府故城，则李卫公所筑也。周四十里，皆以土墼垒成；每墼厚一尺，阔一尺五六寸，长二尺七八寸。旧瓦亦广尺余，长一尺五六寸，城中一寺已圮尽，石佛自腰以下陷入土，犹高七八尺。铁钟一，高出人头，四围皆有铭，锈涩模糊，一字不可辨识。惟刮视字棱，相其波磔，似是八分书耳。城中皆黑煤，掘一二尺乃见土。

额鲁特云：“此城昔以火攻陷，四面炮台，即攻城时所筑。”其为何代何人，则不能言之。盖在准噶尔前矣。城东南山冈上一小城，与大城若相犄角，额鲁特云："以此一城阻碍，攻之不克，乃以炮攻也。"庚寅冬，乌鲁木齐提督标增设后营，余与永余斋名庆，时为迪化城督粮道，后官至湖北布政使。奉檄筹画驻兵地。万山丛杂，议数日未定。余谓余斋曰："李卫公相度地形，定胜我辈。其所建城必要隘，盍因之乎？"余斋以为然，议乃定，即今古城营也。本名破城，大学士温公为改此名。其城望之似孤悬，然山中千蹊万径，其出也必过此城，乃知古人真不可及矣。褚筠心学士修《西域图志》时，就访古迹，偶忘语此。今附识之。（《槐西杂志三》）

译文：

特纳格尔在唐代属于金满县管辖，现在还有残存的唐碑。吉木萨有唐代北庭都护府的故城，是李卫公李靖建筑的。故城周长四十里，都是用土坯垒成；每块土坯厚一尺，宽一尺五六寸，长二尺七八寸。旧瓦也有一尺多宽，长一尺五六寸，城中有一座寺庙已经坍塌殆尽，有石佛自腰以下都陷入土中，露在外面的还有七八尺高。有一口铁钟，有一人多高，四围都有铭文，铁迹锈涩，铭文模糊，一个字也辨识不出来。只有刮去锈斑，根据字的笔画，看上去像是分隶。城中到处黑乎乎的，挖一二尺才能看见土。

额鲁特人说："这座城以前是用火攻陷的，四面的炮台即是攻城时所修筑的。"这件事发生在哪一朝代，是什么人，就说不清了。大概在准噶尔部占领之前。故城东南山冈上有一座小城，与大城犄角相对，额鲁特人说："因为有这座城的阻碍，城没能攻下来，于是就用炮攻。"乾隆庚寅年冬天，乌鲁木齐提督命令在这一带增设后营，我和永余斋名叫庆，当时是迪化城的督粮道，后来官至湖北布政使。奉命筹划驻兵扎营的地方。由于山多路杂，讨论了几天也没定下来。我和永余斋说："李卫公勘察地形，肯定比我们强。他筑城的地方一定是要塞，不如就在他筑城的地方扎营？”永余斋也认为有道理，于是便议定，这就是现在的古城营。本来叫“破城”，大学士温公改成现在的名称。这座城看上去好像很孤单，但是山中有千万条大大小小的路，都要经过这座小城，由此才知道古人的智慧才能真让人望尘莫及。学士褚筠心修《西域图志》时，到这一带寻访过古迹，我忘了告诉他这座小城。现在附记在此。

误传仙诗

余从军西域时，草奏草檄，日不暇给，遂不复吟咏。或得一联一句，亦境过辄忘。《乌鲁木齐杂诗》百六十首，皆归途追忆而成，非当日作也。一日，功加毛副戎自述生平，怅怀今昔，偶为赋一绝句曰：“雄心老去渐颓唐，醉卧将军古战场。半夜醒来吹铁笛，满天明月满林霜。”毛不解诗，余亦不复存稿。

后同年杨君逢元过访，偶话及之。不知何日杨君登城北关帝祠楼，戏书于壁，不署姓名。适有道士经过，遂传为仙笔。余畏人乞诗，杨君畏人乞书，皆不肯自言。人又微知余能诗不能书，杨君能书不能诗，亦遂不疑及，竟几于流为丹青。迨余辛卯还京祖饯，于是始对众言之。乃爽然若失。昔南宋闽人林外题词于西湖，误传仙笔。元王黄华诗刻于山西者，后摹刻于滇南，亦误传仙笔。然则诸书所谓仙诗者，此类多矣。（《姑妄听之二》）

译文：

我在西域从军时，每天草拟各种奏章、公文，整天都忙得不可开交，没有时间作诗。有时偶尔写一联一句，也是事过就忘。《乌鲁木齐杂诗》一百六十首，都是在归途中追忆写成，并不是当时所作。一天，毛功加副总兵自述生平事迹，怅然感叹时间流逝，我即兴写成一首绝句："雄心老去渐颓唐，醉卧将军古战场。半夜醒来吹铁笛，满天明月满林霜。"毛功加不懂诗，我也没留底稿。

后来同年杨逢元来访，偶然说到这首诗。不知道什么时候杨逢元登城北关帝祠楼，随便把这首诗写在墙壁上，也没有署姓名。正好有个道士经过看到了这首诗，于是就把这首诗传为仙人之笔。我怕人求诗，杨逢元怕人求字，都不肯说破这件事。人们略微知道我能写诗但字不好，杨逢元能写好字但不会作诗，也就没有怀疑到我俩头上，于是这件事几乎要载入史册了。直到乾隆辛卯年奉旨还京，大家为我饯行时我才说破这件事。大家听后都怅然若有所失。过去南宋福建诗人林外在西湖题诗，误传为仙诗。元代王黄华的诗刻在山西石头上，后来有人在滇南摹刻，也误传为仙诗。可见书中所谓的仙诗，类似这样的情况有很多。

道士说地理

胶州法南墅，尝偕一友登日观。先有一道士倚石坐，傲不为礼，二人亦弗与言。俄丹曦欲吐，海天滉耀，千汇万状，不可端倪。南墅吟元人诗曰："'万古齐州烟九点，五更沧海日三竿'不信然乎！"道士忽哂曰："昌谷用作《梦天》诗，故为奇语。用之泰山，不太假借乎？"南墅回顾，道士即不再言。

既而踆乌涌上，南墅谓其友曰："太阳真火，故入水不濡也。"道士又哂曰："公谓日自海出乎？此由不知天形，故不知地形；不知地形，故不知水形也。盖天椭圆如鸡卵，地浑圆如弹丸，水则附地而流，如核桃之皴皱。椭圆者东西远而上下近。凡有九重，最上曰宗动，元气之表，无象可窥。次为恒星，高不可测。次七重，则日月五星各占一重，随大气旋转，去地且二百余万里，无论海也。浑圆者地无正顶，身所立处皆为顶；地无正平，目所见处皆为平。至广漠之野，四望天地相接处，其圆中规，中高而四隤之证也，是为地平。圆规以外，目所不见者，则地平下矣。湖海之中，四望天水相合处，亦圆中规，是又水随地形，中高四隤之证也。然江河之水狭且浅，夹以两岸，行于地中，故日出地上始受日光。惟海至广至深，附于地面，无所障蔽，故中高四隤之处，如水晶球之半。日未至地平，倒影上射，则初见如一线；日将近地平，则斜影横穿，未明先睹。今所见者是日之影，非日之形；是天上之日影隔水而映，非海中之日影浴水而出也。至日出地平，则影斜落海底，转不能见矣。儒家盖尝见此景，故以为天包水，水浮地，日出入于水中，而不知日自附天，水自附地。佛家未见此景，故以须弥山四面为四州，日环绕此山，南昼则北夜，东暮则西朝，是日常旋转，平行竟不入地。证以今日所见，其谬更无庸辩矣。"

南墅惊其博辩，欲与再言。道士笑曰："更竟其说。子不知九万里之围圆，以渐而迤，以渐而转，渐迤渐转，遂至周环。必以为人能正立，不能倒立，拾杨光先之说，苦相诘难。老夫慵惰，不能与子到大郎山上看南斗，大郎山在亚禄国，与中国上下反对。其地南极出地三十五度，北极入地三十五度。不如其已也。"振衣径去，竟莫测其何许人。(《姑妄听之三》)

译文：

胶州法南墅，曾陪一个朋友登泰山日观峰。先有一位道士已经靠石头坐着，傲慢而无礼，他们两人也不和道士搭话。过了一会儿太阳将要升起，海天晃动，千汇万状的景象，难以形容。法南墅吟诵元人诗句说："'万古齐州烟九点，五更沧海日三竿'怎么能不相信呢！"道士忽然嘲笑道："李贺《梦天》诗自然奇妙。用来说泰山日出，不是太勉强了吗？"法南墅回头看，道士就不再说话了。

过了一会儿太阳升起，法南墅和他的朋友说："太阳是真火，所以入水后也不会沾湿。"道士又嘲笑说："您认为太阳是从海里面出来的吗？这是因为您不知道天的形状，所以也不知道地的形状；不知道地的形状，所以不知道海水的形状。大致来说天是椭圆形的，像鸡蛋，地是浑圆的，像弹丸，水则是依附着地而流，就像核桃壳表面的皱沟。天体椭圆，东西距离远，上下距离近。天共有九层，最上一层叫宗动，是元气的外表，人们看不到它的形状。下一层是恒星，高度不可测量。下面的七层，则是日、月、五星各占一层，它们随着大气旋转而旋转，离地面还有二百多万里，更不用说离海面有多远了。地球浑圆，没有一个唯一的正顶点，人所站立的地方都可以说是顶点；地面没有一道唯一的正平线，眼睛能看到的都可以说是正平线。在非常广阔空旷的原野上，朝四面望去，直到天地相接的地方，视力所到的地方正好是一个正圆形，这就证明地球是个圆球面，站的地方就是中心和最高的地方，而周围的地方渐渐低下去，天地相接处就是地平线。这个正圆形以外，眼睛所不及的地方，就是地平线以下了。如果在湖海之中，朝四面望去，天水的相接处，也构成一个正圆形，这又证明水面是随地面伸展，也是中间高而四周低。但是江河的水既狭窄又浅，夹在两岸中间，在地面中间流动，所以一定要等到太阳出了地平面才能看到日光。只有像海那样，至广至深，附在地面上，没有什么遮蔽的东西，所以人处在中间高而四面低的地方，地球的这一部分便像一个水晶球的一半。当太阳还没有到达地平线，它的光线往上倒射，于是人们开始见到地平线上有一道光线；太阳接近地平线时，它的光线斜照，所以人们在太阳还没有出来时就见到了。现在我们见到的是太阳的影子，而不是真的太阳；是天上的太阳隔着地平线的水映现出来，而不是海中的太阳从水中钻出来。等到太阳高出地平面后，太阳照在水中的影子落到海底，陆地上的人反而看不见了。儒家学者大概曾经见到过这种现象，所以认为是天包着水，水浮着地，太阳从水中出入，而不知道太阳实际上附着于天空，水附着在地面上。佛家没有见到过这种景象，所以认为须弥山的四面有四洲，太阳环绕着这座山，南边是白天，北边是夜晚，东边是傍晚，西边是早晨，太阳总是围绕地球平行旋转，总是不入地。用我们现在看到的景象来检验，这种说法的荒谬更不用辩解了。”

法南墅惊奇道士的博学与善辩，打算再和他说话。道士笑着说：“让我再把这个问题说完。你不知道地球表面有九万里，它的圆形一点一点伸展，就一点一点转弯，这样渐伸渐转，最后便转了一周。你一定认为人能正着站立，不能倒立，拾起杨光先的那一套说法，与我苦苦争辩。老夫懒惰，不能和你到大郎山上去看南斗，大郎山在亚禄国，与中国正好上下相对。那里南极高出地平线三十五度，北极低出地平线三十五度。不如就到此为止吧。”说完，道士抖抖衣服径自离去，最终不能断定他究竟是什么人。

与兄行年较一岁

黄叶道人潘班，尝与一林下巨公连坐，屡呼巨公为兄。巨公怒且笑曰：“老夫今七十余矣。”时潘已被酒，昂首曰：“兄前朝年岁，当与前朝人序齿，不应阑入本朝。若本朝年岁，则仆以顺治二年九月生，兄以顺治元年五月入大清，仅差十余月耳。唐诗曰：‘与兄行年较一岁’，称兄自是古礼，君何过责耶？”满座为之咋舌。

论者谓潘生狂士，此语太伤忠厚，宜其坎壈终身，然不能谓其无理也。余作《四库全书总目》，明代集部以练子宁至金川门卒龚诩八人列解缙、胡广诸人前，并附案语曰：“谨案练子宁以下八人，皆惠宗旧臣也。考其通籍之年，盖有在解缙等后者。然一则效死于故君，一则邀恩于新主，枭鸾异性，未可同居，故分别编之，使各从其类。至龚诩卒于成化辛丑，更远在缙等后，今亦升列于前，用以昭名教是非。”千秋论定，纡青拖紫之荣，竟不能与荷戟老兵争此一纸之先后也。黄泉易逝，青史难诬。潘生是言，又安可以佻薄废乎？（《姑妄听之四》）

译文：

黄叶道人潘班，曾和退隐的大官同席赴宴，屡次称他为兄。退隐官员又生气又好笑地说：“老夫今年七十多岁了。”当时潘班已经喝醉了，昂着头说：“老兄在前朝所过的年岁，应当和前朝人去排长幼顺序，不应该一并算进本朝来。若按本朝的年岁，那么我在顺治二年九月出生，老兄在顺治元年五月跨入大清，我们俩仅仅差十多个月。唐诗说：‘与兄行年较一岁’，我称你为兄自然是按照古礼，你何必过分指责呢？”满座宾客听到这话都为之咋舌。

评论这件事的人都认为潘班是个狂士，这种话太伤忠厚之义，他一辈子坎坷不如意看来不是偶然的，但是也不能说他所说的没有道理。我在作《四库全书总目》时，明代集部中将练子宁到龚诩等八人列在解缙、胡广等人的前面，并附有按语说：“谨按练子宁以下八人，都是惠宗的旧臣。考察他们做官的时间，又在解缙等人后面。但一是为原来的君主效死力，一是投靠新君永乐皇帝获得恩宠，就如枭和鸾本性不同，不能排列在一起，所以将他们分别编次，让他们各自归到所属的一列。至于龚诩死于明成化辛丑年，更是远在解缙等人后面，如今也将他们升列在前面，用这种排列次序来昭示礼仪纲常和人事是非。”千秋之下是非定论，那些变节之人，虽然生前地位显赫，死后竟然不能与一位老兵争青史留名的先后。死去的人很快被人遗忘，但史书中的是非却不能颠倒。潘班的这些话，又怎么能够认为是轻佻刻薄而不予肯定呢？

酒有别肠

酒有别肠，信然。八九十年来，余所闻者，顾侠君前辈称第一，缪文子前辈次之。余所见者，先师孙端人先生亦入当时酒社。先生自云："我去二公中间，犹可著十余人。"次则陈句山前辈与相敌，然不以酒名。近时路晋清前辈称第一，吴云岩前辈亦骎骎争胜。晋清曰："云岩酒后弥温克，是即不胜酒力，作意矜持也。"验之不谬。

同年朱竹君学士、周稚圭观察，皆以酒自雄。云岩曰："二公徒豪举耳。拇阵喧呶，泼洒几半，使坐而静酌则败矣。"验之亦不谬。后辈则以葛临溪为第一，不与之酒，从不自呼一杯；与之酒，虽盆盎无难色，长鲸一吸，涓滴不遗。尝饮余家，与诸桐屿、吴惠叔等五六人角，至夜漏将阑，众皆酩酊，或失足颠仆，临溪一一指挥僮仆扶掖登榻，然后从容登舆去，神志湛然，如未饮者。其仆曰："吾相随七八年，从未见其独酌，亦未见其偶醉也。"

惟饮不择酒，使尝酒亦不甚知美恶，故其同年以登徒好色戏之，然亦罕有矣。惜不及见顾、缪二前辈，一决胜负也。端人先生恒病余不能饮，曰："东坡长处，学之可也，何并其短处，亦刻画求似？"及余典试得临溪，以书报先生，先生覆札曰："吾再传有此君，闻之起舞，但终恨君是蜂腰耳。"前辈风流，可云佳话。今老矣，久不预少年文酒之会，后来居上，又不知为谁矣。（《滦阳续录六》）

译文：

有特别能喝酒的人，的确是这样。八九十年来，我听说的，顾侠君前辈称第一，缪文子前辈称第二。我所见过的，先师孙端人先生也能够入当时的酒社。先生自己说："在我和顾、缪二公之间，还可以排上十几个人。"其次是陈句山前辈能和他相匹敌，但是他的酒量不著名。近些年路晋清前辈称第一，吴云岩前辈也能赶超争胜。路晋清说："吴云岩酒后更加温和安静，这是因为不胜酒力故意矜持。"见他喝过，的确如此。

同年朱竹君学士、周稚圭观察，都以豪饮自居。吴云岩说："这两位只是豪举罢了。举着杯子猜拳喧嚷，酒泼出去一大半，如果让他们坐下来安静地喝就不行了。"也的确是这样。后辈则以葛临溪为第一，不给他酒，他从不主动要；给他酒，即便是一大盆子也面无难色，像长鲸一吸，滴酒不留。他曾在我家与诸桐屿、吴惠叔等五六人喝酒比赛，到了天快亮时，大家都酩酊大醉，有人失足跌倒，葛临溪指挥僮仆一一把他们扶回家，安放在床上，然后自己从容坐车回去，神志还是那么清醒，像是没喝一样。他的仆人说："我跟随主人七八年，从没有见过他独酌，也没有见过他偶然喝醉。"

喝酒从来不选择，让他尝酒也不大知道酒的好坏，所以他的同年用登徒好色的故事来取笑他，他这样的酒量是很少见的。可惜我没有见过顾、缪两位前辈，一决胜负。孙端人先生常常指责我不能喝酒，说："苏东坡长处学了是可以的，怎么连他的短处也刻意相似呢？"等到我主持科考录取了葛临溪，写信给孙先生，先生回信说："我的再传弟子中有他，听到消息让我很高兴，但遗憾的是你这个中间的人不会喝酒。"前辈的风流潇洒，可以说是佳话。我如今也老了，很久没有参加年轻人的论文品酒集会，酒量后来者居上的，又不知道是哪一位了。

［日本］《百鬼夜行绘卷》（局部）

《阅微草堂笔记》为纪昀创作的短篇志怪小说集。该书主要搜辑当时社会上流传的各种狐鬼神仙、因果报应、劝善惩恶等逸闻怪谭。文章短小精悍，故事引人入胜，辨析事理精微入妙，与《聊斋志异》并称为清代文言小说的双璧。该书取材，一是来自于纪昀的亲身经历和耳闻目睹，二是来自于他人提供或转述的材料。涉及的对象，从文人学士、妓女乞丐，到三教九流、妖精鬼魅，几乎无所不包。

扫码试听音频讲解

ISBN 978-7-5538-1357-8

9 787553 813578 >

定价：32.00元

胡国浩 选译
崔岩 讲解

聊斋志异

半日闲

岳麓書社

［清］任伯年《钟馗图》